彼岸

徐訏文集

小說卷

導言　徬徨覺醒：徐訏的文學道路

「個人的苦悶不安，徬徨無依之感，正如在大海狂濤中的小舟。」[1]

——徐訏〈新個性主義文藝與大眾文藝〉

陳智德

在二十世紀四、五十年代之交，度過戰亂，再處身國共內戰意識形態對立夾縫之間的作家，應自覺到一個時代的轉折在等候著，尤其在當時主流的左翼文壇以外，被視為「自由主義作家」或「小資產階級作家」的一群，包括沈從文、蕭乾、梁實秋、張愛玲、徐訏等等，一整代人在政治旋渦以至個人處境的去與留之間徘徊，最終作出各種自願或不由自主的抉擇。

1 徐訏〈新個性主義文藝與大眾文藝〉，收錄於《現代中國文學過眼錄》，台北：時報文化，一九九一。

一

一九四六年八月，徐訏結束接近兩年間《掃蕩報》駐美特派員的工作，從美國返回中國，直至一九五〇年中離開上海奔赴香港，在這接近四年的歲月中，他雖然沒有寫出像《鬼戀》和《風蕭蕭》這樣轟動一時的作品，卻是他整理和再版個人著作的豐收期，他首先把《風蕭蕭》交給由劉以鬯及其兄長新近創辦起來的懷正文化社出版，據劉以鬯回憶，該書出版後，「相當暢銷，不足一年，（從一九四六年十月一日到一九四七年九月一日），印了三版」[2]，其後再由懷正文化社或夜窗書屋初版或再版了《阿刺伯海的女神》（一九四六年初版）、《烟圈》（一九四六年初版）、《蛇衣集》（一九四八年初版）、《幻覺》（一九四八年初版）、《四十詩綜》（一九四八年初版）、《兄弟》（一九四七年再版）、《母親的肖像》（一九四七年再版）、《生與死》（一九四七年再版）、《春韮集》（一九四七年再版）、《一家》（一九四七年再版）、《海外的鱗爪》（一九四七年再版）、《舊神》（一九四七年再版）、《成人的童話》（一九四七年再版）、《西流集》（一九四七年再版）、潮來的時候（一九四八年再版）、《黃浦江頭的夜月》（一九四八年再版）、《吉布賽的誘惑》（一九四九再版）、《婚

[2] 劉以鬯〈憶徐訏〉，收錄於《徐訏紀念文集》，香港：香港浸會學院中國語文學會，一九八一。

事》（一九四九年再版），[3]粗略統計從一九四六年至一九四九年這三年間，徐訏在上海出版和再版的著作達三十多種，成果可算豐盛。

《風蕭蕭》早於一九四三年在重慶《掃蕩報》連載時已深受讀者歡迎，一九四六年首次結集成單行本出版，沈寂的回憶提及當時讀者對這書的期待：「這部長篇在內地早已是暢銷一時的名著，可是淪陷區的讀者還是難得一見，也是早已企盼的文學作品」[4]，當劉以鬯及其兄長創辦懷正文化社，就以《風蕭蕭》為首部出版物，十分重視這書，該社創辦時發給同業的信上，即頗為詳細地介紹《風蕭蕭》，作為重點出版物。徐訏有一段時期寄住在懷正文化社的宿舍，與社內職員及其他作家過從甚密，直至一九四八年間，國共內戰愈轉劇烈，幣值急跌，金融陷於崩潰，不單懷正文化社結束業務，其他出版社也無法生存，徐訏這階段整理和再版個人著作的工作，無法避免遭遇現實上的挫折。

然而更內在的打擊是一九四八至四九年間，主流左翼文論對被視為「自由主義作家」或「小資產階級作家」的批判，一九四八年三月，郭沫若在香港出版的《大眾文藝叢刊》第一輯發表〈斥反動文藝〉，把他心目中的「反動作家」分為「紅黃藍白黑」五種逐一批判，點名

[3] 以上各書之初版及再版年份資料是據賈植芳、俞元桂主編《中國現代文學總書目》、北京圖書館編《民國時期總書目，一九一一－一九四九》。

[4] 沈寂〈百年人生風雨路——記徐訏〉，收錄於《徐訏先生誕辰100週年紀念文選》，上海：上海社會科學院出版社，二〇〇八。

批評了沈從文、蕭乾和朱光潛。該刊同期另有邵荃麟〈對於當前文藝運動的意見——檢討・批判・和今後的方向〉一文重申對知識份子更嚴厲的要求，包括「思想改造」。雖然徐訏不像沈從文般受到即時的打擊，但也逐漸意識到主流文壇已難以容納他，如沈寂所言：「自後，上海一些左傾的報紙開始對他批評。他無動於衷，直至解放，輿論對他公開指責。稱《風蕭蕭》歌頌特務。他也不辯論，知道自己不可能再在上海逗留，上海也不會再允許他曾從事一輩子的寫作，就捨別妻女，離開上海到香港。」[5] 一九四九年五月二十七日，解放軍攻克上海，中共成立新的上海市人民政府，徐訏仍留在上海，差不多一年後，終於不得不結束這階段的工作，在不自願的情況下離開，從此一去不返。

二

一九五〇年的五、六月間，徐訏離開上海來到香港。由於內地政局的變化，其時香港聚集了大批從內地到港的作家，他們最初都以香港為暫居地，但隨著兩岸局勢進一步變化，他們大部份最終定居香港。另一方面，美蘇兩大陣營冷戰局勢下的意識形態對壘，造就五十年代香港文化刊物興盛的局面，內地作家亦得以繼續在香港發表作品。徐訏的寫作以小說和新詩為主，

[5] 沈寂〈百年人生風雨路——記徐訏〉，收錄於《徐訏先生誕辰100週年紀念文選》，上海：上海社會科學院出版社，二〇〇八。

來港後亦寫作了大量雜文和文藝評論，五十年代中期，他以「東方既白」為筆名，在香港《祖國月刊》及台灣《自由中國》等雜誌發表〈從毛澤東的沁園春說起〉、〈新個性主義文藝與大眾文藝〉、〈在陰黯矛盾中演變的大陸文藝〉等評論文章，部份收錄於《在文藝思想與文化政策中》、《回到個人主義與自由主義》及《現代中國文學過眼錄》等書中。

徐訏在這系列文章中，回顧也提出左翼文論的不足，特別對左翼文論的「黨性」提出質疑，也不同意左翼文論要求知識份子作思想改造。這系列文章在某程度上，可說回應了一九四八、四九年間中國大陸左翼文論的泛政治化觀點，更重要的，是徐訏在多篇文章中，以自由主義文藝的觀念為基礎，提出「新個性主義文藝」作為他所期許的文學理念，他說：「新個性主義文藝必須在文藝絕對自由中提倡，要作家看重自己的工作，對自己的人格尊嚴有覺醒而不願為任何力量做奴隸的意識中生長。」[6]徐訏文藝生命的本質是小說家、詩人，理論鋪陳本不是他強項，然而經歷時代的洗禮，他也竭力整理各種思想，最終仍見頗為完整而具體地，提出獨立的文學理念，尤其把這系列文章放諸冷戰時期左右翼意識形態對立、作家的獨立尊嚴飽受侵蝕的時代，更見徐訏提出的「新個性主義文藝」所倡導的獨立、自主和覺醒的可貴，以及其得來不易。

《現代中國文學過眼錄》一書除了選錄五十年代中期發表的文藝評論，包括《在文藝思想

[6] 徐訏〈新個性主義文藝與大眾文藝〉，收錄於《現代中國文學過眼錄》，台北：時報文化，一九九一。

與文化政策中》和《回到個人主義與自由主義》二書中的文章，也收錄一輯相信是他七十年代寫成的回顧五四運動以來新文學發展的文章，集中在思想方面提出討論，題為「現代中國文學的課題」，多篇文章的論述重心，正如王宏志所論，是「否定政治對文學的干預」[7]，而當中表面上是「非政治」的文學史論述，「實質上具備了非常重大的政治意義：它們否定了大陸的文學史論述」[8]，徐訏所針對的是五十年代至文革期間中國大陸所出版的文學史當中的泛政治論述，動輒以「反動」、「唯心」、「毒草」、「逆流」等字眼來形容不符合政治要求的作家；所以王宏志最後提出《現代中國文學過眼錄》一書的「非政治論述」，實際上「包括了多麼強烈的政治含義」。這政治含義，其實也就是徐訏對時代主潮的回應，以「新個性主義文藝」所倡導的獨立、自主和覺醒，抗衡時代主潮對作家的矮化和宰制。

《現代中國文學過眼錄》一書顯出徐訏獨立的知識份子品格，然而正由於徐訏對政治和文藝的清醒，使他不願附和於任何潮流和風尚，難免於孤寂苦悶，亦使我們從另一角度了解徐訏文學作品中常常流露的落寞之情，並不僅是一種文人性質的愁思，而更由於他的清醒和拒絕附和。一九五七年，徐訏在香港《祖國月刊》發表〈自由主義與文藝的自由〉一文，除了文藝評論上的觀點，文中亦表達了一點個人感受：「個人的苦悶不安，徬徨無依之感，正如在大海狂

7 王宏志〈心造的幻影——談徐訏的《現代中國文學的課題》〉，收錄於《歷史的偶然：從香港看中國現代文學史》，香港：牛津大學出版社，一九九七。

8 同前註。

濤中的小舟。」[9]放諸五十年代的文化環境而觀，這不單是一種「個人的苦悶」，更是五十年代一輩南來香港者的集體處境，一種時代的苦悶。

三

徐訏到香港後繼續創作，從五十至七十年代末，他在香港的《星島日報》、《星島週報》、《祖國月刊》、《今日世界》、《文藝新潮》、《熱風》、《筆端》、《七藝》、《新生晚報》、《明報月刊》等刊物發表大量作品，包括新詩、小說、散文隨筆和評論，並先後結集為單行本，著者如《江湖行》、《盲戀》、《時與光》、《悲慘的世紀》等。香港時期的徐訏也有多部小說改編為電影，包括《風蕭蕭》（屠光啟導演、編劇，香港：邵氏公司，一九五四）、《傳統》（唐煌導演、徐訏編劇，香港：亞洲影業有限公司，一九五五）、《痴心井》（唐煌導演、王植波編劇，香港：邵氏公司，一九五五）、《鬼戀》（屠光啟導演、編劇，香港：麗都影片公司，一九五六）、《盲戀》（易文導演、徐訏編劇，香港：新華影業公司，一九五六）、《後門》（李翰祥導演、王月汀編劇，香港：邵氏公司，一九六〇）、《江湖行》（張曾澤導演、倪匡編劇，香港：邵氏公司，一九七三）、《人約黃昏》（改編自《鬼戀》，

[9] 徐訏〈自由主義與文藝的自由〉，收錄於《個人的覺醒與民主自由》，台北：傳記文學出版社，一九七九。

陳逸飛導演、王仲儒編劇，香港：思遠影業公司，一九九六）等。

徐訏早期作品富浪漫傳奇色彩，善於刻劃人物心理，如〈鬼戀〉、〈吉布賽的誘惑〉、〈精神病患者的悲歌〉等，五十年代以後的香港時期作品，部份延續上海時期風格，如《江湖行》、《後門》、《盲戀》，貫徹他早年的風格，另一部份作品則表達歷經離散的南來者的鄉愁和文化差異，如小說《過客》、詩集《時間的去處》和《原野的呼聲》等。

從徐訏香港時期的作品不難讀出，徐訏的苦悶除了性格上的孤高，更在於內地文化特質的堅守，拒絕被「香港化」。在《鳥語》、《過客》和《癡心井》等小說的南來者角色眼中，香港不單是一塊異質的土地，也是一片理想的墓場、一切失意的觸媒。一九五〇年的《鳥語》以「失語」道出一個流落香港的上海文化人的「雙重失落」，而在《癡心井》的終末則提出香港作為上海的重像，形似卻已毫無意義。徐訏拒絕被「香港化」的心志更具體見於一九五八年的《過客》，自我關閉的王逸心以選擇性的「失語」保存他的上海性，一種不見容於當世的孤高，既使他與現實格格不入，卻是他保存自我不失的唯一途徑。[10]

徐訏寫於一九五三年的〈原野的理想〉一詩，寫青年時代對理想的追尋，以及五十年代從上海「流落」到香港後的理想幻滅之感：

[10] 參陳智德《解體我城：香港文學1950-2005》，香港：花千樹出版有限公司，二〇〇九。

多年來我各處漂泊，
唯願把血汗化為愛情，
遍灑在貧瘠的大地，
孕育出燦爛的生命。

但如今我流落在污穢的鬧市，
陽光裡飛揚著灰塵，
垃圾混合著純潔的泥土，
花不再鮮豔，草不再青。

海水裡漂浮著死屍，
山谷中蕩漾著酒肉的臭腥，
潺潺的溪流都是怨艾，
多少的鳥語也不帶歡欣。

茶座上是庸俗的笑語，
市上傳聞著漲落的黃金，
戲院裡都是低級的影片，

街頭擁擠著廉價的愛情。

此地已無原野的理想，
醉城裡我為何獨醒，
三更後萬家的燈火已滅，
何人在留意月兒的光明。

「原野的理想」代表過去在內地的文化價值，在作者如今流落的「污穢的鬧市」中完全落空，面對的不單是現實上的困局，更是觀念上的困局。這首詩不單純是一種個人抒情，更哀悼一代人的理想失落，筆調沉重。〈原野的理想〉一詩寫於一九五三年，其時徐訏從上海到香港三年，由於上海和香港的文化差距，使他無法適應，但正如同時代大量從內地到香港的人一樣，他從暫居而最終定居香港，終生未再踏足家鄉。

四

司馬長風在《中國新文學史》中指徐訏的詩「與新月派極為接近」，並以此而得到司馬長風的正面評價，[11] 徐訏早年的詩歌，包括結集為《四十詩綜》的五部詩集，形式大多是四句一節，隔句押韻，一九五八年出版的《時間的去處》，收錄他移居香港後的詩作，形式上變化不大，仍然大多是四句一節，隔句押韻，大概延續新月派的格律化形式，使徐訏能與消逝的歲月多一分聯繫，該形式與他所懷念的故鄉，同樣作為記憶的一部份，而不忍割捨。

在形式以外，《時間的去處》更可觀的，是詩集中〈原野的理想〉、〈記憶裡的過去〉、〈時間的去處〉等詩流露對香港的厭倦、對理想的幻滅、對時局的憤怒，很能代表五十年代一輩南來者的心境，當中的關鍵在於徐訏寫出時空錯置的矛盾。對現實疏離，形同放棄，皆因被投放於錯誤的時空，卻造就出《時間的去處》這樣近乎形而上地談論著厭倦和幻滅的詩集。

六七十年代以後，徐訏的詩歌形式部份仍舊，卻有更多轉用自由詩的形式，不再四句一節，隔句押韻，這是否表示他從懷鄉的情結走出？相比他早年作品，徐訏六七十年代以後的詩作更精細地表現哲思，如《原野的理想》中的〈久坐〉、〈等待〉和〈觀望中的迷失〉、〈變

[11] 司馬長風《中國新文學史（下卷）》，香港：昭明出版社，一九七八。

幻中的蛻變〉等詩，嘗試思考超越的課題，亦由此引向詩歌本身所造就的超越。另一種哲思，則思考社會和時局的幻變，《原野的理想》中的〈小島〉、〈擁擠著的群像〉以及一九七九年以「任子楚」為筆名發表的〈無題的問句〉，時而抽離、時而質問，以至向自我的內在挖掘，尋求回應外在世界的方向，尋求時代的真象，因清醒而絕望，卻不放棄掙扎，最終引向的也是詩歌本身所造就的超越。

最後，我想再次引用徐訏在《現代中國文學過眼錄》中的一段：「新個性主義文藝必須在文藝絕對自由中提倡，要作家看重自己的工作，對自己的人格尊嚴有覺醒而不願為任何力量做奴隸的意識中生長。」[12]時代的轉折教徐訏身不由己地流離，歷經苦思、掙扎和持續的創作，最終以倡導獨立自主和覺醒的呼聲，回應也抗衡時代主潮對作家的矮化和宰制，可說從時代的轉折中尋回自主的位置，其所達致的超越，與〈變幻中的蛻變〉、〈小島〉、〈無題的問句〉等詩歌的高度同等。

*陳智德：筆名陳滅，一九六九年香港出生，台灣東海大學中文系畢業，香港嶺南大學哲學碩士及博士，現任香港教育學院文學及文化學系助理教授，著有《解體我城：香港文學1950-2005》、《地文誌——追憶香港地方與文學》、《抗世詩話》以及詩集《市場，去死吧》、《低保真》等。

12 徐訏〈新個性主義文藝與大眾文藝〉，收錄於《現代中國文學過眼錄》，台北：時報文化，一九九一。

目次

爐火

一

客人散了以後，夜已經很深，佣人們來收拾屋子。葉臥佛步出會客室，走到院中。他深深地呼吸著，清新的空氣中有丁香的香味。他抬起頭，看到浩闊冥渺的天空，天空上滿布星星，淡淡的月兒隱在雲中。他驟感到了空寂，一種奇怪的空寂在他的眼前，在他的心中。四周有隱約的聲音，但沒有一個聲音是屬於他的；也有模糊的顏色，但沒有一種顏色是屬於他的。世界已沒有一件事情屬於他，更沒有一個人是屬於他的了。

又是春天，足足一年多他沒有意識過時節。這一年多立體的日子，一時之間像都集中在一個平面上面，好像都是昨天。昨天就在目前。他站在被告席上，空虛癡呆地聽律師們辯護，他聽著，但從來沒有聽見他們說什麼。他的腦子是空的，眼前看見的是一個平面。法庭中旁聽的人群是一幅野獸派模糊的圖畫，法官、律師、庭丁、法警都像是數學上的符號，像他畫板上一塊一塊的顏色，像樂器上一個一個的聲音。看著他們跳躍、閃動、晃搖……時時使他頭暈。頭暈時他就閉起眼睛，他覺得天在搖，地在動，周身不能自主，一次兩次的倒下來。

於是他就被抬，被抬到病車，抬進醫院。他昏昏沉沉，睡在病床上，聽醫生們撫摸、打針，他只看到白色的游流。於是他又被送到法庭，一群一群人在他面前晃過，人影組成了灰色黑色的平面。

最後，他又被送進醫院。他僵臥在病床上，像一張古舊的肖像畫一樣，掛在牆上，聽憑人家估計、評論、觸摸、研究。

這許多日子，他沒有意識到陽光，沒有意識到風雨。昨天與今天的聲音都在一個時間的平面上變成了混雜，昨天與今天的顏色都在一個平面上化為灰色。

他沒有悲哀，也沒有愉快，他沒有一點情感的起伏，他似乎已忘忽了他的存在，也沒有意識到世界的存在。聲音與顏色混在一起，過去與未來混在一起，時間與空間湊在一起，整個的宇宙是一個古怪的空漠，日子與季節就像顏色塗在黑色的紙上。他與世界已脫了節，他不知道，也從未想到，到底是世界遺棄了他，還是他遺棄了這世界。

自從他第一次在家裡暈到，整個的城市都是他的新聞，可是他都沒有聽到。他犯了罪，他有了病，多少的朋友學生在幫助他，多少的律師為他辯護，他都沒有知道。現在回憶起來，他只有一個模糊的觀念，一個模糊的聲音：

「罪！」「罪！」

「病！」「病！」

於是有多少的醫生與看護在為他治療，他記得的是：

「休息！」「休息！」

……

是春天，又是春天，世界還是存在著，自己還是存在著。

但是距離是多遠呀。

一陣風，丁香樹蕭瑟一聲，他覺得這是春寒。他越過庭院，走進了他的書室。他開亮了燈，倒在一把最近的沙發上。於是仔細地回憶今天，今天他們朋友把他從醫院接出來，越過新聞記者的包圍，登上汽車，他又開始看到街景與人群，他又開始感到他還是沒有遺棄這世界，而世界也沒有遺棄他。

這世界，房子還是房子，行人還是行人，店鋪還是滿櫥窗的貨物在招徠顧客。這世界的行進未曾有過一分鐘的停止，正如他剛才所坐的汽車一樣的在行進。他沒有對同車的朋友說一句什麼。一年來，他已養成了不說話的習慣，他開始體驗到沉默也是一種藝術，正如談話是一種藝術一樣。

他就這樣被載到了家的。這家，其實只是一所房子。與其說是他的家，還不如說是他賓客們的家為是。他之這樣好友好客，就因為他沒有家。也因為他之好友好客，所以有這樣一個家。

家裡，燈光是輝煌的，人聲是噪雜的。他一下車，他看到簇擁的人們從門口擁出，同他招呼，握手，把他擁到裡面。他體驗到這熱情，他感激這份溫暖，但是他只用微笑代替了一切的表示，沒有說一句話。人聲、燈光、杯影，時而模糊，時而清楚的在他周圍跳躍。他接受人們的慶祝，接連飲了幾杯酒，這酒現在似乎還在他的胸口。他知道，與其說大家慶祝他的痊癒，毋寧說大家慶祝他的重生。

但是他是否真的重生了呢？

現在，朋友們學生們都是散盡了，只有一個多年的佣人在收拾客廳，預備他明天的生活，但是坐在這舊識的沙發上，他竟不知道留給他的世界是些什麼。

有一陣夜來香的清香。是的，他立刻看到他房中的瓶花，不用說，這是他朋友或者學生為他布置的。多年來，他依靠友情的溫暖而生存，而現在他更加敏感地來懷念這友情的偉大。

自從他犯罪以後，法庭上那幾個律師憑著友情與信仰為他辯護，許多其他朋友為他奔走。在醫院裡，醫生護士，賴著直接間接的友情給他許多說不出的情熱與安慰，……以及現在，這夜來香發著清香。

但是他需要的，似乎還有友誼以外的東西，這是什麼呢？他思維在沒有目的中探索過去，他記起他的犯罪，他的瘋……一瞬間，他感到一種缺憾，他舉目向周圍望去，他發現牆上少了一幅畫。

他遲緩地站起來，他忽然想尋那一幅畫。他隨即想到這是他朋友們為體諒他心境而收藏了的，但是他竟不能因為看不到那幅畫，而忘去那個人。他想找它出來，而這一個思想竟於一瞬間如炸藥的爆發，使他馬上有一看那肖像的需要。他略一沉吟，忽然想到在他住院的時期中，朋友們曾經替他開過一次畫展，這張畫一定是一同展覽，但一定標出「非賣品」，而後來一同被收藏起來的，那麼它一定是在樓上畫室裡了。

樓上連貫著一共有三間。右面是一間儲藏室，裡面存放著他過去的作品，其中有許多畫幅，多年來他都沒有去動，甚至不敢去動的。中間較大的就是畫室。左面一間是他的休息室，放著沙發、板桌、煙斗、茶具一類的東西。這是他工作的區域，很少有人上來。樓下三間則是他起臥的區域，無數的熟友與學生們都在進出，用不著招呼，他們自己會像在自己家裡一樣的自由自在的談笑。

他抱著迫切的需要，摸到了樓上。休息室的電燈通亮，壁爐裡爐火融融，這都是為慶祝他回來而布置的，而現在尚未撤去。房間裡一切同以前一樣，但是桌上多了許多鮮花，牆上的畫幅則已被取去。三四疊畫幅堆在樓板上，五六疊靠在牆角。他想到那變動是因展覽會的緣故。他無意識的坐到在壁爐前的安樂椅上，預備在那些畫幅裡尋找他想找的肖像。

他拿起第一張畫，是一幅靜物，旁邊是「一四七」號的標簽，顯然是那次展覽會的編號。他看了一看，就放在一旁。拿起第二張，他無意識的吃了一驚，視線避到標簽，是「四九」號。他再一看這畫，一時竟不知所措。這是他二十多年前的作品，十幾年來他都沒有拿出來過。十幾年以前曾經標作非賣品展覽過幾次。以後他幾乎把它忘了。現在，一瞬間他看到下面新標的「非賣品」與「少女像」的字樣。他似乎想重新估計他過去的作品一樣，或者是想重新在那畫裡喚起回憶似的，他把那畫放在畫幅堆上，靠著牆壁，將自己的身軀後靠，維持一個足夠的距離來鑒賞這畫。

這是一幅正面坐著的少女，頭部微傾，面上浮著妍媚怠倦的笑容，兩手握著垂在衣襟的前面。黃色是它的主色，深綠淡綠是它的副色。這少女閃著跳躍的青春的光芒，嘴唇似乎在微顫，頭髮很長，垂及兩肩。在手法上他現在感到不夠強硬、確定，但是他驚炫於這所表現的少女之神聖與純潔。

「把一個女子表現得這樣神聖純潔！把一個女子表現得這樣神聖與純潔！」他不禁低喟地呼出。

房中的花束發出媚人的芬芳，這使他對面的少女嘴唇顫動，羞澀地叫出：

「葉先生。」

二

「葉先生！」一聲羞澀的沙喉嚨的叫聲。

臥佛抬起頭來。

是一個十七八歲的女孩，垂著不整齊的頭髮，穿一件藍布的旗袍，露著勻稱而稍嫌太細的腿，穿一雙白帆布鞋，身材清削，面色萎黃，垂著眼站在他的門口。

「你是沈小姐麼？」

「是的。」

「請坐，請坐。」

她羞澀地坐到臥佛讓給她的位子上。

「你是沈其蘋小姐？」

她點點頭。

「聽說你讀過小學？」

「我讀到初中二年級。」

「你以前做過模特兒麼？」

「沒有。」她低聲地回答，似乎很害羞似的。

「這也是很高尚的職業，你應當不自卑，也不要害羞。尤其我們學藝術的人，是絕對尊敬這職業的高貴與神聖性的。」

她沒有回答什麼，但猛然抬起頭來，用定神的視線望望臥佛。這在臥佛是一個意外的注視，他驟然在她清削的臉上發現了稀奇的純潔的光彩。她的眼睛不夠有神，但是很大，圍著長長的睫毛，像受驚的貓的表情一樣，顫抖著令人同情。尖下頦配一個薄唇的小嘴，上面鑲著挺直的鼻子。

是這樣清秀的孩子，清秀得像她父親的字。臥佛想著，他心裡已經決定要聘用她了。他說：

「你知道這裡的待遇麼？」

「知道。」

「如果你願意，我可以特別加一點。」

「隨便你先生好了。」

「那麼明天上午就開始，每天九點到十一點，希望你九點鐘到這裡。」

她點點頭，就站起，沒有說什麼就走了，臥佛送她到門口，她也沒有回頭招呼。

沈其蘋走了以後，臥佛開始有許多感慨與不安。一個書法家的女兒竟來求這一個社會所不同情的職業！他想請一個模特兒是一個月以前的事，曾經找到兩三個都不合適。沈其蘋是沈大年的女兒。沈大年是非常有名的書法家，但是因有鴉片嗜好，晚年潦倒不堪，同一個棄婦姘居，又有兩個孩子，大年心力不濟，對於女兒也無心顧養。前年大年逝世，其蘋情形就更加不堪，所以想出來找事，但又沒有能力。有一個以前是臥佛的同學，現在是他的朋友的太太，與沈大年是世交，知道臥佛要請一個私人的模特兒，所以替她介紹給臥佛。並且叫臥佛不要給她說出去。臥佛對於沈大年的字是很欽佩的，所以在未見其蘋以前，已經非常同情。見了面又被其蘋清秀的面孔所吸引，所以很快就決定了。

其蘋於第二天就來工作。起初自然是不十分習慣，但一個鐘頭以後，她似乎比較安詳自然。在休息的時候，臥佛很想問她些什麼，但是她一點沒有笑容，也沒有談話的傾向，靜靜地望著臥佛畫室的四周。臥佛也就修改自己的畫幅，假裝著沒有注意她，以免使她不安。最後他說：

「你要喝水麼？在那邊。」

她用她定神的眼睛望望臥佛，搖搖頭。

到十一點鐘時候，臥佛放下畫具。他說：

「今天就這樣吧。你很累了麼？」

她沒有表情，接著點下頭走進屏後，穿了衣服出來，很快的就預備走。

「等一等。」臥佛叫住了她：「你需要錢麼？」

她愣了一下，不響。

「你如果需要，可以先拿你一半薪水去。」

「假如你……隨便好啦。」她說。

於是臥佛拿出錢給她，她沒有數，往袋裡一塞謝也不謝一聲就走了。

這樣連續三天，其蘋總是準時而到。她沒有說一句話，沒有笑過，最奇怪的是沒有看一下臥佛畫幅上的她自己。

臥佛開始對她有好奇的心理，想知道她一點底細。大概是第五天，臥佛到十一點多才停止工作，等她穿好衣服拿起一頂紙傘預備走的時候，他忽然留她說：

「等一等，我同你一同走。」

她停下來，等臥佛理好畫具，蓋好畫。看臥佛拿了帽子，她就往前面走了。臥佛關上門，跟著她。

「你是回家去吃飯嗎？」

她沒有肯定的點點頭。

出了門是一條較闊的路，兩旁有一段濃郁的樹木，是近中午的時候，陽光曬在其蘋的身上，她支起一頂紙傘，在她那件藍衣的衣裳上，起了深淺的花紋。她只是自管自走路，似乎沒有意思同臥佛談話。臥佛忽然發現她個子很高，只是非常纖瘦。他就搶上一步走在她的旁邊。

「你似乎很不愛談話似的。」

「我不會說話。」

那時樹上正有麻雀在噪切。臥佛就說：

「這怎麼講，鳥兒都在說話。」

她又不響了。

「你似乎心裡很不快活。」

「葉先生心裡一定很快活，是不？」她沒有回過頭來，但是聲音還帶著特別的調子。

「既然做了人，多麼不快活也當向快活方面走。」

她沒有再說什麼，這時候已經走盡了那段有樹蔭的路，前面是一條橫路，她就說：

「葉先生也到那面走麼？」

「你高興同我一同吃飯去嗎？」

「不，不。」她好像很堅決似的說，又勉強地加上一句：「謝謝你。」

這時候有一輛黃包車過來，她就跳上車子。

「明天見，葉先生。」她閃動大圓的眼睛，用完全不同的活潑口吻說，好像她嘴角浮出了一點漪漣。這是臥佛第一次看見她的笑容，也第一次看到她珠圓的稚齒。他沒有聽到她同車夫說的地址，她的陽傘擋去了臥佛望她的視線。

自從那天以後，第二天其蘋的態度就有一點改變，她好像比較活潑而自然，也偶而有一個字兩個字的答語。

臥佛又邀她一同吃飯，她又拒絕了他。工作完畢，她就匆匆的走了。

此後臥佛每天都邀她一同吃飯，她從來沒有允從，但是在婉謝的時候總露一絲很有風致的笑容，這在平常是很少有的。臥佛好像就這一絲笑容，每天總是照例邀她。

兩星期過去了，臥佛對她發生非常奇怪的好感。她沒有晚到，也沒有告假，而對於工作總是非常盡責，不嫌麻煩的認真地盡她的本分。臥佛有時很想同她談談她的家世，她總是躲著不理。

有一天，臥佛買到了一張沈大年的墨跡，他就掛在畫室裡。其蘋來了，她看了一看。

「這是你父親的墨跡。」

她望著牆上的屏條，一句不響。
「你父親的字同你一樣清秀。」臥佛說：「他一定是一個很有天賦的人。」
「他對不起他天賦，同對不起他女兒一樣。」她說了，馬上走了開去。
臥佛不敢再說什麼，接著他們就開始工作。他覺得她一直都在想什麼，很不快活似的。工作完了，臥佛又邀她吃飯，她忽然很冷漠似的說：
「我還沒有單獨向一個男子吃飯過。」
「真的麼？」臥佛吃驚似的說：「那麼誰有這個光榮呢？」
自從那天以後，臥佛開始覺得自己的情感有點異常，他在其蘋不在的時候想念其蘋，在其蘋在的時候感到炫惑，他的心一直不安，有時候他幾乎不能夠好好工作。他開始有暴燥的脾氣，他摔畫筆，摔顏色，摔茶杯，他似乎有點恨其蘋。擺一個姿態，又換一個姿態，他常常無從下筆，他怪其蘋不聽他指揮，可是其蘋總是非常有耐心照他的意思，換許多美麗而吃力的姿勢，始終用冷漠的眼光看著他發脾氣，看他自己痛苦自己。一直到臥佛絕望似的說：
「明天再說吧。」於是其蘋穿起衣服，輕輕的用似笑非笑的漪漣，道聲：
「葉先生，明天會。」就匆匆的去了。於是有一次，臥佛發瘋的帶著怒聲說：
「等一等。」
她停了一會。
「算了，算了，沒有事，沒有事。」
她丟一個冷淡的眼光就悄悄地走了出去。

臥佛於是很重的在她身後關門，一個人在屋內發瘋。抽著煙，在室內旋轉，望著畫架上未完成的畫。倒在床上，冷靜分析自己。他咒詛自己懦弱，他不覺泫然流出淚來，他自己對自己說：

「我在愛她？！」

這樣的情形繼續了許久。臥佛的脾氣越來越不好，他像挑其蘋的錯處似的，對她發莫名其妙的脾氣。

「感情，感情，我要你有點感情，在你清秀的臉部，在你手臂的曲線上，在你勻稱的大腿上，……」

「你怎麼像一個木頭人一樣？你知道你的姿勢是向上飛躍，你的心你的意志，你的感情也要向上飛躍才是道理？……」

「你看你的眼睛，你的眼睛怎麼可以沒有意向……」

其蘋一直不響，冷漠地忍著，對他的脾氣她不問不聞。

最後，臥佛流了一身汗，擲下畫筆說：

「明天再畫了。」

其蘋仍舊平靜地，不動感情的起來在屏後穿衣裳。

臥佛坐在沙發上，一面用手巾揩汗，一面拿一支煙塞在嘴裡。等其蘋從屏後出來，臥佛正抽上紙煙，望著其蘋疲倦的眼睛，驟然感到非常慚愧與抱歉，他幾乎是討饒似的問：

「你很累了？」

「還好。」其蘋回答時眼睛都沒有看他，她已經預備走了。

「能不能坐一會，同我一同去吃飯呢？」

「不了，謝謝你。」她非常疲倦似的說，但略一振作，就頭也不回的出去了。

臥佛一個人在畫室裡，開始恨其蘋的冷酷，又非常內疚地責備自己的脾氣，他懺悔、祈求、不安、焦慮以及說不出憂悶的相思。他無心吃飯，什麼書也不能看，什麼娛樂都感不到興趣。到夜裡，是難堪的失眠，一直到第二天。

其蘋來了，一切照舊。臥佛起初自怨自艾，最後對什麼都發脾氣，其蘋還是一樣的忍耐。但等到工作完畢，其蘋從屏後出來，她忽然沒有預備走，低聲平靜而莊嚴地同臥佛說：

「明天起，我不能再來了。」

這是一個晴天的霹靂，是臥佛沒有想到過的事。

「為什麼？」

「因為我不是藝術家。」

「這是什麼意思？」

「因為我沒有真的感情表情，沒有真的意向來做姿勢。」

「不，不，」臥佛忽然懺悔而頹傷地說：「一切都不是你的錯，還是我的錯。」他的眼淚流下來，哀傷而祈求似的說：「其蘋，你真的一點不知道，我在愛你麼？」

「葉先生，我是一個模特兒，不是戲子，可以聽憑你導演出各種表情，來讓你繪畫。你需要的時候，還有真的情感來同你講戀愛。」她忽然很長成似的，用低微而堅決的帶沙的聲音說：「謝謝你，這是我的地址，」她拿出準備好的紙條放在桌上，又說：「我的薪水，請你隨便什麼時候派人送送給我好了。」

「你能不能聽我解釋，」臥佛說：「你知道我這些日子來的情感紊亂得像一個瘋子，只有讓我說出我愛你，我才比較清醒一點。」

但是其蘋沒有理他，一個人悄悄的走了。

臥佛一時竟昏迷過去。許久許久，他才發現自己在畫室裡，無法處置以後的生命。他後悔他剛才會沒有留住其蘋，傾訴他自己的情感，他又懺悔自己過去這些日子來不正常的脾氣。一瞬間，想起了其蘋在這些日子來所忍受的傷害與痛苦，而自己竟以為她是一個冷酷無情，對他的喜怒哀樂毫無反應的人；最後他又恨其蘋不能瞭解他一點點，恨她沒有誠意來聽他最後的懺悔與傾訴。

但是臥佛發現他實在是太愛其蘋了，他無法生活，也無法工作，他必須再見她一次。於是他開始寫一封信給其蘋，他用無比懇切的話，求她原諒他一切的暴躁脾氣，不近人情的對她責怪，自己不知自己。但現在他知道他要的是她的反應。他願意她可以有一天給他一點刺激，打他、罵他、或者毀了他一切的畫幅。他自從第一天起，就希望她對他的工作有一點點重視與尊敬，至少有一點點注意，即使不在他的畫上，也當在他畫中的她的自己，但是她從來沒有興趣去瞟它一眼，這使他非常非常的痛苦。這因為在他感情中慢慢地已經感到全世界人類的矚目都不如她的一瞥為重要。於是他求她還能夠給他一點點友誼，希望來看他一次。這封信他寫了一夜，換好幾次的寫法方才寫好，最後他附了一張她應得的薪金數目的支票。

他本來想把這封信用掛號寄去，但是後來覺得他應當送一點禮物給她，所以他就出去買了幾件衣料，一隻手錶，兩雙皮鞋。他用盡了他手上所有的錢，這似乎是一種補贖，也是一種懺悔，心裡好像輕鬆了許多。他把這些禮物同那封信，派人送去。

她的地址是一個由陳小姐轉交的地址，顯然不是她的家。臥佛期望送去的人會帶回一點消息，但是他回來的時候，只帶回陳小姐一個收條。其蘋本人不在，他把東西留在那面。這使臥佛非常失望，但仍舊相信她收到東西後，會給他一封帶點同情心的信。

臥佛用無比的耐心等她來信，他不敢出門，探視每一次郵差來時的消息。他一個人在畫室裡盤旋。就在這個場合中，他有機會巡視他自己的畫幅。他突然在其蘋的人像中發現了一點從未發現的素質。

他所想完成的畫是一幅需要動的韻律的模特兒。他先習作其蘋各種動的姿態，再把她放在畫幅裡去。但就在把其蘋放在他畫幅的時候，他發現一切都不是他所要的。他現在的發現，是他可以把其蘋單獨畫成一幅非常有意味的人像。他發現是他對其蘋的情感，或者說是其蘋的個性，使他不能將她為他畫幅而存在，不能使她表現他畫幅的需要，而是他應當用他的畫筆去表現其蘋才對。

是這樣的感覺，使他重新將已畫的其蘋與他想像的其蘋，畫到素白的畫幅上去。那天整個下午，他集中心意在他畫作上。暫時，他的確忘記了現實的痛苦，可是在工作疲倦的時候，他馬上發現他還是需要其蘋的消息。

其蘋的消息於第二天早晨到來。她退還了他送她的一切禮物，還給他一張薪金的收條。

這給臥佛是什麼樣一個打擊呢？他再無法退到自己的工作裡去，他整天在痛苦與不知所措的時間中熬煎。他就這樣病倒。

就在臥佛的病中，有許多朋友來訪候他。那位把沈其蘋介紹給臥佛的史太太，也就在那時候來訪他。臥佛沒有隱諱的告訴了她他愛其蘋的經過，這很使史太太驚奇。她說她曾經碰見過其蘋，知道她已經不在臥佛那裡做事，而到一家書店裡去做店員。她最後說她可以為臥佛去看其蘋，並且將臥佛的情感去對她說明。她說臥佛如果願意同其蘋結婚，其蘋一定很願意的。

是這以後第三天，其蘋突然來看臥佛，這給臥佛異常的驚奇與安慰。其蘋仍舊穿著樸素的衣服，垂著不整齊的頭髮，面孔上帶著羞澀的表情。輕輕的走進來，沒有說什麼，露一絲淡淡的笑容，代替了招呼，就坐在一個角落裡。

「想不到你會來看我。」臥佛開始說。

「我聽史太太說你病了。」

「史太太沒有同你說什麼別的？」

「……」其蘋沒有回答，僅露出一個有風致的笑容。

歇了一會，臥佛見她沒有話，就說：

「你坐到這裡來好麼？」

「……」其蘋又露出一個微笑，沒有說什麼，很自然的就坐在臥佛近旁。

「我今天已經好了許多，」臥佛把身子在床上上移，靠在床欄上說：「我想熱度已經退了。」他自己摸摸自己的額角，去拿其蘋的手，其蘋沒有縮回，聽臥佛把她的手放到他的額角上。

「是不是沒有什麼熱度了？」臥佛說。

其蘋點點頭，又沒有說什麼，眼睛注視臥佛的眼睛，露出一個很動情的笑容。臥佛看到她稚圓的前齒，他拿她的手放到自己的唇上，其蘋沒有動作，也沒有說話，她的笑容始終停留在幾粒稚圓的前齒上，臥佛說：

「現在是不是已經瞭解我的心了？」

「……」其蘋還是沒有說一句話，偏動了一下頭部，頭髮倒垂下來，臥佛為她理了一下頭髮，就擁住了她的頭部。

在這一個擁吻以後，臥佛的眼睛已掛上淚珠。彼此再沒有話說，也不用說話。

臥佛於第二天就起床。以後其蘋就天天到臥佛地方來，就在那時候臥佛完成了病前所繪的未完成的其蘋的肖像。臥佛有非常順利的情緒與想像來完成那一幅畫，他明確意識到好像他應當把畫獻給其蘋，並不能使其蘋來獻給他畫。

沒有半個月他們就結婚了，那張畫就掛在他們新婚的房間裡。婚後的生活很甜美，臥佛為其蘋添置了許多衣服，儘量把新娘打扮得符合自己的理想。而其蘋似乎也逐漸豐滿起來，面色潤澤而轉健康。每天在臥佛授課完畢以後，臥佛教其蘋一點書，他們計畫著其蘋下學期繼續去升學。

這一段生活他們過得很快活。其蘋也能很聰敏的來適應這新的愉快的情境。每次當臥佛去工作的時候，其蘋也很能夠學習著管理一點家事，溫習一點書，來等待臥佛回來。星期日他們常常有一個十分愉快的日子。常常兩個人準備了野餐，攜帶著畫具到山側湖邊去玩。臥佛非常愛護其蘋，每當其蘋情緒上或者身體上有點不適，他總是百般的安慰她看護她。有時候她有點脾氣，他就忍耐著使她快活。起初這原是偶然的事情，但慢慢的其蘋似乎常常不快活，常常整天不露笑容。有時候懶洋洋的一直躺在床上，這弄得臥佛很擔心，以為她或者懷孕了，或者有什麼毛病。他陪她到醫院去檢查，但醫生說她並沒有什麼。

日子這樣的過著，現在每當星期日臥佛興高采烈地要帶其蘋到郊外寫生遠足散步時，其蘋總是說沒有精神，叫臥佛一個人去。因此臥佛也就在家裡陪她。

但有一天，早晨臥佛出去的時候，其蘋懶在床上沒有起來。等臥佛回來的時候，佣人說太太出去了。她一直到十二點多方才回來，手裡拿著一包書，一包瓜子，一包糖食，精神似乎比較煥發。她告訴臥佛說她到以前做事的書店去看一個同事。臥佛這時候忽然想到自從結婚以來，其蘋一點沒有自己的生活，沒有自己的社會，這也許就是她不愉快的原因。這樣自己出去走走，也許於她是很好的。所以當時就很興奮的鼓勵她常常自己去尋點開心，不要悶在家裡，使身體不好。這以後，其蘋就常常出去，她不出去的時候，就待在床上吃著瓜子與零星的糖食，手裡拿一本從她認識的書店裡買來的低級小說。臥佛回來或出去，她都不再注意。本來臥佛每天為其蘋補點功課，後來因為她精神不好，所以常常荒脫，現在情形越來越壞。有一次臥佛提起好幾天沒有為她補課了，要她振作一點，從明天起每天讀點書，但其蘋忽然說：

「啊，明天，明天我要看王小姐，我們約好明天去買一點東西。」

第二天其蘋果然於下午打扮起來。她打扮得很時髦，她看臥佛在弄畫板，就過來說：

「你不出去麼？我要去看王小姐去。」

「你要買什麼？」臥佛說：「要帶點錢去麼？」

「大概夠啦。」其蘋搖著手上的皮包說。

「那麼你買了東西，一同同王小姐到家裡來吃飯吧，我回頭去預備一點菜，等著你們。」臥佛很期望似的說。

「……」其蘋沒有說什麼，露一個俏皮的笑容，搖一搖手皮包就出去了。

其蘋到天黑的時候才回來，說是飯已經吃過，是王小姐的一個男朋友請客的。她手裡拿的還是一二包零食，同兩本薄薄的書。

「你沒有買什麼？」臥佛開始問。

「這一點錢，想買什麼也不能買。」

「我不是問你要多帶一點錢去麼？」

「……」其蘋沒有說什麼，淡淡的笑了笑，走到裡面去。再出來的時候，臥佛一個人在吃飯，她手裡拿一張電影說明書，坐在臥佛的對面，忽然說：

「我知道家裡沒有菜，怎麼好叫朋友來吃飯。」

「……」臥佛先沒有說什麼，忽然看到其蘋手裡的說明書，他問：「你們去看電影了？」

「也是王小姐的男朋友請客。」

「什麼片子？」

「《南國美人》。」她說：「男主角真像王小姐的朋友。」

「片子很好玩麼？」

「女人總是上男人的當。」其蘋說著就看手上的說明書去了。

臥佛就沒有再說什麼。

三

這以後沒有多久，其蘋回來忽然燙了頭髮，這很使臥佛奇怪。但據其蘋說她在路上碰見了她的後母，她的後母正去燙頭髮，所以叫她一同去燙了一個。自從其蘋結婚那天，臥佛看見過她的後母一次，後來她後母請臥佛去吃一次飯，以後就沒有再碰見過。其蘋對她後母似乎沒有什麼感情，雖曾回去過兩次，但並不熱心，而且沒有去多久就回來了。但不知怎麼，自從其蘋燙了頭髮回來以後，她後母忽然隔幾天就來了，還送來許多東西。接著不久，其蘋也三天兩頭回家去，而沒有一個月的工夫，其蘋的裝束衣飾竟慢慢變了許多，她開始塗脂抹粉，穿起高跟鞋子，而時時問臥佛要錢起來。這個變化使臥佛非常擔憂，他想找一個時間去規勸她。於是，在某一天下午，在其蘋沒有出門懶倦地躺在床上的時候，臥佛開始說：

「其蘋，你知道近來你有點變麼？」

「我麼？」其蘋眼睛上斜了一下。

「我是說你的生活。你不是本來同你後母不好的，怎麼忽然走得這樣近了？」

「她沒有什麼對我不好，只是不來管我就是，」其蘋拋開手上的書本說：「現在我在她面前大家是平等的，總是父親的關係，來往來往有什麼不好呢？」

「但是你還是一個學生，下學期還要升學，生活當然同她不一樣的，是不？」

「……」其蘋不再說什麼，臥佛看到她拋在一邊的書本封面有月份牌似的圖畫，是紅伶自殺日記一類東西。他於是把手撫摸著其蘋的身軀說：

「其蘋，這幾天你不出去好不好？星期日我想請幾個朋友到家裡來吃飯，我們大家可以熱鬧的玩一玩。」

「……」其蘋沒有回答。

「你難道一定要出去麼？」

「不過，」其蘋說：「明天我還要出去。」

「好的，」臥佛說：「那麼明天以後你不出去了，我們星期日約朋友來玩。」

「……」其蘋點點頭，忽然說：「明天我想要一點錢。」

「錢，上次……」

「啊，她們找我打牌，我輸了一點，當然我要還他們。是我的面子，也是你的面子。」

「打牌？你會打牌？」臥佛笑著說。

「你不知道我們家裡一直是天天打牌的，我的弟妹們五六歲都看會了。」

臥佛沉思了一會，他於是勸她以後不要再打牌了。明天去只把錢還清了就不要再賭。又勸她應當每天讀點書，預備下學期升學，好好的再過學生生活。其蘋沒有說什麼，只是點點頭，臉上露著感動的笑容。臥佛於是又勸慰她許多工夫，這一夜他們恢復了從前的和諧。

第二天其蘋出去，果然很快就回來，但是面上並不高興。接著三四天也總是不愉快，臉上沒有笑容，沒有興趣說話，於是星期六到了。

在結婚以後，臥佛也三四次約朋友同事來玩過，但是其蘋似乎感到很疲乏與不能適應，同時許多事情都要臥佛親自處理，所以很麻煩，以後也很少舉行這種敘會。那天星期六，臥佛下午沒有課，所以就約其蘋一同出去購買點明天應用的食物，但是其蘋竟沒有興趣出門，臥佛怎麼鼓勵她也沒有用，他只好一個人出去了一下午。第二天一早起來，臥佛親自布置一切，十一點鐘左右，客人就陸續來了。

客人們對其蘋招呼一下，接著就自己談自己的話。所談的過去是其蘋所不熟識的，所談的人物是其蘋所不熟識的。這不但使其蘋沒有法子插話，而且也沒有法子傾聽。她悄悄地就走開了。吃了飯以後，臥佛看其蘋不快活，所以很想請會打牌的人打一會牌，結果大家湊合臥佛的興致，就坐攏來三個人，臥佛就叫其蘋坐一家，自己就同別人去談話。

到午後四點鐘客人散了，臥佛問其蘋是不是今天很快活。她沒有說什麼，後來臥佛說：

「你要打牌，以後就在家裡玩玩好了，那幾位朋友都不錯，是不是？」

「她們都是瞎打，」其蘋忽然說：「又沒有什麼輸贏，這有什麼意思？」

第二天，其蘋出去了，晚上回來說，她約好幾個朋友後天來家裡玩。從那時候起，其蘋就很興奮，隔天一早就去置辦食物，下午還去洗頭髮，回來又指揮佣人這樣那樣。到了那一天，其蘋一早就起來，很興奮的照料這樣那樣，臥佛看她這樣高興，也幫她料理料理。十點鐘的時候，她的後母同一個男人來，接著又來了四個男人三個女人，都同其蘋很熟稔。臥佛坐一會覺得很不舒服，推說有課就出去了。他很無聊的蹓了一天。傍晚回來的時候，客人還沒有散，正在談論剛才的牌局，他就參加著敷衍一回，但發覺那些男人對其蘋的距離都很奇怪，心裡很不愉快。慢慢到大家臨散的時候，一個矮小的穿西裝沾沾自喜的男人，連連說後天在其蘋母親家裡聚會，他做主人，敷衍地叫臥佛也去參加。

等客人散了，臥佛心裡上有許多話想對其蘋談談，但其蘋竟興奮地報告她贏了多少，頭錢又是多少。臥佛看她十分愉快，許多話都不願提起，但順口問她今天客人們的來歷，雖然在短促的時間中，但臥佛已發覺那個穿西裝沾沾自喜的男人對其蘋有別種不好的念頭，所以就問他叫什麼，做什麼事的。她告訴他他叫楊子廣，就是王小姐的朋友，聽說他是做投機的，很有錢。接著她就稱讚楊子廣的慷慨與良善，臥佛也就不說什麼。

那天晚上，臥佛一夜沒有睡好，他開始非常苦悶，想怎麼樣去規勸其蘋，或者去影響她不在那條路上墮落下去。其蘋則經過兩天的興奮與忙碌，早已睡得很甜。他開始發現，他同其蘋的世界竟是兩個，他似乎毫無能力將其蘋搬進自己的世界來，而自己也無法跳到其蘋的世界去。但是他無法否認他愛其蘋。那睡在旁邊的人，現在並不是他第一次見到的少女，她肉體已經豐腴起來，本來太細的腿部，現在已經非常健美，本來萎黃的面色，現在變成白皙健康，頭髮也燙成流行的風致。什麼都已經改變，可是她的臉，那大大的眼睛，仍是眼白過多的時時有無神的凝視，那圓尖的下頦同薄薄的嘴唇隨時推出不可解的笑容，露出她的圓稚的前齒，好像一直沒有改變的在喚呼臥佛的同情。這份愛是臥佛自己所不解的，也是臥佛許多朋友熟人所不解的。在臥佛失眠之中，他忽然設想到失去她以後的情形，他覺得這是他無法支持的。他決定想好好同其蘋談談，帶她走比較健康與美善的路；如果其蘋不能接受他的意見，他決定自己跳進她的環境裡去，後天就去參加她們的敘會。

他望見窗外天色慢慢的亮起來，從鳥叫到人聲慢慢跨到了白天，他應該起來了，但他想等候其蘋醒來同她談話，但其蘋竟睡得很香，平勻的呼吸，在自己的頭髮邊蠕動，美麗的手臂放在臥佛的身上。經過了這樣的失眠與痛苦，他一瞬間對其蘋忽然有妒忌、羨慕、憤恨、愛憐混合的情緒。他輕輕地推動她的手臂，但是她翻一個身，換了一個姿勢，又睡得很好很甜。

大概九點鐘的時候，其蘋醒了。臥佛拉拉她的手說：

「你醒了？」

其蘋翻一個身，露出淡淡的微笑。臥佛把手臂放在其蘋的頸下，開始同她談想談的話。他先問她是不是還想升學，於是就講到她現在的生活的不健全，勸她不要同那班人來往。起初其蘋一聲不響的聽臥佛在說，但不知那一句話刺激了她，她突然推開臥佛說：

「你不過看不起我的親戚朋友，可是你的朋友們也看不起我。他們來了只同你談話，從來沒有把我當個人。我不過請一次客，你就這樣那樣，要我斷絕他們。況且我也沒有花你什麼錢，那頭錢就夠昨天的開銷了。」

其蘋說著就要起來。但臥佛拉住了她，對她說完全不是那麼回事。他並不是看不起昨天來的那些客人，只是各人社會不同，每個人有他自己的本分，自己的工作，離遠了就會什麼都不像。但怎麼樣解釋都不能使其蘋平服，這是結婚以來第一次其蘋發這樣大的脾氣，最後臥佛用各種話安慰她，答應她後天陪她一同去赴那位楊子廣的敘會。

到了那天，在其蘋後母家裡，臥佛發現他們賭博的籌碼很大，這輸贏決不是臥佛所能負擔的。但其蘋竟若無其事拿著籌碼在賭，而在賭臺上，他們的談話行動竟是這樣的放肆，好像完全是另外一個傳統的世界，臥佛沒有坐好久就出來了。他心裡帶著說不出的落寞與苦痛，覺得好像這世界無地容他一樣。他信步到朋友地方，去打發時間過去。一直到黃昏，他方才告辭出來，一個人緩步回家。但是其蘋還沒有回來，他感到無限的空虛與渺茫，他不想吃飯，就拿一本書獨自躺在床上翻閱。

其蘋於晚後十一點多方才回來。她一進來，看見臥佛躺在床上，就告訴他她贏多少錢，又說楊子廣預備的菜是多麼好。最後還怪臥佛不應當在那邊一點不賭，只是拒絕人家給他籌碼，顯得非常「不漂亮」。

現在臥佛對這些話已經不想回答。他也不想再勸其蘋，他覺得自己好像面對著一個非常深闊的溝渠，想不出方法可以過去，就站在那溝渠前面一樣。

而無情的日子還是要過去，一切的情形越變越壞。其蘋有時候竟整夜不回來。她學會了吸煙，添置了時髦的衣裳，仿效著流行的打扮，買來了許多庸俗的飾物，但是她並不向臥佛要錢，她的錢是贏來的，她的東西常是她後母送的。

臥佛現在常常很早起來，一個人到郊外去散步，接著就到他擔任繪畫課的一個中學校去。他回家的時候其蘋總不在家，其蘋回來的時候他已經睡著，他們幾乎是很少見面了。在學校裡他整天吸煙，踱來踱去，很少談笑，也久久不繪畫。這很引起朋友的關念，而誹言流傳，似乎大家都在談論其蘋的種種，臥佛也置之不聞不問。

那時候已經近暑假了，學校快放假，有一天，史太太同史先生忽然來看臥佛，說她們要回史先生的老家青島去，希望他可以同他們同去，那面可以避暑，可以繪畫，可以散散心。她們特別加重散散心，好像因為臥佛沒有提起他的心事，所以也不便明白提起似的。不知怎麼，臥佛對她們的邀約非常感動，他不禁同她們談起了其蘋以及這婚後的經過。史太太於是就說到她雖然同其蘋家是世交，但自從沈大年的前妻死後，就來往不多，等沈大年過世，就更少來往。她知道她的後母本來是妓女，跟過一個人，被棄後就同大年同居。大年歿後，她先靠售賣大年的藏書、墨跡及字畫等為生。後來聽說家裡常常拉人去賭博，靠點頭錢過過生活；但好像生活得仍舊很好，不知是怎麼弄的。

臥佛這時恍然悟到其蘋的後母在拉攏其蘋的意義。他於是毫不隱瞞的告訴史太太其蘋的近況。史太太說其蘋恐怕虛榮心很大，起初或者想在她後母面前顯示自己的地位，後來反而被她後母利用了。她原想這樣可以使其蘋有一個較好的前途，想不到是這樣的結果。最後她希望臥佛能勸其蘋一同到青島，換一個環境，將她生活改變過來；否則還是早點同她離婚，使臥佛可以少些痛苦。

臥佛覺得史太太第一個意思很對，他希望他可以帶其蘋一同到青島去。但說到離婚，臥佛覺得仍舊不能失去其蘋。所以他希望史太太可以同其蘋談談，勸她跟他同去。

史太太走了以後，臥佛開始對帶其蘋到青島去看作一切改變的希望，他於是找一個機會同其蘋談這一件事。他先同她說學校快放暑假，再講到史太太要到青島去避暑。於是說起青島的風景，海濱的風光，他很希望其蘋會接上來說想到那面去玩去，但是其蘋竟沒有什麼反應。他於是只得表示出自己想去的意思，希望其蘋也同樣的表示，但是其蘋還是沒有什麼反應。於是臥佛開始說到假使他決定去了，她是否願意同去？其蘋仍舊不表示什麼。最後臥佛竟不得不用懇求的方式請其蘋可以一同去青島。

這樣談話的方式是他們兩人常有的事。究竟是其蘋早知道臥佛會懇求她而矜持，還是根本對於臥佛冷淡，這是兩個人都不十分明瞭的。這樣，在臥佛懇勸之下，其蘋慢慢從冷漠轉到允從。臥佛一時竟像重新獲得其蘋一樣的興奮，於是有萬種的熱情來預期到青島後的愉快。第二天臥佛就去看史太太，告訴她其蘋已允同去青島，只要他們決定行期竟可以出發了。

但是就在史太太決定了行期通知臥佛時候，其蘋忽然變更了主意。她說她想進一個暑期補習學校，下學期可以考個學校讀書。

臥佛對於其蘋這個主意感到非常突兀，升學的計畫已經好久不提起了，臥佛也好久沒有替其蘋補習功課。現在其蘋忽然想進補習學校，臥佛自然非常高興。他說假如她真決定這樣做，他也不想去青島了。但是其蘋則勸他自己一個人去，她說前些天史太太來過，同她談了許多話，她覺得她很對不起他，使他近來精神上很痛苦，浪費了許多精力，沒有好好繪畫。他現在應當一個人換個地方去調劑調劑心身，也許可以創作一些東西。她自己呢，現在也深深的感到過去生活的不對，想一個人重新過一個簡樸學生生活。他回來的時候，看她是不是已經換了一個生活方式。於是又流著淚說自己的不好，辜負臥佛的愛，如果臥佛伴著她也許反而驕縱她，使她感到依賴，同時她也將妨礙臥佛的藝術工作，所以希望臥佛離開她一個時候，希望彼此在小別之中，大家有點成就。

這一切都使臥佛非常感動，他非常興奮的第二天為其蘋打聽暑期補習學校為她去報名，最後他去看史太太，感謝她對其蘋的勸告。史太太說她那天因為臥佛不在家，所以趁此得同其蘋談到去青島的事情，並且希望其蘋瞭解臥佛的愛她，能夠鼓勵臥佛多努力於藝術工作。

其蘋從那天起，生活上的確改變了許多，很少出去，對臥佛的態度也變成非常溫婉。她似乎很悔恨過去，她悔恨自己的意志薄弱與後母環境的不好，最後又說及暑期中她後母因為一個乾兒子在上海要結婚，她去那面至少要住幾個月，所以可以不會來找她。

臥佛本想約朋友或者同事來住他的房子，做其蘋的伴侶，但是其蘋不願意。她說假使別人同她合不來，反而弄得感情不好。她說她想一個人有個女佣人作伴也就夠了，萬一偶而覺得寂寞，約一二個女朋友來陪她一晚很容易。但她不想叫別人搬來，搬進來了一時叫人家搬走反而不容易。

臥佛臨行那一天，其蘋非常溫柔的對他，送到車站還依依不捨，相約彼此每天寫一封信。一瞬間，臥佛真的不想走了。他一再叮嚀其蘋小心，車子開動了，他還是伏在窗口，同其蘋說話，一直到望不見她。

於是觸目的是廣闊廣闊的平野，遙遠遙遠的山與零落的村落。到上海已經很晚，他們住在旅館裡，要等第三天才有船開到青島；臥佛每天都寫長長的信給其蘋。

在船上，廣闊的天空與無際的海，使臥佛的心境開朗起來。他愛海，但他已經好久沒有看到海。他有滿心的欲望要在畫幅裡表現這海，所以到了青島，他就開始安心地工作了。

當然，最重要的是其蘋有信來。她的信雖是沒有說到自己，但寫得很好，句句都在關心臥佛；這使臥佛感到其蘋的復活，年來的痛苦他已完全忘記，他看到的是光明的未來。

在第一個星期中，臥佛就畫了一幅畫，他收到其蘋三封信，同樣的話在情書是不嫌重複的。她悔恨自己，關心臥佛，保證未來。可是她沒有提到她自己的生活，僅僅在最後一封信說到她要跟後母到上海去吃喜酒，大概兩三天就可回來。這使臥佛有一點不愉快，但這並非是一種反對其蘋到上海去玩一次的不愉快，而是他感到一種預兆，一種可怕的預兆。

當臥佛開始第二幅畫時候，他就不再收到其蘋的信了。這當然可以想到其蘋在上海是沒有寫信的機會，但即使有封短短的信，在臥佛可以有多少的安慰呢？但是竟沒有！

日子一天一天的過去，對著海天，對著畫幅，臥佛已經很難動筆。每當飛機在天空掠過，他就惦念其蘋的信是否在它的翼下。他無法再工作，他願意回到家裡，一個人關著房門來等。而很可能是其蘋的信已經在家裡等著他，他為什麼不能早點得到這份糧食呢？

他收拾了畫具，匆匆回家。家裡並沒有信等他，史先生史太太也出去了。他一個人洗了一個澡，喝了一杯水，陽光已經斜下來，黃昏在東方慢慢出現。他拿了一本書，搬一把籐椅坐在房前的小草地上。但是他沒有看書，他看的是天空，看它顏色的變幻，雲層的蠕動，紅霞變成白雲，灰霓化為紫雲，淺藍的深起來，深黃的淡下去，於是他看淡淡的月痕浮出光亮。天已經暗下來了，於是他看到一顆星，新鮮得像孩子初醒的眼睛，閃耀著溫柔的光芒，在藍色的天庭出現了。他覺得這是其蘋，她現在在幹什麼呢？在想他，在給他寫信？在上海還是已回到家裡？在玩？在吃飯，在看戲，在打牌？——有王小姐，有她的後母，有……於是就想到了所謂王小姐的朋友，那身庸俗而挺直的西裝，那付沾沾自喜的面孔，一瞬間似乎非常明顯的浮在他的眼前。他想到他同其蘋說話時的神情，那眼睛裡的邪光。這是臥佛第一次想到，第一次有這樣明顯的感覺，於是他想到其蘋突然給他的溫婉與完全不同的態度與談話，他陷於迷茫的痛苦之中。那時天上已經有無數的星星，他已經尋不出哪一顆是第一個升上天空的。這時候，史太太出來叫臥佛吃飯，他不知他們夫婦是什麼時候回來的。

在吃飯與飯後的一些時間，臥佛雖然時時同史先生夫婦談話，但是他心中一直未能擺脫那奇怪的感覺與猜度。到了床上，他不知不覺陷於失眠之中。他渾身燥熱，輾轉反側，一直到四更時分方才睡熟。天一亮他就起來，沒有等史氏夫婦知道，他一個人拿著畫具出來，他希望可以在工作之中忘去他腦中的陰影，但是經過了一夜的構造，他腦中的陰影似乎已經更深更完整，他無法忘去。對著廣大的海景，無邊無涯的畫布，豐富龐雜的顏色與畫板，他無法動筆。他極力壓制自己，使自己的腦力集中於海天的色澤上。但雲層中推盪著的竟是其蘋的怠倦的笑容，一個繼續一個。那海灘上偶而掠過人影，一個繼續一個，竟是那付沾沾自喜的面孔。他放下筆，努力責備自己。他旁顧來往的行人，坐在地上，使自己忘去了一切的存在。但是他心中一時焦熱，一時寒冷，四肢似乎在出汗，他無法自持。他立即收起畫具，漫步走著，穿過了街，穿過了街，街道已經熱鬧起來了，他沒有目的，沒有計畫，走著走著，突然他看到航空公司的招牌，他不知不覺就走了進去。櫃檯裡辦事人好像剛到，他也沒有注意，他機械地購買了一張飛機票，那是明天早晨就要起飛的。

臥佛回到史家，他說出明天就要回去的話，這很使大家驚奇。他只說他很想把其蘋接來，如果其蘋願意的話，他隔一星期就會回來的。大家也只以為是他想念其蘋，沒有理會他在心底跳動的魅影。

第二天上午臥佛就飛了回去，他從機場雇車一直到家。一路上他急於想到家門，看其蘋是否在家裡？但當他到了門口，他忽然彷徨起來，他在門口巡迴了數次，正當他想進去的時候，有一個女佣出來，他不認識。他避開了她，等她走到看不見地方，又折回去。這一次他跨進門口，但忽然聽見裡面嘈雜熱鬧的聲音，他知道其蘋的確在家裡了。不知怎麼，他又退了出來，一個人開了一間旅館。他下午睡了一覺，起來到外面跑了一圈。他本想去看幾個朋友，但他的心緒非常不寧，結果還是一個人在外面吃飯。飯後他又回家一次，這一次他根本無意進去。他只到屋後一個窗口上探視裡面的情形。他一眼就望見其蘋，同其蘋旁邊的一個男子。不用說就是那個沾沾自喜，說話很響的男人。好像那男人在下注賭博，其蘋湊在旁邊。臥佛只看見後影，但當那男子吸上香煙，其蘋為他點火的時候，臥佛看到兩個面孔的側影。他似乎清楚地看到其蘋那種誘人的怠倦的笑容，與那個男人沾沾自喜的面孔。他一時心上湧起妒忌的火焰。他想馬上闖進去對那個男人發作。他從屋後繞到前面，但當他抬頭看到了在風中搖曳的樹枝，看到了已經黑暗的天空，以及那上面的星星，他驟然覺得這情感的狹窄。他到了門口，又縮了回去。他一個人走到旅館，走進了那空洞的房間。房中滿是月光，他沒有開燈，走到窗口的一張沙發上躺下。現在他眼睛可以看到窗外的天空，他望著那淡淡的雲層推著月亮波動，望著那密密的星斗，他的心開始寬鬆下來。他吸起一支煙，靜靜地望著這一片天庭，他腦子似乎充滿了許多思維，但又是空洞得一無所有。不知怎麼，忽然有一顆星吸引了他的視線，他對它注視，注視，慢慢地那顆星竟形成了一個臉龐，這臉龐浮出了一層笑容，那一種似真似假的怠倦的誘人的笑容。這不是別人，是其蘋，正是臥佛在窗外看見的那副神情。他一時又無法靜臥。他站起，開亮電燈，他後悔剛才沒有闖進屋去，他想馬上再去，但是當他剛要出門的當兒，他從鏡子看看到自己。他發現自己已不是自己，是一個中魔的幽魂，於是他軟了下來，他坐在椅子上。如今他恢復了憂鬱的平靜，他的理智開始有點活動。他覺得現在應當決定是不是要挽回其蘋？如果不要其蘋，這憤激根本沒有意義；如果要其蘋，那麼其蘋是不是願意回頭？願意回頭，這憤激是不必的；不願意回頭，更不必憤激。為他自己的前途，他應當冷靜地同她分手，努力去忘掉她。他思索又思索，他決定明天早晨回去，與其蘋澈底談談。她如痛悔前非，就帶她到青島去；她如不覺悟，那麼索興大家清楚地走開。臥佛想到那裡的時候，他就解衣洗澡就寢。但當他躺在床上，他忽然想到如果明天去的時候，看到那個姓楊的男子就住在那裡，那麼他將怎麼樣呢？他這個概念馬上觸動他的推想，他覺得那個男人一定是住在他家裡，也因而換掉了他的佣人，所以他昨天看到那個從家裡出來的佣人會不認識。他胸中一時又開始激盪不平，說不出的火焰在心中燃燒。他想馬上去證實這件事情，馬上到家裡去尋求這個證實。但是他忽而覺得要證明這件事情，也必須等到明天。明天好像是有不能再等的遙遠。但接著他又悔恨自己的多疑，也許事情並不是如他所想，其蘋不過是天真無邪，趣味低級，喜歡熱鬧，所以受人愚弄，還不至薄情無恥虛偽欺詐如此。他反覆輾轉，忽正忽反的思索。頭發著熱，手腳出汗。他起來又睡倒，睡倒又起來。他痛苦煎熬，一直到五更時方才闔眼。但不過二三十分鐘工夫，他就霍然驚醒。他草草盥口洗臉，退了房間，提了他一隻手提篋，匆匆雇車到家裡去。

他敲門，敲門。許久許久才有人來開門，是昨天的那個女佣。他就問：

「你們太太在家麼？」

「她還睡著。」那個女佣說：「你是從哪裡來的？」

「上海。」臥佛說：「那麼楊先生呢？」

「也還睡著。」

「不要緊，我們是老朋友，我在客廳裡等一會好了。」臥佛說著就提著提箧走進來。他走在前面，佣人跟在後面。他就走進了客廳。那仍舊是毫無變動的客廳，裡面掛著沈大年的墨跡。他望著沈大年的字，開始對其蘋有一種奇怪的原諒。臥佛放下提箧，但沒有坐下。他看到了電話，他就打了一個電話給他熟悉的律師。等他放下電話，他發覺那佣人已經穿到裡面去了，他知道那是去通知那裡面睡著的人的。他就跟著進去，正當那佣人在說話，裡面開門的時候，他就搶上前面推門進去。他馬上就看見了那矮小姓楊的男人，披著臥佛的晨衣，顯得很不稱身，一手在掠著頭髮，一見了臥佛，他愣了一下。臥佛看他沾沾自喜的臉上，浮起了尷尬而醜惡的表情。他似乎想奪門而出。但臥佛較壯大的身體站在他出路的面前，他似乎因此改變了主意。一面收斂了尷尬而醜惡的表情，一面不知所措的浮出了低賤而諂諛的笑容，想開口而又不知說什麼好。臥佛怒目注視著他，像鐵鑄一般的站在那裡，不動也不語。而那個男人則像毛蟲一樣退縮到桌角邊去。臥佛突然看到還躺在床上的其蘋，他看到只穿著汗背心的上身，裸著手臂。一時間他似乎反沒有了妒忌，他只覺得醜惡與可憐，臥佛突然對那個男人說：

「去叫她起來。」

那男子聽了臥佛的聲音，駭了一跳。雖然後來尋到了這話的意義，但仍彷徨不知應當怎麼好。

「叫你去叫她起來。」臥佛又號了一句，那男子才遲緩地躡到床邊。那時候，其蘋已經被臥佛第一句的聲音驚醒。她在睡夢醒來，還不知道是臥佛。發現旁邊的男人已經不在，正想說什麼的時候，她聽見臥佛第二句話，她知道臥佛現在已經是在自己的面前。她假作睡著，鎮靜了一下，措思一個辦法。但在這個局面下，她有什麼辦法可想？正當那個男子躡到床邊的時候，其蘋頓然起身，眼光突然襲到臥佛身上，似乎是陰恨、羞恥、憤怒、畏懼的結晶，正碰到了臥佛的視線。她臉上浮出一種痙攣，好像想擠出她慣常的笑容而失敗，變成這可怕的歪曲。臥佛在這個表情前，他已看不出她具有的對他的魔力。隨她的表情而發的可以是潑剌訕笑的語言，可以是惱羞成怒的脾氣，可以是不顧廉恥的反擊。臥佛等待她一切的變化，想可以趁此發作他一心的憤恨。但是其蘋竟突然兩手捧臉，號啕大哭起來。這倒使臥佛對她有點可憐。那時候，那個男人則站在床角邊發抖，臥佛看到他拖著自己的拖鞋。臥佛於是從他下面望到他的臉部。他突然低下了頭，只要這時他對臥佛一注視，臥佛怕真會過去打他耳光。在這個局面下，臥佛已經感到這一切憤怒妒忌是多麼不值得了。他希望那男人會挺身出來，同他打一架，或者同他決鬥，或者侃侃發言，但是都沒有！那男人只是畏縮地站在那裡，沒有一點勇氣與魄力，臉上已沒有在賭檯上那種沾沾自喜得意的表情。那臉孔灰黃，眼睛夾著眼屎，低著頭似乎在設想什麼詭計，但又無能力實行。臥佛望見其蘋還在哭，他於是說：

「不用哭了。這是很平常的事。你喜歡他，早同我說，就不會有今天了。」

但其蘋還在哭。臥佛於是對那男人說：

「你是不是喜歡她？」

那男人不作聲，但隔了半天，抬起頭來，點點頭。

「那麼你叫她起來，你們兩個人寫一張字據給我，馬上給我帶她離開這裡。」

「好的，我自己起來。」其蘋突然跳下床來，她想穿衣裳，但臥佛搶過了她的衣裳，他說：

「你們先寫，寫好了再帶你們東西走好了。」

其蘋於是望望楊子廣，走過去，二個人似乎在目語什麼，她很爽快的在抽屜裡拿出紙筆。於是臥佛說一句，那個男人寫一句。就在那時候，臥佛打電話去約的律師來了。他本是臥佛的朋友，也曾經到臥佛家裡來過幾次，當然與其蘋也是認識的。佣人一直在門口，早已看清了裡面的一切，所以不敢阻擋那律師，他就一直到了裡面。當那律師看到了一個穿著晨衣，一個還穿著汗背心短褲的情形，也已一目了然。臥佛看他進來，就說：

「謝謝你來，我把這件事情托給你了。」

「但是這樣的事情應當先報告警察局的。」律師說。

「我只希望其蘋跟他去享福，從此不來這裡麻煩我。」

……

一個鐘頭以後，那個楊子廣同其蘋走出了臥佛的家門，從此臥佛再沒有想念過她。他於第三天又飛到青島。此後他一直一個人在各地流浪。

四

「把那個女子表現得這樣純潔，把那個女子表現得這樣純潔！」

臥佛自語著，望著放在他面前的畫。爐火融融發聲，對他似有一種誘惑的呼喚。突然，他冷笑了一聲，很快的拿起那畫，投進了壁爐。他望著融融的火焰，一個人忽然大笑起來，牆上是他兩三層鬍髭的濃淡的影子在振動。

火焰穿過了畫布，畫布從裂縫的焦爛處捲起來，於是燒到了木框。臥佛凝視了好一會，看它突然高起來又慢慢的低下去。不知怎麼，這火焰好像是他的安慰。當火焰低下去時，他逐漸感到了寂寞與不安。他內心似有說不出的震盪，他突然到堆著畫幅的地方。一幅一幅檢點著，風景、靜物、人群、動物、海與原野，他很快的拋在一邊，最後它又發現了一幅人像，是一個華貴莊麗的女子，戴著耳環，束著頭髮，端坐在那裡。他匆匆一看，就捧起插在壁爐裡，正在那火焰低下去的地方，斜靠在裡面的爐壁上，外面的爐架正好變成畫框。這光線，爐內的火與爐外的燈光，不知怎麼，使這幅畫看起來更加佳妙。臥佛像欣賞藝術一樣癡視著，凝視著，一直等那上面的油彩變色，畫布皺曲。火焰跳上來的時候，他面上也照紅了，發著熱，等那畫面已經看不出人影，他就背過身來，他看到牆上自己龐大的影子。他背著手，就在這影子上面，他看到遠景。那是一間很大的課堂，在那右面的角落裡，他看到那個華貴莊麗的女子，端坐在那端，仰著面孔在聽他講話。

他認識那個女子，但他一時想不出是誰，但在快下課的一瞬間，他猛然憶起她是：是叫什麼呢？他想不起，他翻一翻名冊，他查到李舜言。不錯，她叫李舜言，是陳而敬的女友。

陳而敬是四年級的學生，是臥佛最喜歡而認為最有希望的青年畫家。他不但繪畫有天分，而且書讀得很多，同臥佛往還很密，在師生以外，他們有深切的友情。所以在藝術與學問以外，也常常同臥佛談到個人的私事。他父母雙亡，家裡沒有別人，但是他星期六總是回去，星期一方才回來。後來臥佛知道他是到一個姓李的親戚家裡去。姓李的祖父同而敬的祖父友情頗篤。他在清末政治上的地位是而敬的祖父提攜起來的。到民國李家改政從商，在南方甚為興旺得發，而敬的父親在北方混在政治圈內，開銷大而收入少，日趨沒落，後來搬到南方與李家通誼，往還仍密。而敬只有一個人，而李家的兄弟很多，所以在一起，也同兄弟一樣。李舜言是李氏唯一的姊妹，年齡比而敬還大兩歲。中學畢業以後，她病了一年，後來就沒有升學，跟她母親讀點中國文學，學點中國畫，很有成就。現在忽然在藝專裡來選讀西洋畫，這也許是陳而敬的鼓勵。陳而敬愛李舜言已是很久，雖然沒有公開求婚，也沒有訂婚等形式，無形之中兩家都已默認似的。而敬同他父親一樣，雖然經濟情形不好，但從不願求人。因此在他不能養家的時候，他不願意提起這件婚事。

臥佛第一次碰見李舜言，是在藝專學校展覽會裡。陳而敬特地帶她過來替臥佛介紹，以後而敬也同她來看過臥佛。但她很少說話，端莊寧靜，所以臥佛在課堂裡碰見她，一時會想不出她是誰。

那天課後，陳而敬就同李舜言來訪臥佛，他們待了很長辰光。李舜言雖然仍少發言，但很有耐心在旁邊靜聽陳而敬與臥佛的談話。這以後他們就常常來看他，假期中臥佛也同他們一同去寫生野餐，有時候去遠足旅行。臥佛因為自己是孤獨的，有這一對朋友也減少許多寂寞。而而敬的畫進步得很突兀，越來越使臥佛喜歡，他覺得他有無窮的前途。

這樣過了不少日子，忽然有一二次李舜言也單獨來看臥佛，一變她同陳而敬回來時的情形，她也很能單獨引出談話的路線。臥佛現在知道她在中國文學，尤其詩詞方面修養很深，同而敬有近代思潮藝術趨勢等的知識完全是兩個典型；其次她談話總是幽靜婉轉，在別人說話的時候，她從不放棄靜聽的機會而發表議論，同而敬的豪放直率，喜歡傾吐他自己的意見似很有不同。所以給臥佛也另有一種不同的感覺。以後她單獨來看臥佛的機會漸漸多了，臥佛有時候就問起陳而敬。她就婉轉莊靜的說：

「我一天沒有碰見他，不知他在忙什麼？」

臥佛當然也沒有介意，在第二次而敬來的時候，臥佛提起李舜言來看過他，而敬也覺得是很自然而平常的事。但不知怎麼，而敬來看臥佛的場合竟慢慢地少了，有時候臥佛碰見他約他來玩，他來的時候也沒有過去的落拓與自然；再後來，而敬幾乎越來越同臥佛疏遠，即使在校園裡相值，而敬也故意繞開臥佛，這使臥佛很奇怪。有一次當李舜言來看臥佛的時候，臥佛忽然談到這件事，說他覺得並沒有什麼有使而敬誤會的地方，怎麼而敬忽然對他變成了這樣。李舜言忽然輕妙地笑著說：

「大概因為你期望我太多，他覺得你不夠重視他了。」

臥佛馬上想到在一同寫生或作畫的時候，臥佛對李舜言的意見的確常常比對而敬為多，但這因為而敬自己已經摸到了路，而李舜言還是入門之故，怎麼而敬會有這種誤會呢？或者是而敬以為教李舜言的職責是屬於他，而不應由臥佛代庖吧？但是李舜言是他的選課生，他自然有教她的義務。於是他決定以後多讓而敬去教舜言去，當時他就說：

「不知會不會因為你太相信從我學畫，所以……」臥佛沒有說下去，他不知道怎麼措辭好，但李舜言已經覺得，她就起身告辭了。

日子輕易地過去，現在臥佛開始聽到了謠言，有人在說他搶而敬的愛人了。臥佛很驚駭與不安，一方面覺得這大概就是而敬疏遠他的原因；另一方面又怕李舜言誤會他的意思，他先想約他們兩個人大家談談。後來覺得這樣或者會使大家難堪，不如先坦白問問而敬看。

於是有一天晚上，他直接去找而敬，約他一同到外面去散散步。

那是一個晴朗的秋夜，正是已冷未寒的天氣。校園裡樹葉未落，青草已萎。天上滿天星斗，雲淡風微。臥佛同而敬在白色的路上走向校門，在黯淡的路燈下，看著自己的人影與樹影交錯著，彼此默默無語。臥佛已經幾次想開口，但不知從何說起。而敬知道臥佛有話要說，而很確定的相信自己知道臥佛要說的是什麼。他已經很有準備的來應付這個場合，但是他必須期待臥佛先說。似乎除此以外，再不能如過去一樣的談，談天南地北——無論一本新書，一幅新畫，一個世界文化上的消息都可以引起彼此的談鋒。在這個場合上，大家似乎必須沉默。這沉默是落寞而陰沉，緊張而不舒適。走著走著，已經快到校門了。而敬受不了這空氣的壓迫，他勉強地哼出一隻歌，一遍又一遍地，不斷的哼著。這在平常，臥佛會不覺得什麼，但現在，臥佛討厭他唱，討厭那歌。許多許多時候，他還是反覆的在哼，臥佛於是不耐煩地說：

「你可以不唱麼？」

「……」而敬沒有回答，他不唱了；他回過頭來望了臥佛一眼，這眼光中似乎含蓄著疑問輕視與挑釁。臥佛上去拍著他的肩頭說：

「太寂寞，這空氣！讓我們到咖啡館去談談好不好？」

而敬沒有回答，但先出了校門，臥佛跟著出去。

在咖啡館裡而敬叫了一杯咖啡，加了糖與牛奶，一直用銅匙撥動著，眼睛望著那旋轉變動的顏色，沒有說話。

臥佛喝了一杯酒，抽上一支煙，他開始說：

「你大概也聽見了近來的謠言。」

「什麼謠言？」而敬抬起頭來，假裝不知道，用冷笑的疑問問。

「關於我與你的愛人什麼。」

「……」而敬不響，還期待臥佛往下說。

「我想這謠言的來源是……」不待臥佛說完，而敬很爽直說：

「是因為你的信。」

「我的信？」臥佛說：「什麼信？」

「你不知道？」而敬用挑釁的眼光，冷笑的口吻，諷刺的語調說：「當然是你給舜言的信。」

「我什麼時候給過她信？」

「也許不是信，是情書。」

「而敬，你聽誰說的？」臥佛笑了：「你認識我已經很久，如果有這樣的事，我今天不會約你來談話了。」

「我不知道你要同我談什麼？」而敬忽然頹傷地說：「但是你給舜言的情書是我親眼看到的。」

「那也許是別個同學給她的信。」

「老實說，葉先生，我決不會去偷看你給她的信，是她自己給我看的。」

「真的？」

「自然。」

「那麼這裡面一定有別的蹊蹺。」臥佛說：「明天夜裡，我請你們吃飯，你約舜言一同來看我好不好？我倒要問一個究竟。」

……

臥佛與而敬在歸途中已經有不同的情緒。而敬對臥佛比較有一點諒解。臥佛於是告訴而敬，這樣的事情固然也可能有，但是他決不會做得這樣不光明磊落，而敬也算是與臥佛很接近的，怎麼連這點都不能瞭解他。最後他希望而敬明天多同舜言在一起，不要以為他會先同舜言去接頭。他於是說明他的態度，要求而敬幫助他弄明白這事情的原委，因為那很影響他的名譽與人格。

在分手的時候，臥佛發現而敬的眼光中已經對臥佛有諒解與信任的成分，他心裡很快活。

第二天下午，臥佛很盼切的等待而敬與舜言。但一直到很晚，天已經很暗，臥佛在門外等著，以為他們不來了，但忽然看到而敬一個人慌張匆忙的走來，他看見臥佛就奔過來，他喘息著說：

「舜言不肯來，」歇了一會，而敬又說：「她哭得很厲害。」

「為什麼？」臥佛說。

「我想，她大概也發現了那信是別人假造的。」

「假造？」

「假造你寫給她。」

「這算什麼意思？」臥佛自語地說。

而敬不再說什麼。

臥佛於是同而敬兩個人去吃飯。在飯館中，而敬一直非常沉默，低著頭，不敢正眼去看臥佛。但臥佛看到他內心，他現在對臥佛是覺得非常歉仄與慚愧了。

「只要這事情弄明白，就不要再想再提，」臥佛於是說：「我希望我們還是同以前一樣，我們仍舊是好朋友，是不是？」

而敬點點頭，臥佛看到了而敬感激的眼光。

大家沉默了，隔了許久。最後而敬忽然注視著臥佛說：

「葉先生，你大概還不知道……」

「關於什麼？」臥佛很突兀的問，而敬於是囁嚅著說：

「關於……，你大概不知道舜言可的確在愛你。」

「這怎麼會？」

「但是這是真的。」而敬很嚴肅的說：「事情是這樣，當別人假造你的信給她以後，她覺得非常光榮而快活，現在知道這不是你寫的，她很傷心。」

「可是你，你難道不是她所愛的人？」

「我也許是她在家裡時候想嫁的人，但她從來沒有愛過我，這是的確的。我先以為她的個性是冷靜端莊，沒有什麼熱情，現在知道並不是如此，她也一樣有熱烈的愛，只是從來沒有愛過我就是。」而敬鄭重地說著，忽改變了語調：「葉先生，你究竟有愛她沒有？」

「沒有，我從來沒有這樣感覺到。」

「這因為你把她當作我的愛人，但現在，平心靜氣，比方你想想看，是不是有點愛她？」

「我不是這樣容易去愛一個人的。」臥佛笑著說：「我是受過創傷的人。」

「那麼她太失望了！」而敬說：「那麼她也許不會再來學校，不會再來看你。」

「這樣也許對大家都好。」臥佛說：「其實要學畫，她很可以從你學。」

「但是，據我想，她是因為愛你，所以要接近你，所以才來選課的。」

「你是說……」

「在那個展會裡，第一次我帶她介紹給你，從那時起，她就愛你了。」

「哪有這回事？」臥佛笑著說。

而敬以後沒有說什麼，臥佛就避開了那個問題，想談些別的，可是而敬一直沒有興趣，好像腦子裡始終在想這件事，突然臥佛發現了他心中的惆悵，他還是在單戀舜言。他沒有法子給他安慰，飯後，坐車子回學校，彼此沒有再談什麼，就走散了。

第二天起，李舜言果然就沒有再來學校，更沒有來看臥佛。而敬呢，雖然有來訪臥佛的時候，但沒有以前的活潑，沒有以前有生氣，往往坐了一會，談一點事務，笑了笑，嘆嘆氣就走了。

但是兩個星期後，臥佛回到校舍時，忽然收到了而敬一個字條：

葉先生：後天星期，早晨將偕舜言趨訪，希勿外出，我們可以到什麼地方去玩玩。

——生而敬三時

於是星期早晨，而敬果然與舜言來了。舜言打扮得很脫俗，很長的頭髮後束著紅帶，垂著兩顆紅寶的耳環，披一件博大黑呢大衣，腰際束一條鮮紅的皮帶，配著她長圓的臉龐，挺直的鼻子，端莊的眼睛，顯得非常華貴莊麗。不知怎麼一個印象，臥佛忽然說：

「你很懂得打扮。我倒想這樣為你畫一張肖像。」

「真的？」舜言端莊地微笑著說。

「我們現在就畫，好不好？」而敬忽然高興地說：「下午我們再出去玩好了。」

這樣而敬就為臥佛拿畫具，於是兩個人就開始畫李舜言的肖像。一直到十一點多鐘才歇手，約定隔天下午再畫。

但收起畫具，洗了手，一同預備出去吃飯的時候，而敬忽然推托有事，叫他們兩個人去。臥佛極力要他同去，但是他說他剛才竟忘了有約在先，很對不起。舜言則在旁邊很大方自然沒有說什麼。結果而敬就笑著匆匆的走了。臥佛就伴著舜言去吃飯，覺得非常不自然，飯後舜言似乎並沒說要回家，於是臥佛提議游湖去，到了船上，臥佛忙於划船，倒減少他內心的窘迫。

季節雖是仲秋，但天氣很好，又沒有風，臥佛後來脫了外衣還覺得很熱，額角上透露了汗珠。舜言坐在後面，沒有說什麼，一直注視著臥佛握著槳在划動的兩臂與他忽伸忽曲的膝骨。後來到了一個橋下，臥佛歇了一會。舜言忽然過來用她小小的手帕拭吸臥佛額上的汗珠，臥佛聞到了一種幽美的香味，接著她拿臥佛的外衣披在臥佛的身上說：

「當心冷。」

舜言幫臥佛穿上了衣裳，就回到了原位，端坐著，透露閒適的微笑，一瞬間臥佛不知怎麼就忘去了剛才不自然的窘境。在飯桌，他用盡心力找話說，但說出一二句就繼續不下，現在似乎很自由了。他從對岸的柳樹人影，說到了氣候，說到了顏色，說到大自然的變幻，而舜言似乎總能在臥佛說話快告段落的時候，插入一二句溫婉的言辭，使臥佛重新有所發揮。

他們過了一個很美好的下午。

第二天下午，是繼續繪舜言的肖像，第三天也是。那張畫在一星期後方才畫好。在那一星期之中，而敬也是每天來的，他似乎很專心於繪畫，在歇手的時候，他總要先走。有兩次是舜言叫他陪回家去，他同舜言一同走。有一次是三個人一同去吃飯的，還有幾次而敬則總推說有事，讓臥佛與舜言兩個人去吃飯。

現在他們已經很自然，臥佛與舜言如果兩個人吃飯，飯後總要到咖啡館去靜談。他們談些許多故事歷史人物以及一切不知所云的種種。舜言總是一個動人的聽者，她的注視，她的一舉一動，一兩句短短的插話，都使說話的人得到了暗示與鼓勵，願意傾訴他一切的感想。於是一直到十點左右，等舜言要回家時，才送她回去。

在舜言的肖像畫完成以後，舜言就較少來看臥佛，但忽然寄給臥佛一封信，信中談些感謝他繪畫與一些關於聽他談話時的快樂的感覺。臥佛也就回了她一封信。他非常謹慎的寫那封信，連自己這幾天感到的空虛都沒有提及。以後就常有這種信札的往還，每次臥佛有約她敘敘的意思，但每次都覺得不便而沒有提及。

那時已到秋末，西風起處，樹葉滿地，天氣突然冷了起來。就在這天氣變化之中，臥佛看到了而敬的變化。他現在又常常來臥佛地方，慢慢恢復了他以前的活潑豪爽與愉快。在校園中臥佛常常看到他同二年級一個頭髮剪作童花式活潑小巧的女生在一起，猜想到他已經尋到了愛情，但始終沒有同他談過。有一天，而敬忽然告訴了臥佛，他說希望臥佛願意他帶她來玩。於是一個星期日，而敬竟同她來了，她叫孫素妮，是圖案系的學生，小巧活潑，圓眼睛圓臉，動作與談話，都很天真。穿一件藍布衫，不敷一點粉脂，臥佛也覺得她很可愛，並且深深地感到，對於而敬，孫素妮當然要比李舜言合適，他們玩了半天，臨走的時候，而敬說：

「舜言星期日想在家裡請我們吃飯，想請你一同去，你高興去麼？」

「在她家裡？」

「是的，」而敬說：「沒有別人，我們三個人以外，還有她兩個大弟弟。」

臥佛雖曾好幾次送舜言回家，但從來未走進她的家門。他感到那扇木柵有點神祕，現在當然是滿足好奇心的機會了。不用說，在這些日子通訊之中，他的確下意識地有想見舜言的欲望，所以他就接受了這個約會。

星期日，臥佛走進了舜言的家。那是一所老式的房子，但是有整潔的布置。而敬迎出來招待他，為他介紹了舜言的父母，並碰見了舜言的弟弟們。舜言的父母同臥佛談了一會，說另有應酬就出去了，於是他看到舜言與孫素妮。

今天在舜言與素妮的面前，臥佛清楚地看出這兩個人完全不同的典型。舜言身長玉立，她的風度與儀度完全是大家閨秀，而素妮小巧玲瓏，還像一個活潑的中學生。舜言比而敬大二歲，素妮似比而敬要小三四歲，在年齡方面講也的確有相當多的距離。舜言的談話溫蜿而扼要，像一隻懂事的鸚鵡，舉動輕妙而緩慢，像夕陽下的海鷗；素妮的談話迅快而有趣，像一隻學語的燕子，舉動敏捷而多姿，像朝曦中的痲雀。臥佛奇怪而敬怎麼可以將素妮代替舜言，如果他愛素妮是真的，那麼他當初也許就沒有愛過舜言；如果她愛過舜言，那麼素妮也許只是他一時的愉快的伴侶，使他忘去了失戀痛苦，於是就誤作了愛情。

但是在整個宴席的過程中，臥佛看到了舜言大方而自然的儀態，她處處像是而敬的姐姐，並且能以親愛而有分寸的去招待素妮。這完全同當初作同而敬來看臥佛的時候不同了，她擺出主人的風度，而把臥佛當作了主客，好像而敬與素妮是較年輕的陪客，這起初很使臥佛有點不舒服，但時候一久，因為而敬似乎處得很自然，臥佛也開始安適起來。

席散後，他們用了水果與茶，又談了一會；臥佛才告辭出來，而敬與素妮同他一道走，於是他們三人回到了學校。這以後，很自然的有好幾次四個人在一起玩，在一起繪畫，而每次都看到素妮與舜言友情的進步。素妮似乎很聽舜言的話，三次兩次幫同舜言籌備野餐，由而敬來約臥佛，他們過著很快活的日子。但是臥佛心裡總有一種說不出的畏縮。他始終同舜言保持著友誼的距離。

而沒有日子等待過人。天氣冷下來，冷下來。風掃盡樹上最後的殘葉。兩三次霏霏的雪花點綴過寂寞的校園，已經是快到寒假的時候了。就在那時，而敬有一天很高興的告訴臥佛，說他的朋友沈管遙要出國，那些中學裡的功課要讓給他，他以後經濟情形可以使他成家了，他打算在寒假裡與素妮結婚。

這並不出臥佛意料以外，但這樣快則是他所想不到的，而敬年輕、熱情、完全是情感的動物，他愛、他做、沒有想到許多現實的問題，與事件的後果。實則他的經濟情形，臥佛是熟識的，他家裡有一點不動產，不是給人家吞占，就是自己變賣，早已什麼都沒有。好幾次學費都是別人幫忙的。許多次臥佛看見他不畫油畫的時候，臥佛發現是因為沒有錢買顏料的緣故，就買了一些送給他。他也知道孫素妮也是一個貧窮的孩子，所以他們過早的結婚，臥佛想到怕不是一件十分妥當的辦法，但是臥佛並沒有把他的感想說出來，他知道這在他們情感上已經是無法阻延的事情，所以當時就非常熱烈的慶賀他。

一切都是順利的，寒假放了不久，而敬與素妮就舉行一個簡單的儀式結合了。臥佛是他們的證婚人，自然也到了李舜言的一家，他們給而敬許多幫助與便利。這一對新夫婦婚後就在學校附近租了兩間簡陋的房子，過著很簡單的生活，自己買菜，自己用打氣爐燒飯。好像世界就是這樣的簡單，而人生就是這樣容易愉快與滿足。

那時學校裡的同學都散了，天氣很冷，一個人住在校舍裡，總是寂寞的，臥佛於是就變成那個小家庭的常客。那裡有家庭的溫暖，但沒有形式的拘束，而他們精神上是和諧與愉快的，對於臥佛，更沒有一點點掩飾與隱藏。他們也需要這樣的朋友，所以每當臥佛有三四天不去，他們就會來請他。逢到天氣好的時候，他們就要拉臥佛一同去野外繪畫。不用說，這裡面常常是有李舜言在一起。在臥佛的眼光中，李舜言做這樣家庭的賓客是不合適的，也許在李舜言的眼光，臥佛也是不合適的。因為事實上，他們兩個人在那裡，並不能有而敬同素妮這樣的有生氣。他們有天真無邪的大笑，無拘無束的吵鬧。他們有時候也許是野蠻的，他們不修邊幅，不管整潔，常常因為做不會做的事情，鬧得很可笑，有時候兩個人為殺一隻雞，弄得一身是血，燒一隻菜，弄得一地是水，但他們處之泰然。這在臥佛，尤其李舜言當然是不習慣的。但不知道是不是因為為碰見臥佛的緣故，李舜言竟常常微笑著坐在那裡看他們熱鬧而感到有趣；也不知道是不是因為下意識為碰見李舜言的緣故，臥佛竟喜歡在他們那裡吃飯喝茶與談話。而一切雖在不說穿與不明意識到之中，而敬有意在使臥佛與舜言接近則是很明顯的。常常因為舜言一個人在他們那裡，而敬自已或者叫素妮來叫臥佛，或者當臥佛一個人在的時候，他們要偷偷地打電話去叫舜言。而時時，當飯後茶罷，大家該安息的當兒，臥佛就注定了送舜言回家。在寒冷的冬夜，寥落的街頭，臥佛伴著她走。有時候雇車子，有時候，舜言望著月亮說：「時候還早，月亮很好，我們走走吧。」於是臥佛走在她的身邊，似乎很安詳，但覺得局促，似乎有許多話，但找不出說什麼。在這些機會中，臥佛好像意識到舜言在等他說一句什麼，但是臥佛不敢說。他知道只要一說，生活就此確定，可是在他的心底時時有那句話湧出來，湧到喉頭，湧到舌下，於是他用盡力量把它咽下去，另外找一句話出來，譬如說：「你會冷麼？」

「很舒服。」舜言常常這樣回答。於是到了李家的門口，臥佛為她按電鈴，反身轉來，就看到舜言端正的面孔，眼睛浮動著期待的光，端莊而大方地微笑著，兩瓣寒冷中熬受的嘴唇微顫著。於是臥佛眼睛看在別處，說：「再會。」

「回去早一點睡吧。」舜言有時候會伸出一隻溫暖而柔軟的手同臥佛握著，於是輕輕地這樣說。

但是臥佛每次回去都很難睡著。他不知道是不是已經愛上了舜言，可是他的確不想愛她，好像即使是愛情也是而敬所創造的，不是他自發的。不過在一切的一切以外，他想碰見她，伴著她，則是無法掩飾的事實。有時候他自責自己膽小，有時候後悔自己沒有說出應說的話，有時候他同情舜言，她似乎已經有很久的期待與不少次的失望了。

但臥佛竟不知道除非從此永久不會見舜言，否則這個日子總是無法避免的。這個日子終於到來。

那天天下大雪，下午臥佛買了一隻雞一尾湖魚，兩瓶葡萄酒到而敬地方。素妮一見到臥佛，就想打電話給舜言，但是臥佛阻止了她，說這樣大雪不要去約她了。但到了傍晚的時候，雪不落了，忽然舜言自己進來，她買了些罐頭食物，糖果，以及許多零碎的東西，這在舜言原是常事，因為大部分也是代表她母親對而敬的意思。他們當時就有了一個熱鬧豐富的夜餐。飯後，舜言很早就要回去，臥佛就陪她出來。到外面，她說：

「他們裡面真悶，我們去湖濱散散步好不好？」

地上雪積得很厚，樹枝像都開了銀花。黯淡的街燈照著靜寂的街道，少數的腳印在積雪上迂迴著。天上的月光正好，凍雲一二朶，徘徊浮動，像大海裡的帆影。臥佛伴著舜言走著，在每一個腳印中留下了清晰的聲音。

「啊，很滑。」舜言這麼一說，臥佛就去扶她，他看到舜言穿一雙銀色的套鞋。

臥佛一直扶著她，忽然在一襲街燈下，臥佛發現自己戴著橘色手套的手正握著舜言的手。她戴著長毛的純白色的手套，手背上點綴一點紅花。於是臥佛看到拋黑色鬈毛皮大衣領下的圍巾，是白色的，而她的頭髮顯得異常的馥郁。

大家沒有說什麼，可是都在想什麼。他們靜默地走出了一條街，又走了一條街，一直走到湖濱，順著湖濱走去，他們走到了一座橋。手攜手，他們走上了橋頂。臥佛用手推下橋欄上的雪，他坐了下去。忽然舜言說：

「你看那面的火光，大概是著火了。」

臥佛果然看到湖那面的火光。火光旺起來，天空的一角紅了，湖底的一角也紅了。他望著望著，忽然他想到了一件往事，他凝視那遙遠遙遠的火焰，他出著神。突然，他覺到有人在他的旁邊，頸上有茸滑的感覺，他馬上發現是舜言戴著手套的手。他一隻手按到她的手上，回過頭去。面對著舜言。他兩手握著舜言的那只手。

「你在想什麼？」舜言溫婉地問。

「沒有什麼。」

「我倒想起了你展覽會與那幅畫。」

「哪一幅畫？」

「《天宮之火》。」

「……」臥佛忽然不響了，垂下頭。

「你內心很寂寞，但是你從來沒有同我講過。」

臥佛沒有說什麼，仍舊低著頭，但突然握緊了舜言的手，他說：

「舜言，是不是你真的在愛我呢？」他抬起頭，站起來，看到舜言眼睛裡疑問的光芒，看到她端莊的笑容，顫動著嘴唇，她似乎要說什麼而沒有說，但是臥佛已經擁吻她了。他知道他在愛她，愛她已經很久了，他在她耳邊這樣說。

……

臥佛送舜言回家後，一個人回到學校去。他一路上在車上始終想著那火，那舜言所說的《天宮之火》。走進校舍開亮燈，撬旺爐火，他馬上檢出那幅畫，那幅《天宮之火》。這是一幅舊作，他很久很久來對它已沒有回憶與想像，但一瞬間因為舜言的一句話，他重新掀起了自己的創傷。他把畫放在椅子上，對著那畫。他寫了一封信給舜言，他告訴她他今天的感觸，懺悔他的過去，他訴說他愛她，自卑地說他沒有資格去接受她對他的愛情。

他寫好信已經很晚，望著那畫，那爐火，他感到非常的鬱悶。他突然把那幅畫折斷，投入了爐中。

他看到爐火燒著了畫布，火焰中發出融融的聲音。

五

「是火，是火！」座下有人驚惶而低聲地說。

「著火了，著火了！」臥佛看見旁邊有人，一面回過頭去一面低聲說。

「火！」不知從那裡來的聲音。

「火！」四處都發出這樣的聲音。

「著火了！救火呀！」接著聲音很大很大，於是就摻著混亂的椅子聲音，大叫聲，哭聲，罵聲。……！

臥佛踏著倒了的椅子，蹌踉地跟大家向東跑。但沒有跑出座位，前面的群眾大叫東面有火，潮一般的湧回來。這時候許多人都在腳下零亂的座椅間倒了。有的拉起椅子亂打，推開潮水般的人爬起來，有的在地下大號大哭大罵，人踐人，人擠人，人拉人，人推人。還有許多人似乎嚷著：「維持秩序，維特秩序。」但沒有人理會，也沒有人知道如何維持。混在一片慘叫駭號的聲音中，仆倒起來了好幾次，臥佛知道腿部已有輕傷，他掙扎著向比較空的地方退去。

這時候人往西面擁，但忽然有人嚷：

「前面也有火，這面也有火！火在這一面。」

於是人就像風一般擁推到南面去。這一陣比前一陣更可怕。每個人幾乎都像地獄的魔鬼，大家的衣服都已經撕破，許多人面上流著跌破抓破的血。一瞬間似乎每個人都是每一個人的仇敵，人人的眼睛發著紅光，人人的手臂像毒蛇。抱孩子的孩子早已擠掉，擁親友的親友也早已擠散，大家搶著往前，地下是哭聲，慘叫聲，呻吟聲……

臥佛忍著腿上的創傷，退向空處，這時候他已經退到牆壁。他剛才曾經隨著群眾慌亂，這時候倒比較有冷靜的眼光看四周。他聽到東面有火，西面有火，但一直到這時候才看到兩面的火光。兩面的火光似乎延上了屋頂，場中已經彌了煙霧。人群都擁向南面，他看到南面的太平門似乎開了，但是往那面湧的人還是沒有移動。他試想那面擠去，但知道希望很少。

場中的煙霧越來越濃，他眼睛已經流淚，嗓子禁不住嗆咳。忽然他看見屋頂上的火光，他知道這已是千鈞一髮的時候，他順著牆摸著向舞臺的方向移動。但沒有走十幾步，忽然摸到柔軟的布幔，他一掀動，有一陣煙擁了出去，他也就馬上穿出了布幔。

布幔外面煙霧稍輕，他馬上發現是女廁所。有三個婦女跪在地下磕頭唸南無阿彌陀佛，有一個抱著小孩在哭。房間很小，氣味很重。一個很高的小窗外面正紅著火光，火舌遠遠舐過來。一面是一道磚牆。一面則是木板的板壁，臥佛試試並不十分結實。但是決不是赤手可以推倒，但是他尋不出一個器械。忽然他看到旁邊有三只木桶，他急極生智，他倒淨一隻拿起來向板上撞去。沒有四五下就擊穿了，他這時早已忘了腿創，馬上跳了過去，大叫裡面的人跟他出來。

出了這板壁是一個狹長的院落，一面是大牆很高，一面是到後臺去的路。彎進小小的弄堂，煙霧已經塞得無法進去，裡面一陣亮，是火的閃耀，不用說那面是一條絕路。他正想退出來的時候，但不知道怎麼忽然看到火光下照出裡面一架梯子似的東西，他覺得這是一線生機，非搶到它不可。

那時後面幾個女人緊跟著他，他叫她們等在小院裡。他冒著煙霧忍住呼吸就向裡面衝去。裡面的火光已經竄得很近，他向似乎看到的梯子摸去，但忽然踏到了一個柔軟的東西。那個東西突然發出一個奇怪的聲音，他一摸，知道是一個人。他拉了他一把，那個人呻吟了一下。這時忽然一陣火光使他看到了梯子，他過去一把搶了它，把那個人翻到梯子上面，就拚命地拉了出來。

到小院裡，他方才定一定心。那是夜，但幸虧有點月色，他看出那個人是演戲的。他把他推在地上，趕快把梯子豎起。那梯子的腳已經有點燒焦，他倒過來放好了。這時幾個女人正在看地下演戲的。他已經醒來，囈語似的在說聽不出的話。

臥佛本想叫女人們先上去，但發現梯子太短，離牆頭還有許多距離，他就拉醒了那個戲子，大聲的叫：

「快起來跟我。」

那演戲的似乎想到了他在暈倒前的情形，突然振作起來，慌張地聽憑臥佛拉他，跟著他到梯子跟前。

那一個抱小孩的女人正搶先的在登梯。臥佛一把把她拉開，把正在號哭的孩子抱到自己懷裡，說：

「讓我先上去拉你們。」

他搶著上去，跟著是受傷的演員，下面別人也跟隨著上來。

到臥佛走到最高一階時，他發覺他一隻手抱著一個孩子，無法跳到牆頭上去，於是他大聲叫大家停一會，他把小孩慢慢地移給下面跟上來的演員。

他兩手扳到牆頭跳了上去。於是他再伸一隻手下來，把孩子提上去，以後再一個一個的拉她們。

「阿彌陀佛。」最後一個女人上來時說。

牆外人聲嘈雜，簡陋的救火車拉來拉去的去施救。臥佛正想大聲喊救的時候，忽然他聽見在他旁邊一個女人說：

「……白玉珠……」

六

爐內的火焰聲漸漸低了，但風門上的紅光還是亮著，有微弱的輕煙從風門的微隙間吐露出來。臥佛注視那一方塊的紅光，感到一種疲乏。他閉起眼睛，似乎有許多發亮的火星在他眼前跳躍，忽明忽滅地一顆一顆的閃光，又忽散忽聚的併合、激撞，組合成各種各樣的圖案，忽然凝聚一個新鮮明耀的人影，靠在臥佛的身邊。

臥佛於是很明顯地可以看到她的臉，開闊的前額把她眉毛與眼睛陪襯得好像很近，這眉毛是修長的，明晰清楚得像是每一根都代表全部，細的、柔的，發著說不出的光亮。眼睛閉著，上下的睫毛交叉地鎖在那裡。面頰是柔和的，透著粉紅色的色澤像是剛剛煮熟的蘋果。而這挺秀而修長的鼻子正好將一副孩子氣的面龐支起了成人的莊嚴，鼻葉掀動著像是一顆跳躍著的心，它牽動弓形嘴唇的微顫，還牽動了她胸部的起伏。

她像一隻受傷的白鴿，斜側坐在馬車裡。臥佛把她的手安放到她的襟前，突然發現她手背指節上的傷痕。她的手像是荷瓣一樣的嬌柔，這傷痕可像是很粗的銼刀拉過的痕跡，帶血漬的皮膚皺縮著，臥佛很想把它先包扎一下，但是這已經不可能。他叫馬車駛到聖慈醫院。

這是臥佛第一次與白玉珠會面，沒有交換一句話，沒有交換一個視線，但是臥佛發覺自己完全被她的形態所屈服，這一個形態似乎是臥佛多年前所幻想的，也似乎是臥佛多年來所夢思的。

臥佛有一個姓丁的中學的同學在聖慈醫院做實習醫師，臥佛經過他很快的把白玉珠安頓在病榻上。丁大夫帶臥佛到外面走廊上，看臥佛身上的骯臟與神情的不寧，很有興趣的問他從火裡逃生的經過。

這時一個住院醫師到病房裡去看白玉珠，出來時丁大夫替臥佛介紹。臥佛於是很焦急的問：

「劉大夫，她沒有重傷麼？」

「有一點熱度，但大概是受了驚嚇的關係。」

「她身上沒有硬傷嗎？我救出她的時候，看她好像受過什麼重擊似的。」

「她說她不覺得有什麼傷痛。我想不十分要緊的。」

劉大夫說完走了。臥佛也想同丁大夫告辭的時候，丁大夫告訴他，護士已經打電話去叫白玉珠的母親，叫他等她母親來了以後再走，一面給他一支煙，一面坐下來說：

「你本來認識她嗎？」

「不認識，但是你知道我到這裡來了以後，常常看她的戲。」

「我知道你很喜歡她的。」

「我想是的。」

這時看護帶著白玉珠的母親進來，她手裡提著一隻手提箱，面上有很不安的神情。四面望了望，於是停在丁大夫的面前。她是一個很壯碩的女子，開闊的前額很像白玉珠，眉眼間透露的像是很能幹的典型，沒有白玉珠的嫵媚，鼻子可完全是白玉珠的鼻子，但顴骨很高，面頰與嘴唇完全沒有女性的溫柔，這幾點就恰巧與白玉珠相反。但是，當她聽到臥佛是救她女兒的人，她非常感激地露出誠懇的表情，眼梢上波出動人的漪漣說：

「葉先生，我不知道要怎麼樣才報答你，你知道我只有這一個女兒。」接著就問丁大夫，關於白玉珠的情形。丁大夫複述了剛才劉大夫的話，安慰她幾句又說：「你可以進去看她去。」

白太太進去以後，有兩個新聞記者來看臥佛，他複述了從火裡逃生的經過。等他說完的時候，發現白太太也站在旁邊，她說：

「葉先生，我女兒很想見見你，同你談談，她說她幾乎已經完全想不起當時的情形。」

「我想她也該好好休息一下了。我明天再來看她好了。」臥佛說著就同丁大夫告辭。

臥佛走出醫院，已經很疲乏，坐在車上，閉起眼睛，浮在他眼前的是一串串忽聚忽散的火星。於是他看到無數的白玉珠，忽上忽下的在他面前出現：

四郎探母裡的宮裝，打漁殺家裡銀藍色的身軀，玉堂春的囚衣，拾玉鐲裡小家平裝……，她的多姿的動作，流動的眼睛，紅唇珠齒的笑容，以及一進一退的臺步，還有那可人的韻律。手，是的，一雙奇妙的手，但是他馬上看到指節間帶血漬皮膚的傷痕，有一種說不出的關念使他不安起來。

車子已經到他的寓所，他帶著疲乏的身子倒在床上，但是還興奮得無法入眠。

在其蘋以後，臥佛自然也碰到過不少女子，但臥佛對她們從沒有再感到什麼，而今天，他奇怪的興奮竟又浮起了初戀的夢幻。這一種夢幻常使人走進失眠的境界，他到五點鐘方才入眠，八點鐘就醒來。他費了很多的時間，把自己修飾乾淨，他買了鮮花與水果，十點鐘的時候已經站在聖慈醫院白玉珠病房的門前敲門。

「請進來。」

他敏感地聽到這聲音是白玉珠的聲音，他的一顆年輕人的心就像楊柳在春風裡擺動起來。他用手摸了一下頭髮就推門進去。

白玉珠穿著白綢的晨衣靠在床上，白色的被單蓋著她的身軀。白玉珠的母親站在床前，身子斜側看望著進去的是誰，一見是臥佛，立刻眼梢上波出漪漣就說：

「啊，是葉先生。」

他馬上看到白玉珠眼睛裡射出無比的光芒，這光芒好像逼著臥佛注視她的頭髮，她的頭髮自然而蓬鬆地披到衣領。髮路間透露著一排柔軟的韻律。一瞬間白玉珠的視線下垂，臥佛開始看到她跳動的睫毛，於是他注意到透露在一排如珠的前齒的笑容，這笑容使她豐腴的面頰鼓起孩子們常有的健美的肌肉，像兩顆天臺的橘桔，令人可親。

「你們起來得早。」臥佛於是對著白太太說，一面把鮮花與水果交給她。

「真對不起，葉先生還要送這許多東西給你。」

「還有熱度嗎？」臥佛一面問，一面注視掛在病榻上的體溫表格。

「沒有了，謝謝你。」白玉珠用一種灼人的眼光瞧著臥佛，忽然，又透露她健美的笑容說：

「怎麼不坐？」

房間雖是頭等病房，但是家具很簡單。一隻單人沙發遠在牆角上面正堆滿衣著。一張半方桌正靠著床後的牆壁，旁邊一把單背白椅，也放著東西。白太太正在半方桌前把花插到花瓶裡去，聽到白玉珠的話，似乎趕快的去理白椅上的東西。但是在臥佛不安地尋座的時候，白玉珠又說：

「這裡太亂了。」忽然望了望床沿：「還是這裡乾淨一點。」

臥佛就坐在靠腳後床欄的床沿上，但忽然看到白玉珠包扎著的手說：

「手怎麼樣？」

「昨夜敷了藥，大概不會發炎的。」

「痛麼？」

「沒有。」她說著，眼睛露出一種灼人的光芒說：「你呢？……啊，昨天要是沒有你，我早已不在做人了。」

「那麼從此世界就缺少一顆最亮的明珠。」

「像我們這種賣藝的人，死幾個，又有誰可憐我們。」她視線低垂著，似乎感慨地說，但忽然又挑起灼人的眼光，換了響亮的聲音：「你看見今天的報紙沒有？」

「沒有。」臥佛回答著，看到床邊燈臺上的報紙。他站起拿了過來，又回到床沿上，但這次已不坐在靠床欄的後面，他坐在較近白玉珠的地方。

報上把臥佛昨夜說的話登載得很詳細，也登載著隨著他逃出來幾個女人的姓名。有一個周陸氏，他想一定是那個抱著孩子的女人，說同她同在看戲的丈夫一直沒有下落，想來是死在裡面無疑，但是死屍還沒有查著。昨天的慘劇，據報紙上說，死傷的人在四百個以上，著名的鬚生王騎良，小生張妙蕙也已葬身火窟。……

臥佛剛想問白玉珠一些後臺的戲角的消息時，他看到白玉珠已經拿著白紗的手帕在揩眼淚，他就不敢再問。

「這真是一件可怕的慘案！」白太太坐在桌旁白漆椅子上說。

「戲院的建築實在太壞，要不然不至於蔓延得這麼快的。」臥佛說。

「玉珠幸虧得葉先生救命。但是她所有的行頭全沒有了。」白太太說：「這是她四年來唯一的積蓄。」

「戲院方面總應當賠你們的。」

「戲院自己損失也不少。」

「他難道沒有保險？」

「這種小地方的戲院，哪有保險的。」白玉珠用柔弱的聲音說。

「那只好慢慢補充了，現在想它也沒有用。」臥佛說：「只要你身體慢慢好起來。」

「我沒有什麼，醫生說明天就可以出院了。」

「明天，那麼我可以陪你出院麼？」

「你有空？」

「那不敢麻煩你了。」白太太忽然插進來說。

「我現在天天沒有事。能夠天天見你一次我就夠幸福了。」

「葉先生，你在這裡做事麼？」白太太問。

「我在上海教書，現在放暑假我到這裡來玩的，住在朋友家裡。」臥佛說：「你們住在什麼地方？」

「芝蘭巷八十八號。」白玉珠閃著灼人的眼光說：「我們家裡只有我同母親兩個人，希望你有空常來玩。」

七

從此臥佛就成了芝蘭巷八十八號的常客。那房子雖是舊式的三上三下，但布置倒還很乾淨。臥佛開始時只覺得這房子於她們母女有點顯得大得不合實際，但慢慢的感到她們之所以要這樣的房子的道理。

這因為白玉珠家裡的客人竟是這樣的多。上至地方官長，下至地痞流氓，白玉珠似乎都很客氣有禮的同他們交往。起初臥佛還偶而在客廳裡同他們有點交際，但後來臥佛知道有人在他就不進去，知道有人來他就溜出去。這使臥佛感到一種新奇的苦痛，他想極力制止自己去看白玉珠，而心裡竟除了去看白玉珠以外什麼都不能振作，即使是繪畫，當他想集中心力於一個目標之事時，他心裡就浮起白玉珠。

在這樣的心境之中，他覺得現在唯一的辦法，就是離開蘇州到上海去。也因為他有這個決定，他覺得他非再看一次白玉珠不可。就在這樣的時候，他忽然接到白玉珠一封信。

「……四天沒有到我家來玩，是不是因為我招待不周，對我生氣了。……後天（十四日）夜裡，沒有別的朋友，你願意一個人到我家來吃飯麼？千萬不要拒絕我，我有許多話想同你說……」

這自然正是臥佛所要看她一次的機會，但是臥佛對於這封信的反應，則想到放棄回上海的計畫。

地方。

臥佛有一種興奮與忍耐的心境來等候兩天的過去。到了十四日，他於下午六點鐘到白玉珠

客廳裡很零亂，兩個佣人正在收拾。他一進去，佣人就邀他到樓上去。他曾經到過兩次樓上，一次是到上面去參觀，一次是因為樓下有客人來，他不願意見，她們就叫他到樓上坐，他在外間坐了一會，不見白玉珠上來，對著她母親沒有話說，他就告辭了。

今天他上樓情緒可有點不同，因為他知道白玉珠正在樓上等他。到了樓上，外間碰到她的母親，她說：

「玉珠在裡面。」她看臥佛還有點彷徨，她又說：「你進去吧。」

臥佛走進了白玉珠的房間，就聞了一陣檀香的氣味。他看見白玉珠穿一件銀藍色的晨衣赤著腳靠在榻上，一見他進來，就起來拖上榻前的一雙繡花拖鞋招待他，說：

「對不起，我沒有穿好衣裳招待你。」

「我們是好朋友了，還客氣麼？」

「謝謝你，我……」白玉珠忽然流淚了。

「怎麼回事？是我有什麼不好麼？」臥佛說。

「沒有什麼，沒有什麼。」白玉珠從枕邊拿出一塊手帕拭淚，露出悵然的甜笑說：「昨夜他們在這裡賭到天亮，我實在睏得厲害，人也有點不舒服，頭痛。」

「那麼我來得不是時候，你還沒有睡醒。」

「我早就醒了，再也睡不著，只是很不舒服。」

「那麼你不要客氣，你還躺著吧。」

「謝謝你。」白玉珠脫了拖鞋，含羞地把她美麗的腳放到榻上。但她忽然發現臥佛已經看到她的小腿，她趕快把垂長的睡衣拉直，而索興把腳也縮進到睡衣裡去，她說：「你坐這裡來好麼？」

臥佛是坐在她的腳後的一把椅子上的，她現在叫他坐到枕旁的一個沙發上去。這一方面也許是為談話的便利，一方面也許因為白玉珠對於剛才拉直睡衣的舉動有點不自然，好像在害怕臥佛因此而太注意她的身軀似的。

每種故作怕人注意的表情常常是最易引起人的注意。白玉珠身軀是美麗的，而她正是在最美麗的年齡，每一個線條都好像充滿了柔和的豐滿，而無數線條所造成的整體，又好像都向著最諧和的方面湊合。這在一個畫家的眼光裡，她就變成了一種不能侵犯的崇高。臥佛坐到她榻邊的沙發椅上，驟然注意到她疲倦的面容，他開始說：

「我好久想問你的一句話，但是我總覺得我沒有資格來問你，究竟，究竟……」臥佛囁嚅著說：「你為什麼要同這許多人交往呢？」

「你這人真奇怪……」白玉珠露出白齊的稚齒笑了，話似乎沒有說完，但笑了一聲就不說了。

「你不要誤會我有別的意思，我看你好像很疲倦於昨夜的應酬，所以為你身體著想，想問問就是。」

「我假如完全告訴你，你也許不會再到這裡來了。」

「這是為什麼呢？」

「你真一點不知道一個女伶的生活麼？」白玉珠頭靠在榻枕上，也沒回過來說，臥佛看到她側面的笑容。這笑容使她的修長的眼睛閃出奇光，豐腴的面頰鼓起孩子常有的健美的肌肉，在不十分亮房間的陰影中，臥佛想用紫色紅色的來畫這個面龐。這笑聲似乎帶著諷刺與懷疑，然而臥佛則在她艷美的感覺上想像。忽然，因為臥佛沒有說話，白玉珠的眼波從修長的睫毛中瞟視，隨著側過頭來。臥佛看到她開闊的眉宇間一絲微顰，他好像因此更無法說話，白玉珠嘆了一口氣，她說：

「你以為一個女伶的生活就是唱戲麼？」臥佛還是沒有回答，白玉珠歇了一會，忽然一口氣往下說：「一個女伶如果要在社會上站住，就要侍候一切的男人。每一個碼頭上都有官員，每一條馬路上都有軍警，每一個城市裡都有富商，每一所房子裡都有老爺與少爺，每一所報館都有記者。他們都是你的主人、上司、嫖客、朋友、崇拜者、觀眾。每一個來拜訪你的你不能拒絕，每一個飯局都可以叫你去伺候。你一不小心，誰都可以使我身敗名裂，無處立足。……」她仍沒有說完，可是臥佛是一個敏感的人，他非常不安地插進去說：

「這是不是說我也是這一類人呢？玉珠，你如果以為我三四天不來，就對你生氣了，或者想有不利於你，這是錯的。我尊敬你，同尊敬我自己一樣。我因為你朋友多，很忙，所以不敢來打擾你，而且我幾乎沒有一時不在想你。」

「葉先生，你不要多心，我要是這樣想你，也不會對你說這些話了。你曾經救我命，要是別人早就有種種不好的要挾，但是你始終看得起我，不當我是一戲子。這所以我喜歡你來談談，這也所以我敢這樣招待你。」

「你是戲子，戲子有什麼可看輕的，這同我畫畫一樣，是一種藝術，是一種職業，而且。你在舞臺的美已經使許多人傾倒，你在藝術上已經有相當的成就，為什麼你要看輕你自己。」

「你還不知道我的紅，我的成名都靠人捧場的嗎？而捧場的人都靠我的交際嗎？」

「但至少我不是，我只是偶然看你一場戲，喜歡了你，就天天去看去。我救你的時候不知道是你，我雖然以救你為光榮，但我不想以這個做我要你做朋友的要挾。而且因為救你而使舞臺永遠可以有美麗的你，這個代價已經是夠大了。」

「可是我要恢復我舞臺的生命，我需要天天去交際應酬，讓這裡像妓院一樣的招人來賭錢，你有想到過麼？」白玉珠說到這裡，忽然流淚了。

「這是為什麼？」

「你不知道我的家產行頭完全在火裡燒光了麼？」

「這要多少錢？」

「至少一萬元。」

「一萬元。」臥佛重述了一遍，他竟想到了他家裡要他脫售的上海一點地產，他已經托了地產公司，但還沒有適當的售主。

「這樣大的數目，我向哪裡去找去，我只好這樣去求人，但人家為什麼，為什麼要幫我？我有什麼？我有一個的美麗的肉體與黃金的青春，願意幫我的人就是要我把我所有的供他們娛樂。」

「這算是什麼！」臥佛不平的說：「那麼你為什麼求這種人？你不如在親友方面借借，將來還他們。」

「我的親友？你以為也是同那些捧我的人一樣的有錢嗎？如果我的親友是過得去，同時肯幫人忙的，我在父親死後也不會輟學，也不會就流落在江湖上了。」

「玉珠！」臥佛很奇特的叫她，但沉思了一會，他說：「假如你不疑心我對你有什麼壞意，讓我幫助你好不好？」

「你？」白玉珠懷疑似的問，但並不驚異。

「我自然現在馬上沒有什麼辦法，但是到上海，我想我一定可以幫助你。」

「上海？」白玉珠伸出她兩條白光似的小腿坐起來，一面拖繡花拖鞋，一面說：「你真願意帶我到上海嗎？」

「你說我帶你？」臥佛驚異了。

「我只是說著玩就是。」白玉珠忽然淡漠地站起來，沒有說什麼。她向外間門口，她叫：「媽，飯還沒有好嗎？你下去看看，好不好？」她說著就回過來，向著臥佛坐著的地方走去，她說：「葉先生，你千萬不要以為我約你來吃飯是求你幫助我。」

「我怎麼會這樣想，而且，就算你求我幫助你，那也沒有什麼不對。我是你的朋友，求一個朋友幫助，有什麼不對呢？誰都有求朋友幫助的時候。」臥佛靠在沙發上，把頭仰著說。

白玉珠這時候已經走近臥佛，突然走到在床沿上，很靠近臥佛，右膝碰著臥佛的左膝，她說：

「不過，我喜歡同你在一起，約你吃飯，只是因為覺得你沒有看輕我，沒有當我是戲子，當我是一個人，使我覺得我也可以抬起頭來像別人一樣的做人，使我覺得我也可以看重自己……」她忽然囁嚅著啜泣起來，她把面孔貼在手掌上，蓬鬆的頭髮垂下來，接觸到臥佛的手背。臥佛忽然縮回了手，但隨即突然撫摸著玉珠的頭髮，他感到一種奇怪的感覺，這感覺使他的心跳躍起來，他說：

「但是我願意幫助你，只要可以使你安心，我什麼都願意幫助你。……」

突然，白玉珠甩動了一下頭髮，仰起頭來。她的眼睛潤著淚水，睫毛間鑲著淚滴，嘴唇微顫著，面頰上天真的肌肉微紅如天際的晚霞。

是這樣一個面龐在臥佛的面前，他的鼻子一酸，眼睛突然潮溼起來，有一種說不出的力量使他捧住她的臉，他說：

「我愛你，玉珠，我願意做你的奴隸，為你的藝術成就，我願意犧牲我一切，甚至我的生命。」

他不知道白玉珠懂不懂他的話，懂不懂他的情感。她沒有說話，但是他看見到她的淚竟像泉一般湧出來。他的臉貼在她兩頰微紅的肌肉上，唇貼在她的唇上。

這是純真的原始的愛，沒有瞭解，沒有認識，不依靠知識，不依靠智慧，只憑他一種天賦的起於動物的敏銳的感覺。

八

那麼白玉珠呢？她雖然比臥佛年輕，但是她自從父親死後，一個人在江湖上流落，天生一副美麗的容姿，她母親要她招財。從一個戲子學戲，看慣了許多錢的來處與去處。師父把她當作助手，教她許多人生上的技倆。從此一個人在人海中浮沉，油俗滿面的商人，蠻橫無理的小軍官，依勢凌人的公子，懦怯刁奸的流氓，她都要依靠他們，都要利用他們，還要同他們搏鬥。諸凡她在平劇裡見到的角色，在社會中一一見到。她利用大魚制小魚，巴結猛獸拒毒蛇，豢養惡狗抵豹狼。用她的美貌與機智，肉體與技藝，她在屈服中伸展，在仆倒後站直。但如今，她碰到臥佛，一個她世界裡所沒有見過的人物，羞澀、沉默、溫柔，救了她的性命也不以為功，得罪了他也對她原諒。她並不是被他的感情感動，他的感情到今天方才流露；在這許多天來，她起初感於他的救命，後來看他不時去看她，而一點沒有企圖與目的，不愛說話也不會調情，甚至不敢正眼看她；對於她每一個意志他都樂於趨奉，每一個悲歡，他不問理由與原因的總跳著同樣的脈搏。這好像是一株大樹的蔭影，一泉清快涼的泉水，使玉珠在焦烈的太陽中爭鬥的人，在一停止時就會想到他，想到一種休息與自由。當臥佛每天到白玉珠地方時，白玉珠還不十分意識到，然而幾天的不來，她在靜下時就覺得那一種說不出的殘缺。她想見他，她約他來吃飯只是想見他。然而現在見到一種似乎比見他還有更能夠安慰她的境地。她像征服一個碼頭一個社會一樣，一瞬間要征服一個人的靈魂。

這以後沒有一星期，臥佛就同她們母女到了上海。

臥佛像一團火似的為她們尋房子，布置了家。他不厭倦的向各處借錢。他家裡要他售脫的地產，本來因為價格上有距離，不能談妥，現在他很快的讓步，促成了那件交易。他家裡要他賣去這所房子，只是為還一筆以前兩萬元的債，他還了這筆債，自然還有許多錢多。他就開始想為玉珠製備美麗的衣飾，籌備同白玉珠結婚。但白玉珠認為結婚對於她演戲的生命就是結束，而她除了演戲以外，是再沒有值得臥佛這樣敬愛她了。而且她已經同好些方面接洽出演的事，同時有許多人希望她在上海出演，這因為蘇州的大火成了轟動社會的新聞，而白玉珠已經成了新聞的中心人物。

臥佛一方面敬愛白玉珠忠於藝術的志趣，一方面又喜愛白玉珠可以受千萬人的讚揚與崇拜，好像一個受千萬人崇拜的人在愛他，在他是更加光榮似的。他於是積極為白玉珠置辦戲裝，親自設計，他注意每種顏色配合，參加每一種剪裁的意見，每一件戲裝製成了，他要親自穿在白玉珠的身上，讓他看。他擁她，吻她，抱著她在房中旋轉。

日子在瘋狂中過去。臥佛沒有把他同白玉珠的關係同自己的朋友說，也沒有讓白玉珠的社會關係來知道他。他現在已經開課，他是助教，但自己也在學校裡用功，是一種新的靈感，一種說不出的力量，使他的繪畫有了特別的生氣。就在那時候，他本著蘇州所收穫的素描，繪了《天宮之火》。一出學校，他就到白玉珠地方，但是白玉珠常不在家，他必須耐心地等她回來，於是他有了快活的生命。他對社會本來是隔膜的，對白玉珠的社會關係他都沒有興趣，他有興趣的是白玉珠的一個生命同她的點綴。白玉珠似乎也知道這個，她一點也不同他談她白天所進行的演出上的種種。她一回來，就露出仙子般無邪的笑容，凸出孩子般微紅的兩頰，躺在臥佛所造成溫柔熱烈的空氣休息與陶醉。

時間就這樣悄悄的過去，但是白玉珠在家的時間就越來越少。本來星期日白玉珠總有意謝絕外面的應酬，同臥佛過一天甜美的日子。但慢慢的連星期日她也不能同臥佛在一起了，她總是一點不露聲色的起來化妝打扮，問臥佛這件衣服好，還是那件衣服好。於是臥佛悶悶地說：

「你又有什麼應酬？」

「沒有辦法。」她微喟一聲說：「要演戲，就得去應酬交際。」

臥佛開始沉默不響，常常他會坐在沙發上抽煙，愣在那裡。白玉珠也不理他，一直等到她打扮好，穿上外衣，拿起皮包，於是露出明珠般的前齒，凸出孩子般微紅的兩頰，到他的身邊說：

「好孩子，怎麼又不高興了？我難道是不想同你在一起麼？」

於是臥佛把她抱在膝上，吻她塗滿脂粉時面頰與嘴唇，聽她低訴著說：

「你想我下月就要登臺了，我要人捧場，我也不得不捧人家場。你知道上海這個社會是多麼複雜，我哪一方面都不能得罪是不？」

「但是這樣下去，我可忍耐不住。這決不是藝術的生命。」

「可是我做一天坤伶就要這麼活。」

「那麼我要你為我不演戲，你肯不肯，玉珠？」

「這一次戲演完了，什麼都聽你的，好不好？」

臥佛於是感謝地狂吻她的面部，接著看她的脂粉已經混亂，他把她抱到梳妝檯邊，細心地為她重新化妝，於是白玉珠對著鏡子看了看，又看看檯上的鐘，說一句：「啊，太晚了。」就匆匆地拍拍臥佛的面孔，對他笑了笑就出去了。

在白玉珠已經有一定的日子要在華天舞臺上演的時候，臥佛忽然發現他的錢快完了。他賣脫地產的錢是八萬元，清還家裡的債務是兩萬元，他匯給家裡去是三萬五千元，餘下兩萬五千元，他同家裡說是同朋友合作一種事業，而實際上是為白玉珠置辦行頭，布置家室，以及為白玉珠補添些時裝以及日常生活的開銷而用去了。

然而白玉珠的母親還是照舊的把家裡的開銷向臥佛要。臥佛在無法之中，只好到外面借債。他一面支持著這日益龐大的開支，心裡積著憂悶，一面還不願意把這事告訴白玉珠。

華天舞臺上演的前些天，白玉珠從外面回來，正是平常兩個人最親切的時候，但是今天白玉珠竟很少說話，臥佛驚奇地問：

「怎麼啦？」

白玉珠一聲不響的流淚了。這使臥佛非常同情，他過去勸慰她，問她有什麼事，但是白玉珠只是啜泣，經過半個鐘頭的苦勸甜慰，白玉珠才說：

「我告訴了你，你會生氣的。」

「怎麼？你出了什麼事了麼？在我們中間，我沒有事不可以原諒你的，你告訴我。」

「沒有什麼，沒有什麼，我只是很為難就是。」

「到底是什麼事？」

「你不瞭解一個坤伶的生活。」

「我現在瞭解這不是一種藝術家的生活。」

「我已經決定演完這次戲，不再登臺了。」

「真的？」臥佛說：「那麼讓我們結婚，換一個環境去生活。」

「但是這次我一定要紅，一定要成功。」

「那麼這是不是只是一種虛榮心呢？」

「否則我嫁給你倒是因為我演戲沒有出路才嫁給你的。」

「我決不會這樣想。」

「我自己不舒服。」白玉珠揩乾眼淚說：「但是你不能瞭解一個坤伶的成功，她決不能全靠她的玩藝兒，她需要有人捧場。」

「這些你不是都在進行麼？」

「是的，我現在就要上戲了。」她說：「因為我要上戲，我不能不再招待一切捧我的人。你知道在蘇州的情形，許多人要上我家來，現在又到了這個時候。」

「這是說你要我不來這裡了？」

「我不是這個意思，我是求你可以答應我，在我有其他應酬時候不來這裡。」

臥佛不響，白玉珠忽然變得非常溫柔與悽婉的聲調說：

「我知道你要生氣的。但是我很為難，這許多日子來別人無法到我地方來，外面已經謠說我有個男人。」

「有個男人又怎麼樣？」臥佛說：「這與演戲難道也衝突麼？」

「你不知道一個坤伶所需要的條件。」她皺一下眉頭，忽然變成更溫柔體貼的聲調，修長的眼睛像花蕾含露一般的潮溼起來：「好，不要談它了，臥佛；我們只有這一點時候在一起，也只有這一點辰光是快樂，我應當不提起這事情才對。」

白玉珠像貓一樣纏到臥佛身上，潤溼的眼睛望著臥佛，臥佛禁不住吻她顫動的嘴唇，他開始對白玉珠有稀奇的同情。

「好的，我不來。」他說：「那麼你真的到演完戲，同我結婚，離開了這環境了。」

「自然。」

九

他從那天以後，臥佛開始住到一個同事家裡。但是他的心總是想念著他的白玉珠，他的家。他沒有法子生活，也沒有法子睡眠，好幾次他踱回家裡去，他看見門口停著汽車，屋中鬧著賓客，他就只好一個人寂寞地踱回來。

大概五天以後的一天，臥佛於飯後去看一個朋友，那位朋友地方正聚著許多人在賭博。臥佛從來沒有賭博的興趣，但為減除失眠，他極力想晚睡，於是就加入了一同賭博。

這一次賭博，使臥佛的確一時忘掉自己的痛苦。他的痛苦始終沒有對別人說過，這一次好像在豪賭之中發洩了。

一點鐘的時候，賭博結束，臥佛總算贏了兩百多元。主人為大家分配好車子，但臥佛竟謝絕搭車，一個人走了出來，痛苦馬上占據了他整個的心靈。

是仲秋的季節，夜半的涼意侵人，天邊的明月在繁星中顯得十分孤零冷落。臥佛驟然注意到街頭竟沒有一個人，沒有一點聲音，遠處傳來拖長的汽車聲，像是來自另外一個世界。這馬上使他想到他家裡門口的汽車，好像這些聲音都是從他家出來或是向他家去似的。路燈使樹影參差地躺在地上，臥佛的人影忽長忽短，忽前忽後的在變動，他想這時候白玉珠可是睡了？這些天來他沒有見她，那麼她是不是也在想他，至少也應當有他想她的十分之一，但是她竟一點也沒有對他表示。不知怎麼，他忽然害怕起來，害怕中夾著疑心，這害怕與疑心一瞬間變成了妒忌。他加緊腳步無目的地向著燈火明處走去，他這時已經沒有看到四周環境的變換，但突然看到一家汽車行，他就馬上進去，坐進一輛車子，叫他逕駛到家裡，白玉珠的家裡。

他付了車錢，毫不猶豫的敲門，來開門的是一個新來的女佣。他開始注意到白玉珠已經換去了他認識而也認識他的佣人，那個佣人問他：

「找誰？」

「你不認識我，我是這裡的東家。」他說著就闖了進去。他一直往樓上跑，他沒有開燈，漆黑的樓梯他一步都沒有走錯。

「誰呀？」樓上有人問，是白太太，這聲音臥佛是很熟識的。

「是我。」臥佛盛氣地說。

「啊，是葉先生，這麼晚怎麼回來？」白太太聲音和善，接著就開亮了燈。

臥佛走進了堂樓，他望旁邊的房間問：

「睡了？」

「玉珠麼？啊，還沒有回來。」

臥佛似乎很不相信的，用很快的速度，闖邊房的門，門開了，他開開電燈。房間是空的，床上被鋪也疊得很整齊，窗簾拉得很密。他四周望望，站了一會，一句話也沒有說；白太太跟在他的後面，她說：

「葉先生，你不應當這樣想玉珠。」

臥佛沒有回答，他跑到衣櫥前，衣櫥的鏡子照著他的人影。他看到自己的頭髮蓬鬆，眼睛微紅。他盯了一眼，馬上想拉開廚櫥門，但櫥門鎖著。他一轉身看到梳妝檯，他突然發現梳妝檯上竟沒有了他的照相。他拉開抽屜，一亮，他看到是一副鑽石的耳環與一隻鑽石的別針。他瞥了一眼，就合上抽屜。

「怎麼？你聽了誰的壞話了？」白太太問。

「不是，不是。」臥佛說。

「外面喝茶吧。」白太太說。

臥佛回到外面，看見一杯已經放在茶几上。這時候他開始覺得自己的疑心與妒忌有點過份，他坐了下來，白太太也就坐在他的對面。

「玉珠天天都想著你。」

「真的？」臥佛忽然自責地想哭了，但是白太太嘆了一口氣說：

「玉珠太好勝！」

臥佛沒有說話，他感到慚愧與難過。

「葉先生既然喜歡她，等她演了這一次戲就把她娶去吧。」

不知怎麼，臥佛想哭，這時候好像一開口就要哭出來了，因此他一聲不響。

「你似乎也瘦了。」隔了許久，白太大說。

「家用怎麼樣了？」臥佛突然問。

「請了兩次客，總算有一點頭錢。」

「這裡，你拿去用吧。」臥佛把剛才贏來的錢，從袋裡拿出來放在桌上。

白太太把它收了說：

「我去弄點點心給你吃，玉珠大概也要回來了。」

「我不想吃。」

「我去燒一杯牛奶給你。」白太大說著就下去了。臥佛一個人開始覺得平靜舒暢許多，但這不過是一個間歇，隨即又因為白玉珠沒有回來而焦慮起來。

現在臥佛一個人坐在那裡，一面懊惱甚或是懺悔著自己對於白玉珠的懷疑，一面仍舊有無數對白玉珠不妥的感覺。她到底到哪裡去了？會不會整夜都不回來？是不是以前也常常不回來的？這些問題他都應當問白太太，然而剛才都沒有問。但是問了以後又怎麼樣呢？白太太所說的話都是可靠麼？

樓梯上有人上來，聲音不像是白太太，那麼應當是白玉珠了，是的，是高跟鞋的聲音。但是為什麼這樣遲緩，是不是因為知道他在有點害怕或不高興呢？

臥佛迎出去時，正是白玉珠上來的時候，她手裡捧著一杯牛奶，非常小心的怕它灑翻。

「啊，你回來了？」臥佛一見白玉珠，一切所想所關念的已經忘去，但隨即發覺一種好像白玉珠已經不是他所有的一種感覺。

白玉珠穿著一件鮮艷的淡紫羅蘭色的衣服，披一件淺黃的短大衣，穿一雙銀色的高跟鞋，寇丹染過的指甲搬著茶盤，手指上是一隻至少有三克拉的鑽戒閃著奇光。

「臥佛！」白玉珠瞟著修長的眼睛望臥佛，很快的把牛奶放在房內的桌上，茶盤上已經灑出了一些乳汁。她瞧了一下，堆下非常甜美的笑容，兩頰堆起桃紅的天真的果實般的肌肉，露出白齊而染上了一些口紅的前齒，倚靠到臥佛身上說：

「臥佛，你讓我看。」她又推開臥佛，看看臥佛的臉說：「你可是瘦了？你真的想我麼？」

「玉珠，我想你。」他抱緊了玉珠吻她：「你愛我嗎？」

「我愛你。」她說：「我就要上戲了。我希望我會紅，我紅了就不再演了。」

「我們就再不分離了。」

「我們就再不分離了。」

臥佛擁抱她，吻她清晰如畫的眉毛，修長的眼睛，像果實一樣的面頰，與玲瓏的嘴唇。但他也聞到了一種不舒服的酒氣，一瞬間他發現她唇上口紅是不勻稱的，面頰的脂粉是零亂的，頭髮是不整飭的。他感到一種說不出的悲哀，他自問而又問她說：

「你到底到那裡去了，這麼晚才回來？」

「唉！坤伶的生活！」白玉珠說完放下臥佛就坐倒在沙發上。像很疲倦似的，忽然說：

「你喝牛奶吧。」

臥佛沒有喝牛奶，他走到白玉珠的身邊，拉著她的手說：

「鑽戒。」

「怎麼啦，你？」白玉珠推了臥佛一下，低下頭把臉蓋在自己的手上，她突然啜泣起來。她的啜泣一直沒有停止。臥佛從憐卹的同情到哀求的勸慰不但沒有使地停止啜泣，反而使她加重了她的抽搐。最後白太太上來了。她站在那裡半天不響，最後她說：

「時候不早，幫她去睡覺吧。」

臥佛於是抱白玉珠到裡面床上，白太太幫著替玉珠脫去衣裳，她為白玉珠蓋好被鋪，白玉珠在被裡還是嗚咽。

「玉珠，好好睡吧。」最後白太太安慰她，她自己就走了出去。

白玉珠還在啜泣。這時候天色已經發白，經過了一夜來各種興奮情緒的起伏，臥佛也已經十分疲倦。但等他寬衣就寢的時候，白玉珠早已睡著。她修長的眼睛上睫毛交鎖著，明朗的眉毛在燈下顯得十分輕柔多情。這使臥佛想起了從火窟中救她出來坐在馬車上的情形。白玉珠的呼吸像一隻貓，一隻溫柔輕軟的貓。她的暖和的手臂，無意識地壓在臥佛的胸脯。他把它拿下，熄了燈。白玉珠一翻身，鼾聲更重，再也一動不動。而臥佛可清醒了。他伸直了腿，兩手交叉著放在頭下，萬種的情緒混雜在一起，但沒有能力思想。天色在窗簾後一分一分的加明了。

等臥佛醒來，白玉珠已經在梳妝檯下打扮。她從鏡裡看到臥佛醒來，好像沒有昨天的事情一樣說：

「你真能睡，快起來吧。」

「你要出去？」

「真是沒有辦法！」

臥佛再也不說什麼，望著白玉珠梳妝，望著她換衣裳。

「你要麼再睡一覺吧，我出去了。」白玉珠披上大衣，替臥佛蓋好了被鋪。她留下一個天真的逗人的甜笑，凸著孩子般微紅的面頰就出去了。

「玉珠，玉珠！」臥佛忽然想她回來，但是白玉珠連頭也沒有回，像沒有聽見一樣，匆匆的下樓去了。

臥佛再睡一覺，起來已經三點多。白太太告訴他夜裡有人來吃飯，他沒有說一句話就走了出來。

臥佛回到學校裡，他路上所想的現在不是白玉珠，而是他的藝術與前途。他覺得他無法把兩樣都抱在一起。但是他如何可以離開白玉珠？他的靈魂像是已經鎖在白玉珠身上，他無法擺脫。他明知道白玉珠雖是在見他時候是十分親熱，離開了他是決不會有一絲想他的；但是就這見面時候的一點點親熱，已經是他無法捨棄的溫暖。這溫暖，在白玉珠，臥佛很清楚地看出，是碰見任何人都可以給的；但臥佛在白玉珠以外，竟無處可以尋到，碰到。

臥佛一到學校，就到畫室裡去畫，但是他無法沉下這心。忽然，他想畫白玉珠這副面孔，不，與其說是她的面孔，毋寧說是她面孔的魔力。他在記憶中捉摸這魔力，他離開了畫家的虔誠，他像浪漫畫派詩人一樣的用顏色任意發洩他的鬱悶。

他用三個鐘頭畫成這畫，然而畫的不是白玉珠。白玉珠的特徵全不在他的手上，他蕩漾著空靈的心緒，離開了那幅畫。一瞬間，他想賭博，他想有一場痛快的賭博。

十

白玉珠上戲的一天，臥佛送了一隻花籃。但當他在戲院中看她上臺了，幾十只花籃一齊搬出來，他已經無法在許多高大名貴的花籃中，尋到那一隻他所送的。他看見了閃目的光，震耳的叫好聲，他驟感到自己的孤零與寂寞。他回想他在蘇州天天去看她演戲的情緒，那時候他是自由的，他是愉快的，他一看見白玉珠登臺，他就感覺到同白玉珠在一起。白玉珠越博得觀眾的掌聲與叫好聲，他愈覺得自己與白玉珠的接近。但是現在，一切都變成相反。白玉珠沒有登臺，他還覺得白玉珠是他的；等白玉珠在臺上出現，他竟看到白玉珠與他的距離，而臺下的掌聲與叫好聲愈高，臥佛愈覺得自己的冷落與孤零。這種感覺的增強，使他無法看到白玉珠的戲，他悄然從戲院出來。他穿過叫囂的車叢，一個人走著，他現在忽然想到藝術到底是就為博觀眾的好聲，還是藝術的本身是的確有什麼可以追求的本質。

夜已經寂寞，他感到秋意侵入了這整個的世界。他無法解答自己的問題，也無法處置自己的歸途。自從上次從白玉珠地方出來以後，他已經找到了一個不夜的賭窟。他不自覺的叫車子向那面飛去。

從此他再沒有在白玉珠的戲院出現，他沉湎於賭博之中。他久疏於繪畫，也沒有想到去看白玉珠，他只在報上見到白玉珠的消息，她的交遊與她的戲訊。

白玉珠演戲凡一個月，又延長半個月。在十一月初，白玉珠的戲結束，正是臥佛輸盡了他一切的所有與可舉的債款之時。他消瘦與寥落，告貸無門，走投無路。這時候他在報上看到了白玉珠完戲的消息，於是有一天深夜他回到家去。

當他正走到裡口的時候，他看見一輛很漂亮黑牌汽車駛來，跳下的正是白玉珠，裡面沒有別人。他尾隨她到了門口，他開始出現。他叫她：

「玉珠！」

「誰？」白玉珠，這時候打扮得一身珠光寶氣，在黑夜的裡中閃閃發亮：「啊，是你。怎麼這時候……」

「玉珠。」

開門的又是一個新佣人，用陌生疑慮的眼光看臥佛。臥佛驟然意識到自己衣服過份的襤褸了。

白玉珠走進裡面，臥佛跟她進去。

「這許多日子，你上哪裡去了？一點都不管我。」玉珠說。

「你不是前天才演完戲嗎？」

他們已經走到裡面。裡面的景色完全變了，一切的東西都零亂不堪。箱子、網籃、雜物，放在一地。白玉珠馬上上樓，臥佛也跟著上去。白太太在樓梯上迎著她們。

樓上雖然比較整齊，但也空疏零亂。

「要搬家麼？」臥佛問。

「是的。」白太太說：「玉珠整天等你，你一直不來。」

「我一直沒有收到玉珠一封信或者一張字條。」

「這怎麼說呢？」白太太說：「你自己的家，還要人通知？」

臥佛剛想說什麼時，白玉珠說：

「有什麼東西吃麼？」

「我去拿去。」白太太說著走了出去。

「玉珠，你不愛我了？」

白玉珠一聲不響，她垂下修長的眼睛，讓茸茸的睫毛蓋在下瞼上。不知怎麼一閃，在她挺直的鼻子兩旁掛了兩滴晶瑩的淚珠。

「玉珠，你怎麼啦？」臥佛的心開始震盪：「你知道這些日子來我的情形麼？我不能睡，不能吃，我每天在賭場裡消耗我的生命。是不是因為你演戲，我同你不能接近了？」

白玉珠開始嗚咽起來。

「你不是說這次演完戲不再演了麼？你嫁我，好不好？讓我們馬上結婚，離開這紊亂的世界，到清靜的地方去。」

白玉珠只是嗚咽，一句話不說。這時候白太太可上來了。

「怎麼，葉先生，為什麼你一來就逼她哭呢？你看，她的身體已經瘦了不少，你也該可憐可憐她是不是？」白太太一面把點心放在桌上，一面說。

「那麼還是你，白太太。你告訴我，究竟你們搬家是搬到那裡去呢？到底玉珠還要我麼？」臥佛氣餒地說。但一見桌上的點心只有一份，他心裡頓然明亮許多。

「玉珠。」白太太說：「你哭有什麼用？我想今天已經到了不得不說的時候。」

「你告訴他，媽。」白玉珠突然抬起頭，說了一句又伏著嗚咽起來。

「葉先生，你是明白人。玉珠命苦，從小就唱戲，你喜歡玉珠，無非是喜歡她長得好看，但是女人的好看是不久長的。你遲早要不喜歡她的。……」

「這怎麼會呢？我愛她，我會終身的愛她，你放心。我愛的並不是她的好看，而是，是一種神祕的因緣。我很有機會同大家認為更美麗的人往還，但是我愛的只是她。」

「不是那麼說，葉先生。」白太太又說：「她最近的生活，你是知道的。她需要錢，需要一切物質的享受。你看她身上的鑽石，她的衣著，她的一切一切，這難道都是你可以供給她麼？」

「玉珠，你說你並不需要這些……」臥佛走近玉珠的身邊。但是白玉珠沒有抬起頭來，她哭得更加厲害了。

「你說，玉珠，你說。」臥佛走過去叫玉珠說。但是白玉珠只是哭。

臥佛沒有再說一句話，他悄悄地站起來，很快的就走出去，他順著黑暗的樓梯下來，沒有回頭，一逕奔出門外。

外面月色朦朧，繁星滿天，街上沒有一個行人，路燈發著悽涼的光芒，一陣兩陣的西風，更掀起秋意的蕭瑟。臥佛發覺自己的孤獨與沉淪，他沒有歸途也沒有去路。回同事的家裡，這時已經太晚；去賭場，他身邊沒有本錢。他走著走著，最後他闖進了一個小旅館裡。他開好房間，倒在床上，覺得再無法處置自己的生命。他忽然後悔他會沒有帶安眠藥或什麼，不然就這樣死去倒也乾淨，但忽然他又後悔他這樣離開玉珠。他極力想冷靜，冷靜地分析玉珠的性格。他同情她，可憐她，最後他又覺得玉珠的內心還是愛他的，只是她虛榮心大，意志薄弱以及母親的慫恿。他想馬上起來，再回到白玉珠地方去，但一再振作，最後還是想到太晚，想到自己太懦弱等等的理由，他又回到床上。他想入睡，睡到天亮再去。但是他無法忘去玉珠，他分不出這是愛、是恨、是怒。他想復仇，但是沒有對象。他需要玉珠，他需要看見玉珠，但他不知道看見了玉珠要怎麼說。不知怎麼，他又責怪自己，他又痛恨自己。他想到玉珠的年齡知識，似乎她一切都可原諒，而一切的過錯都因為自己的疏忽。他沒有脫衣服，起來躺下的不知多少次，於是窗外的天色漸漸就亮了。他想到白玉珠地方去，但還太早。太早比太晚似乎更壞，他覺得自己這一次應當鎮定與冷靜地在白玉珠前面出現，他不應當露著慌張與不安，但是這時候他已經倦極，不自覺的迷忽過去。

醒來已是九點鐘，他起來梳洗，馬上坐上一輛汽車，趕到白玉珠地方。他下車的一瞬間，正是一輛搬場車子在蠕動，他一時間不想下車，他指揮他的車子跟著搬場車子駛去。他沒有意識到這車子是走什麼路，他只是一心一意想發現一個祕密。這裡面，現在在他看起來一定有一個祕密。最後，車子停下了，他發現前面的搬場車子也已停下，在一個小洋房的門首。他付了車錢，步行過去，他看見鐵門正開著。他下意識地走遠了幾步，再往裡看。他看見佣人們在搬東西，他看見了陽臺，他又看見陽臺上的人，一個就是白玉珠，還有一個是穿一件棕色大褂的男子，很胖，露著一個禿頂的頭，一隻手挽著白玉珠的腰。於是他發現白玉珠熟識的笑容，鼓著果實般的面頰，露著如珠的前齒。他有一種沒法形容的妒忌湧出他的心頭，他想毀滅自己，毀滅他們，這個胖子忽然用一種卑鄙的嬉皮笑臉的表情在說什麼了，他心頭一亮，忽然說出：

「是他！」他再一細看，不錯，的確是他。

他是誰呢？臥佛馬上記起了。是他常去的那個賭場的經理。他通過朋友的介紹，曾經見過兩次。這個人在他印象中是很淺很模糊的，然而一霎時變成非常深刻而清楚。

臥佛頭一沉就感到非常昏暈，他喉發癢，馬上拿出手帕向嘴上按去，他看到手帕竟有鮮紅的血漬。

旁邊有一輛人力車，他就坐上。

「到紅十字會醫院。」他說。在他腦中浮起的是受傷的白玉珠，像白鴿一樣……

十一

那融融的火聲突然使他感到一種解脫，一種把腐爛的牙齒拔去一樣的解脫。等那火光低落時，臥佛像是已毀棄一種祕密文件一樣，他回到了現在的世界。

現在的世界是光明的，舜言的愛情在他的心底，在他的唇上，在他整個的身上。他拿起筆再寫給舜言的信，他像罪犯一樣把他現在的情緒，燒去《天宮之火》的感覺與那幅畫的背景及他過去生活的經過告訴舜言，求她憫憐寬恕與解救。

是這樣的愛情奠定了臥佛與舜言的結合。於是在明媚的初春，他們舉行了婚禮。他們有一個隆重華麗的儀式。臥佛租了一所精緻的洋房。前面有一個小小的花園，設計了非常美麗的布置，一切都值得周圍的人來羨慕。於是他們開始了一個美滿的家庭生活。

但是外表最美滿的家庭都不見得是可靠的。

舜言帶來一個佣人，另外又找了一個。她有貴族的風度指使佣人這樣那樣，她不願意有一些將就。對於臥佛，她要他把衣服打扮整齊，不願意他隨便出門。一切的朋友往還，她都想有禮貌的講究的招待，但不願意朋友在她家裡隨便。無論談話或行動，她不希望客人不檢點，不希望他們耽得太久，不希望他們長談。時時有臥佛的同事或學生來玩，同她介紹了，她招呼一下就進去了，如果是客人不走，她就叫佣人一次次來叫臥佛。等客人走了，她就要批評客人們衣服隨便，行動粗魯，表示出看不起的神情。

臥佛每天出門到學校去，舜言常常還沒有起來。但如果下課了還不回來，舜言就要問他的行蹤，一次兩次問他為什麼不早回家，一點不想到她一個人在家等他。逢到星期假期，如果臥佛沒有事做，想自己在花園裡剪草掘土，她就要說他骯髒，責問他為什麼不叫佣人們去做。如果臥佛要去看一個朋友，她一定要一同去。經過好幾個鐘點的修飾，指定臥佛應穿的衣裳，但她到了那邊，她不願意臥佛多待，要他談完正經事就走。她除了人家正式的宴會，往往不肯隨便在人家地方便飯，同時當然也絕對不願意臥佛一個人不在家吃飯。在家裡，她希望臥佛也常常舉行正式的宴會或茶敘，但不願隨便留客人便飯。

這一切，於而敬與素妮就成了一個無法習慣的情境。好幾次，而敬約臥佛與舜言到他們家去，舜言坐不到一刻鐘就要走了。起初臥佛很奇怪，但出來的時候舜言就說：「現在我們有家了，我們應當過我們的家庭生活。」而敬同素妮起初也常來訪臥佛與舜言，但舜言喜歡形式的招待，過了這招待時刻，她就露出冷淡的態度，或者一個人就走了進去。這一切總使臥佛不敢多留客人，也使而敬素妮不願多待；常常星期日而敬同索妮來約臥佛夫婦野遊，舜言總是要經過許多辰光的修飾，而到了外面，待不了多久就要回來。

現在舜言開始批評而敬與素妮，說他們粗魯，不檢點；說他們家庭骯髒貧窮。有時他們多坐了，說他們想在這裡吃飯；有時他們晚走了，說他們自私，不管人家的生活。臥佛不喜歡舜言這一類的批評，他有時就要提起當初她常去他們那裡的生活，可是舜言就端莊地說：

「那因為我愛你，我在愛戀之中，但如今我們是一個美滿的家庭。」但是這樣的情形，不只一次。有一回，偶而的，臥佛談到她不應當這樣看低而敬，而當初她也有同而敬結合的可能。舜言˙聽那話，可露出很卑棄的冷笑說：

「這是他自己在做夢，我難道還不知他貧窮！他也許有點繪畫的才賦，但不懂得生活，沒有好好過過生活。」

這樣臥佛就開始為而敬辯護，極力表示自己對這個年輕的朋友的敬愛，說他聰敏，說他好學，說他心地光明高貴。

「他也許不是一個壞人。」舜言於是冷淡地說：「自從我明白地告訴他，我從來沒有愛過他，而一直愛著你的時候，他不但不妒忌，反而希望我們成功。」

「這很奇怪，那封信，」臥佛忽然回想起來當時的情形，很空泛地說：「那到底是誰假冒我寫的？」

舜言忽然冷諷地笑了，她說：

「那麼你一直不知道？現在我可以告訴你，那是我，是我自己寫的。」

「你？」

「是的，我那時候就愛了你。但是，我知道你因為不明白我與而敬的關係，所以不敢來愛我。我想了很久，覺得這樣做是一個最好的辦法。」

一時臥佛沉默了，他忽然對舜言有一種說不出的厭惡，這種感覺是臥佛從來沒有過，但是如今竟無法在他心頭驅除，他一時竟禁不住流下淚來。

在一切婚後生活上，情緒上的不和諧，與使臥佛感到束縛的地方，在這以前，臥佛感覺到的只是舜言與自己個性與傳統的不同，而現在臥佛開始發覺舜言內心的卑劣與不潔的部分。他對而敬有說不出的慚愧與歉仄，他開始特別希望同而敬他們接近，也開始特別羨慕而敬與素妮的家庭起來。而每次與而敬素妮在一起，他心靈上好像得到瞭解放與慰藉。

在家裡，舜言常常是打扮得非常整齊，很少說話，露著端莊的笑容。這些都是臥佛覺得她可愛的地方。但現在忽然感到是一種可怕的塑像。他好像暗暗地意識到，舜言永遠掩蓋著一層虛偽的面具，只要偶一透露，那一定是不潔的陰險的污穢的內容。如果她永遠不透露是多麼好呢？他也許會永遠不知道那是面具。而現在他已經有一次看到過那面具裡的內幕，他再也無法相信那美麗的面具就是舜言的真面目。

有時候，在平靜的夜晚，當臥佛翻閱著書，抬頭看到舜言坐在梳妝檯前，穿著華麗的拖地的晨衣，舉起兩手，露出素藕一般的兩臂，在梳理她修長的頭髮。他從鏡子裡看到她豐腴嬌嫩端莊秀麗的面龐，他也會忘去這美麗的人像內另外還有醜惡的內幕。但這感覺竟是這樣的短促，只要舜言透露一個笑容，一絲表情，他馬上會看到她奇怪的內心。而她內心是常常在很小的地方透露著。

日子這樣過著，臥佛在學校裡似乎更嚴肅與死板。他少有活潑的笑容與豪放的談話。一下課就回家，也很久很久不作畫了。許多人以為臥佛有了美滿的家庭就忘了藝術，許多人以為臥佛現在沒有創作的欲念了。但沒有人知道他內心的苦悶與關念他不繪畫的心緒。有的，那是而敬，還有也許是素妮。

這一對青年的夫婦現在很少來，來了也常常匆匆就走。臥佛有時候一個人去看她們，也從來不待得很久，他們間沒有關於舜言的談話。但一二個場合中，彼此似乎感到對方是瞭解彼此的感覺的。

在暮春的時候，舜言的一個弟弟結婚。那一陣，舜言忙了好些時候，她打扮臥佛又打扮自己。在觀禮那一天，李家會集了許多親戚與友朋，都是些貴官與富商。臥佛發現在許多豪奢的太太與小姐中間，舜言是最為漂亮與華麗。他當時就看到許多人都在羨慕他，注意他。就在這樣的交際應酬之中，走進了而敬與素妮。素妮打扮得非常樸素，但不知怎麼，竟非常出眾。她穿一件裁製得非常別緻的白呢大衣，腰間垂著兩條繩索一樣的帶子，引起許多內眷都去詢問她是在那裡做的。臥佛一看就知道是而敬的設計。下面露著鵝黃花綢的旗袍，腳上穿一雙穿繩的半高跟鞋，但她則用白緞帶代替了繩索，在她勻稱的小腿下打了一個粗結。她頭髮還是一樣的童花式，沒有一點做作，披在那裡竟是這樣的合適。她本來就年輕，現在更顯年輕；她本來就活潑，現在更顯活潑。臥佛第一次看她穿高跟鞋，第一次看她這樣的打扮，更覺得她可愛與可羨。所以就迎著同她說話，特別誇讚那件新款別緻的短大衣。在這一場合中，當而敬與素妮進來以後，舜言似乎已不再被人注意。而敬還是同平常一樣，因為他在李家原是很熟，他認識座中許多客人，所以他還是多說多笑。有許多人沒有見過素妮，他就一一替她們介紹，一時之間，似乎羨慕臥佛的人都開始羨慕了而敬。這不知怎麼，竟使臥佛感到非常快活，但是他知道舜言是不舒服的。他看她不發一言，露著奇怪的眼光在看臥佛，當臥佛看到她時，她面上又浮起了端莊的笑容。

夜裡，臥佛與舜言回到家裡，舜言還是一樣的安詳端靜。臥佛也沒有說什麼，像平常一樣，他們一同走進了寢室。舜言把大衣脫下，投在床上，臥佛恰巧過來，順手把它掛在櫥裡。

那時舜言正在換鞋，她忽然抬起頭來說：

「今天素妮那件大衣你覺得很好看麼？」

「設計得很聰敏，非常別緻，很有趣。」臥佛似乎故意的說：「非常配合素妮的風度。是不？」

「我可幾乎要笑出來。」舜言又低下頭去換鞋子說：「我看出是我送給他們一條舊氈子改的。」

「而敬這種地方真聰敏。」臥佛覺得舜言的趣味很醜惡，所以故意加重著說。

「把好好氈子改衣裳穿，我看他們冬天冷了蓋什麼？他們總是只顧今天，不顧明天的。」

「我想那條灰色的氈子倒可以送給他們。」

「啊，你倒慷慨。」舜言說：「拿東西去給人家糟蹋。」

臥佛不再說什麼，他拿了睡衣走進了浴室。臥佛出來就睡倒在床上，但是舜言竟聒聒不休的責備臥佛，不應當太縱恿他們，常常送東西給他們，使他們只知道依賴，越來越不知道上進。臥佛忍耐不住反譏了幾句，於是更激動了舜言，這樣一再反覆竟鬧了一夜。

這是他們結婚來第一次的吵鬧，不知怎麼，以後舜言似乎更與而敬與素妮不好，而臥佛也因而更加沉默寡言，精神越來越頹唐起來。他照舊的到學校去，但在學生與同事眼中，他似乎已經換了一個人。他好久沒有繪畫，有時候畫一點東西，但沒有畫成一半就毀了。他仍舊是一個很好的教員，但沒有以前的生趣。一下課就走出了校門，一個人去散步。有人還發現他常常一個人凝望著湖面。起初，他的改變引起很多人的注意，但日子一久大家也就習以為常，他已經不為人們注意了。

朋友們很少到他家去。而敬與素妮，也不會無事到他家來。但在學校裡，在偶而的機緣中，而敬會跟著臥佛走出校門，好像很自然的邀他到而敬自己的家裡去坐一會。但他們不談什麼，臥佛從不談起家庭裡的種種，而敬與素妮也從不問起。這也許是不願也不敢問起，也許是覺得根本不必問起。他們有時候常常很窘，老朋友沒有話說是很窘的事，一杯茶，一支煙，有時候臥佛隨手抓一本書，癡讀了一個鐘頭，他默默地站起就走了；有時候，而敬給他看一幅新畫的畫，他很謹慎發表了幾句意見，接著就什麼也引不起他的話題。

臥佛的態度變了，舜言也逐漸同以前不同。她的安詳端靜的風度裡，漸漸失去了和藹的性質。她的嘴角減少了端莊的笑容，眼睛加增了冷銳諷刺的光芒。臥佛在外面已經沉默，到家更加消沉。他一到家裡幾乎一言不發，日子就在這種正常生活裡過去，而突然有一天，臥佛發現了舜言身體變化，她已經有兩個月的胎身了。

這發現使臥佛對舜言的態度有了很大的變化。他像在久陰的天氣中看到陽光，突然感覺到新的希望。他希望他可以重新與舜言接近，覺得他似乎在河流的面前，發現了可以重到彼岸的橋樑。而他希望舜言也有這樣的感覺。他雖然沒有說出來，但生活上似乎恢復了一些生趣。他開始有於出去時買一點食物與鮮花回來的念頭，開始肯用另外的眼光注意舜言的生理與心理的變化。但是舜言的脾氣竟隨著她肚子膨漲而越來越壞。她留戀於自己美妙的身材，覺得她的生命與青春將因此而消滅。她一面要臥佛少出門，不許他於必要外再逗留在外面，一面又時時覺得臥佛是毀滅她青春的毒手。每當臥佛回來的時候，她透露悔恨的敵意。臥佛用可容的忍耐，希望舜言會瞭解一點人生的意義。他希望多有點客人來陪舜言的寂寞，也希望舜言有時肯同他去外面走走。但舜言竟不願看見任何人，她覺得她不能穿一切美麗的衣服，就無法同外面有所接觸。除了臥佛以外，她覺得可以見的是她的母親。臥佛很想請她母親來住些時候，但是她母親擔當了一個大家庭的責任，只能偶而來待半天就要回去。所以剩下的冤苦寂寞的歲月，都需要臥佛一個來擔當。

但是多麼哀怨的日子也會過去。一個月一個月的，臥佛顯然瘦了，老了。沒有人知道其中的原委，也沒有人可以訴說。這時候能夠瞭解臥佛同情臥佛的，還是舜言的母親。她對舜言已經有過不少次的勸解，但是這不能對臥佛有所寬鬆。臥佛起初很想用點外面的消息安慰舜言的寂寞，但一切只引起舜言的怨恨，一切外面的繁華似乎本來都屬於她，而現在完全被剝奪了。她妒忌臥佛的自由，而怨恨臥佛給她的束縛。她發脾氣，她哭泣，她咒詛整個離了她而仍在活躍的社會。

快到六個月的時候，舜言已經整天懶在床上。枕邊是一面鏡子，一塊手帕。她時時覺得她已經一天一天在衰老，時時感覺臉上有新的皺紋，歇斯底里地悲哀自己青春的消逝。

有一天，她忽然問臥佛關於而敬與素妮。臥佛告訴她偶而在校園裡碰見過他們。舜言於是就詳細地問到素妮的打扮與風度，問她怎麼會沒有懷孕。於是接著就怪臥佛不愛惜她的青春，歇斯底里煩躁起來，隨之以不斷的哭泣。開始臥佛安慰她，慢慢就勸解她，最後臥佛不免帶出責怪她的口氣。這引起了舜言更劇烈的激動，常常鬧到天亮還不肯安息。

有一天臥佛於早晨帶著失眠的精神到學校去，下午就去訪舜言的母親。她母親覺得既然這樣，還是接舜言到自己家裡來生產，或者可以使臥佛平靜一點，舜言也有個照顧。即使對於將來的孩子，她的經驗也比較可以減輕舜言的苦惱。

臥佛回家並沒有把這意思告訴舜言。她母親於第二天到臥佛地方提議了這個意見，這很快就得到舜言的同意。臥佛的母親為舜言布置了一間房間，雇了一個有經驗的佣人。到第三天的早晨，臥佛就送舜言到母家去。

這以後，臥佛像釋去重負似的，比較有安詳的處境。他慢慢發現了他房子的安適。他辭去兩個佣人，自己開始處置他家庭的一切，搬種花園裡的花木，邀請而敬與素妮以及其他的朋友與學生。他的家園開始熱鬧，生活似乎豐富起來，精神似乎也就煥發許多。

三天兩頭，他到舜言家去望舜言。舜言似乎也比在家裡好了許多。那面有她母親與弟弟們，她對臥佛至少表面上也不能像在家裡這樣的敵對。而在日子的推移之中，臥佛慢慢發現舜言精神上的病態有很大的改進，她開始恢復了她莊嚴的笑容。而且，經過她母親的規勸，她也不整天躺在床上了。這使臥佛生了新的希望，希望在她生產以後，舜言會逐漸的體味到人生的意義與趣味，他仍舊可以有一個美麗的家庭。

最後，舜言分娩的日子終於到了。那天夜裡，臥佛接到電話就趕了去。醫生是她們家裡熟識的醫生，他已經來了。舜言正在一陣一陣的劇痛。臥佛進去了，她拉住臥佛，咬臥佛的手臂。後來醫生叫他走出來，他等在樓下。他不安地來回的走，不停的吸煙。一直到夜半十二點多，才聽見樓上的動靜與樓梯的忙亂。他很想走上去，但走到樓梯，被舜言的母親推回來，她安慰臥佛，陪著他聽樓上的消息。

到兩點鐘的時候，他們聽見了樓上孩子的哭聲。但是隔了許久，還沒有來叫他們。最後舜言的母親也不能再忍耐，她跑出門外，臥佛跟著她出來。到樓梯邊，剛剛想上去的時候，那個服侍舜言的佣人，突然從樓梯上號哭著滾下來。臥佛搶過舜言的母親奔了上去，在舜言的房門口，一個白衣的護士站著，一言不發的莊嚴而溫和地阻止了臥佛。

「沒有什麼事麼？」臥佛問。

那時候舜言的母親也走了上來，她驚惶地望著護士。「張醫生就出來了。」護士低聲地說。而張醫生果然步出門來，他的面孔是莊嚴而沉痛，他一手挽住舜言的母親，一手挽住臥佛，說：

「母親已經不救了。」

舜言的母親就暈倒在張醫生的臂上。臥佛瘋一般的闖進房門，他看到床上是一條白被單蓋著屍身，另外一個白衣的護士正抱著孩子，他在哭。

那孩子就是美兒。

十二

「美兒，美兒！」臥佛這樣的叫著。他發覺自己仍在畫室裡，牆上龐大震動的人影淡下去淡下去。他突然倒在爐前安樂椅上，兩手捧住自己的頭。他覺得他需要美兒。

他振作起來，又到畫堆裡尋找美兒。他尋完了一疊，又尋到第二疊。那第二疊的第三幅是一幅光芒四射燦爛無比的女子的畫像。

臥佛一時被那畫像所奪，他舉起那畫像放在壁爐的架上。他發覺那紅色基調的女子竟是一個永遠興奮的生命。那是他的傑作，也是上帝也許是魔鬼時傑作。是她結束了他對於愛情、美麗與幸福的期待，是她吹熄了他所有心底蘊藏的火焰，是她改變了他整個的人生，決定他以後的性格與無可逃避的命運。

臥佛於舜言死後，他把美兒托給舜言的母親，自己一個人到了國外。他周遊了歐洲，參觀過各國的名畫，遊歷了各地的名勝。他已經不想結婚成家，所以對於任何女性不再有什麼特別的留戀。他有極平靜的心境讀愛讀的書，畫愛畫的畫，非常自由與閒適。那時候正是第一次世界大戰以後，他在法國忽然得了一次肺炎，他在醫院裡睡了許久。出院後他到南部一個海濱的小城裡去住。他住在那裡有三個多月之久，生活過得很愉快安適，每天除讀書與繪畫外，就是到海濱去游泳。就在那裡，他認識一個叫史丹尼斯的青年，這個人不過三十歲，紅頭髮藍眼睛，身材非常合度。照他的年齡，似乎應當是很愛熱鬧的人，但是他很靜默，常常一個人拿一本書，吸一斗板煙，在海灘曬太陽。有一次，臥佛在海濱繪畫，他在後面看了許久，於是就交談起來。臥佛開始知道他是一個研究東方美術的學生，在大戰中他在騎兵團裡經過不少驚人動魄的戰役，回來後感到精神上有說不出的空虛，對於人生有不解的疑惑與彷徨，所以現在那裡一個親戚家裡休養著。

第一次他們就談得很投機，傍晚時候一同去吃飯。兩個人都在那裡閒住，所以以後就常在一起，一同在海濱散步談天，變成很好的朋友。

有一天，臥佛同史丹尼斯走到離浴場很遠的海濱，那面很靜，沒有一個人。他們就坐在沙灘上，聽海潮一層一層擊岸的聲音。已經是黃昏，陽光斜映著海面，泛出無數的金波，天空的雲層呈現無窮的色澤，幻出各種莫測的形狀。他們的談話已經停止許久，史丹尼斯吸著煙斗，手裡拿著一本波特萊爾的詩集，沒有在看，臥佛則凝視著天空。史丹尼斯深深地噴了一口煙，忽然說：

「這變幻的雲彩有給你什麼想像麼？」

「我正想到這等於變幻的人生，」臥佛說：「那一瞬間過去的色澤與形狀，馬上就是過去，無論如何變幻都不是剛才的色澤與形狀了。」

史丹尼斯不響。

「那麼你在想什麼？」

「這引起我想到，」史丹尼斯忽然笑了：「那些紛紜可怕的戰役。」

正在這時候，當臥佛正要說什麼的當兒，突然有馬蹄的聲音襲來。回頭一看，是一個披著金髮的女子，騎著一匹白馬飛了過來。臥佛剛要躲避，但是史丹尼斯已經把他推倒，而那匹白馬則已從他們頭上飛過。當他們坐起的時候，看那馬已經慢下來。那個金髮的女子正回過頭來，露出頑皮的笑容對他們大笑。雖然有相當的距離，但是她的眼睛裡燃燒著灼人的光芒，使臥佛與史丹尼斯都意識到裡面是有點輕蔑與挑戰的意味。

史丹尼斯望望臥佛，笑了。他的眼光閃出臥佛從未見過的光彩。他忽然說：

「她大概不知道我是一個出色的騎兵。」

這以後，臥佛有兩天沒有會見史丹尼斯。但是第三天，臥佛在那天坐過的海灘上，看見史丹尼斯騎一匹棕色的馬飛掠過那匹白馬而去，他沒有看見臥佛。

一星期以後，臥佛已經同他們兩個人一同吃飯。那個女子有萬丈的光芒，一舉一動都閃著灼人的火焰，史丹尼斯似已經是她的俘虜。在整個的空氣之中，他的精神像完全依在她的眼光裡。臥佛開始知道她叫衛勒，是大戰時一個間諜，整整三年完全在馬戲班裡縱橫歐洲。

又隔了一星期，臥佛知道他們已經同居在一個小公寓裡。就在那時候，史丹尼斯約臥佛為衛勒畫像。兩星期的時間中，臥佛天天去繪衛勒。當臥佛畫竟了那像，他忽然覺得這是他的傑作，他不願意把它送給他們。他故意借詞推托，說要送到巴黎秋季沙龍後再送給她，其實臥佛的心裡已決定離開他們了。

但是一件奇怪的事情發生了。當他們與臥佛宴別以後，臥佛阻止他們到車站送他，他就一個人回到寓所。十二點鐘他坐在去巴黎的車上。但是一到巴黎，在他下車一瞬間，突然看見了衛勒。衛勒用如火的眼光沸熱的笑容很平常地迎向臥佛。臥佛倒吃了一驚，衛勒說：

「這難道不是你所期望的麼？」
「我做夢也想不到你也會到巴黎來的。」
「真的沒有想到？」
「你不是一點都沒有說起？」
「但是什麼比我眼睛向你說的話為可靠呢？」
衛勒就拉著臥佛的手臂，像是一同下車一樣的，預備走出月臺。
「史丹尼斯沒有同來麼？」
「你明知道我是來跟你的。」
「跟我的？」
「這因為我明確地知道我愛你，而你在愛我了。」
「什麼？這是從什麼時候開始的？」
「從我叫你為我繪畫的那天。」
「你怎麼知道我在愛你呢？」
「在你每次來給我繪像的神情變化上。」衛勒笑著說：「你為什麼要帶走那幅畫？」
「因為那是我的傑作，」臥佛說：「我還要參加秋季沙龍。」
「就是為這個麼？」
臥佛不響。但是衛勒說了：
「你以為我不能屬於你，所以要占我的畫像麼？現在我來了。」

他們走出了月臺，伴著行李，搭上汽車。衛勒很熟識的叫出一個旅館的名字。

在車上，衛勒拉著臥佛，注視著臥佛的眼睛問：

「你真的不愛我麼？」

臥佛不響。

「你知道你已經很久很久不敢正眼碰到我的視線了。在整個繪畫的時間，你每次碰到我的視線就急於避開，這是為什麼呢？」

「這因為我怕你愛我。」臥佛說。

「這因為你在怕你自己。」衛勒嚴肅地說：「現在如果你正眼看我的視線，你就會知道你自己。」

臥佛開始看到衛勒的視線，那灼人的沸熱的光芒一瞬間就懾伏了臥佛。從那時起臥佛就成了衛勒的俘虜，他如灰的心靈跳躍出久久未有的火苗。

在旅館裡，衛勒寫一封信給史丹尼斯。這是一封很輕鬆的告別的信。她似乎把他們的關係，看作極其平淡的一個際遇。臥佛也寫了一封信，他說明他不是約衛勒同走，而確是與衛勒在車站上見到的。這封信發出以後，不知史丹尼斯看了有什麼樣的感覺與反應，而沒有三天工夫，他趕到了巴黎。

史丹尼斯很憔悴，像已經失眠了幾天似的。他態度非常鎮靜，很少說話，對臥佛也並沒有什麼敵意。衛勒可是很熱情而又很平常的招呼他，像是對待朋友一樣的態度，而時時有挑逗性的勝利者的面孔。在那個場合上，臥佛感到一種說不出的慚愧。他對史丹尼斯有無限的同情，對衛勒開始有害怕的感覺。最後史丹尼斯要求與衛勒有一次私人的談話，臥佛覺得這樣倒可以使他避開這不舒服的窘境，於是就離開了他們。衛勒與史丹尼斯就一同出去了。

臥佛看了一個展覽會回到旅館，心裡有說不出的鬱悶。他很想馬上偷偷地離開衛勒，但不知怎麼他竟無法下這個決心。衛勒於晚飯後才回來，精神非常煥發。臥佛沒有看見史丹尼斯回來，就問：

「史丹尼斯呢？」

「真有趣，他說他沒有我就要自殺了。」

「那怎麼辦？」

「真有趣！」衛勒說了忙著到裡面去，走出來的時候，臥佛說：

「你說他真會自殺麼？」

「讓他去。」衛勒笑著說：「這傢伙有點傻！」

「但是他是愛你的。」

「難道你不愛我麼？」

「總不能使一個愛你的人為你死。」臥佛說：「你也愛過他。」

「誰都要死的。」衛勒若無其事的說：「有人為我死，於你不是很覺得光榮麼？而且我可以告訴你，我從來沒有愛過他。」

臥佛當時並沒有說什麼，總以為史丹尼斯說自殺的話，是普通愛情上一時的感覺，沉思之下是不會實行的。

可是出乎意料以外，第三天的報上就有了史丹尼斯自殺的消息。那天臥佛正在刮臉，衛勒先看到報紙，她像是勝利似的歡呼著說：

「史丹尼斯真的自殺了，在那個小公寓裡。真有趣，他真肯為我自殺。」

臥佛吃了一驚，刮破了臉。手捫著血跑過去看報，但是衛勒竟拋了報紙站起來，她同平常一樣去打扮自己去了。

臥佛愣在那裡半晌，他一面哀悼史丹尼斯，一面覺得衛勒實在太可怕了。他陷於極度紊亂的情境中，一直到衛勒已經打扮好。他們本定今天一同出去買東西，但現在他不想再動。衛勒似乎很不重視他這種情緒，她同平常一樣，很興奮的鼓勵臥佛，但是臥佛竟與平常完全不同。一瞬間，這火一般的女子竟無力燒起臥佛的心緒，最後臥佛勸她一個人出去。

衛勒出去後，臥佛坐在沙發裡，無法解決心上的波濤起伏。

臥佛與史丹尼斯，雖然只有短短的友誼歷史，但已是談得很投機的朋友。在衛勒的事件中，雖不是他誘惑衛勒，是衛勒出乎他意外來找他的，但是他當對竟沒有為史丹尼斯勸衛勒而反而接受了她，他總覺得自己是愧對史丹尼斯的，因此他心裡非常難過。但是他竟看不出衛勒有什麼心理上的痛苦，她還是照常的興奮活潑有趣。他一方面覺得衛勒可愛，但另一方面覺得她可怕。他感到自己過去的創痕，似不應當再在女人地方浪費他的生命，因此更自責會被衛勒所迷惑。他一時頗有一種決心，想悄悄地離開衛勒，像衛勒離開史丹尼斯一樣，但是離開衛勒有什麼用呢？衛勒也無法回到史丹尼斯地方去，而他在愛她。在這些日子中，衛勒似乎燒旺了臥佛內心裡已熄的火焰，他開始重新對世界看到光亮，這在他給衛勒畫像的時候就感覺到，而現在似更加確實了。但是他也想念史丹尼斯，這個平靜的生命像是平穩的火焰，被衛勒煽旺了一陣，於是就突然熄滅。他覺得有回到那個小城，去看看史丹尼斯死後情形的必要，可是他馬上有一種慚愧與害怕的心理阻止了他。這兩種心理衝突了許久，他最後還是理好東西預備走了。他於是留一個字條給衛勒，他告訴她他去赴史丹尼斯的葬儀。他好幾次改換那字條的寫法，最後他覺得他有試離衛勒的必要，於是就扯去了字條。他在櫃上付清賬單，口頭上留一句簡單的話，一個人拿了行李就到了車站。

臥佛到了那小城，已經是夜裡。他回到以前住過的一個旅館，就打電話到史丹尼斯的公寓，接電話的是史丹尼斯的弟弟。他是於史丹尼斯死後趕來的，告訴臥佛史丹尼斯已經在火葬館焚化，明天早晨在火葬館有一台彌撒，夜裡他將帶著史丹尼斯的骨灰回到故鄉去。

第二天，臥佛一早就到火葬館去，出來後，同史丹尼斯的弟弟到史丹尼斯的公寓去，幫同處理史丹尼斯的遺物，同他的弟弟有一下午的相處。

史丹尼斯的弟弟叫做法郎若華，比他哥哥小五歲，容貌很像。他拿出史丹尼斯的遺書給臥佛看，信裡只表示對於人生的厭倦，並沒有一字提起衛勒。但是法朗若華從他親戚那裡知道一點關於衛勒的事情。臥佛於是也約略同他談到衛勒，並且一再申明他與史丹尼斯的友誼。

夜裡，臥佛送法朗若華帶著史丹尼斯的骨灰到車站，直到火車開了，方才回到旅館。

經過這一日一夜的生活，他心境稍稍有點慰藉。史丹尼斯已經是變成灰土。也許他本來對人生真是厭倦了，但是他確曾開闢了平坦的路途，很可以健康安詳的活下去。也許衛勒也的確曾從他的灰色的人生中，喚起了光亮，但是，這無疑地也因為如此，所以衛勒的離去就使他失去了生存的意義。而臥佛感到自己的命運正與史丹尼斯是相同的，也只有史丹尼斯的死去，才使他有這個覺悟，否則他下去也很可能會有這樣的結局，那麼史丹尼斯的自殺正像是代臥佛毀滅一樣的值得臥佛來哀悼了。

在火車的旅途中，他一再為扯去了所留的條子而後悔。他時時戀戀於衛勒，而現在他覺得這是唯一的出路，他計畫著於最近回國。他想到寄養在岳家的美兒，他要捨棄現在這樣的生活。

臥佛在旅館裡很晚才睡去，睡夢中忽然聽到有人敲門的聲音。他朦朧地張開眼睛，天已經大亮，是九點鐘的辰光。他很快起來披了晨衣，拉開窗簾，打開窗門。和暖的陽光從窗口射進來，他深深地吸了一口氣問：

「是誰？」

「我。」這聲音使臥佛吃了一驚，是安慰也是害怕，是不安也是興奮，那是衛勒。

臥佛開了門，衛勒進來了，露著很自然熱情的口吻說：

「你當心冷。還是睡在床上吧。」

她推臥佛到床上，於是坐在床邊同臥佛談話，她熱情而聰敏地說：

「你離開我，是為史丹尼斯對我報復麼？」

「是我與史丹尼斯的友誼叫我來看他。」臥佛說：「而我奇怪你竟這樣容易忘去一個這樣的情人。」

「是我與史丹尼斯的關係叫我應當很快的忘記他。」衛勒說：「我發覺我始終沒有愛他而離開他，可是我始終感激他的愛我的。」

「但是他是為你而死的，你難道就沒有感到歉仄與隱痛麼？」

「但如果今天來看你不是我，是一封我為你自殺的電報，你難道不會感到歉仄與隱痛麼？」

「但是你沒有死。」

「我在他未自殺以前，也想不到他會真的自殺的。」

「但是當他已經死了。」臥佛說：「我覺得我們是對不起他的。」

「可是你有什麼辦法來補救這已經過去的錯誤呢？」

於是臥佛沒有話說。他沉默著。衛勒開始重申她對臥佛的愛情，講起她一回去，知道臥佛不辭而行以後的心境，她一夜也沒有入眠，開始想到臥佛可能來的地方。她又說，如果她到這裡見不到臥佛，也許真可能會到海裡去自殺的。

臥佛就在這樣的情境中，再度對衛勒屈服。他在衛勒燦爛的容光中，突然可憐她失眠的神情。他讓衛勒睡下，就在她火一般的肉體中，臥佛發誓再也不離開衛勒。

第二天臥佛接到法朗若華的信，信中還寄給臥佛幾張他與史丹尼斯在一起的照相。臥佛當時就回他一封信，謝謝他的友情。信中也告訴他衛勒到這裡的消息，並且致衛勒對於史丹尼斯哀悼的意思。

臥佛與衛勒預計住幾天回巴黎去，他們每天到海濱去騎馬曬太陽。日子過得很快，可是在第四天，法朗若華突然來了。他來看臥佛的時候，臥佛不在。他留了一個字條，臥佛於是打電話給他，約他於第二天早晨來吃早餐。

第二天，衛勒打扮得很出色，她同臥佛在旅館的大廳中等侯法朗若華，等法朗若華來了，臥佛替衛勒介紹後，衛勒馬上就說：

「要不是你預先告訴我，我真以為你就是史丹尼斯了。」

法朗若華開始似乎很不願意同衛勒親近，但經過幾分鐘的應酬，衛勒用非常同情的神情寄哀於史丹尼斯，殷殷問史丹尼斯過去的種種，談論到他的個性，生活環境以及他家庭裡一切，法朗若華逐漸的對衛勒有了諒解，告訴衛勒關於史丹尼斯的童年，學校生活以及他現在的墳墓。衛勒表示她很想到史丹尼斯的墳墓去憑弔，但她因為現在的心境太悲哀所以不敢去，希望再等了一個時期。這樣那樣，關於史丹尼斯的談話大概有一個鐘點。從客廳走到飯廳一直到吃了早飯，後來臥佛反而無法參加。在他旁觀者的眼睛中，突然發覺衛勒的眼光已經逐漸吸引了法朗若華的精神，於是他找到一個機會問法朗若華說：

「你住在親戚家？」

「是的。」法朗若華說：「就是以前史丹尼斯住過的地方。」

「那我可知道你的電話的。」衛勒笑著說。

法朗若華於十一點鐘告辭，相約夜間請臥佛與衛勒吃飯。法朗若華走後，衛勒說：

「真是一個很可愛的孩子，是不是？」

「可是我不喜歡你今天對他的態度。」

「太親密了一點？」衛勒燃起如火的笑容說：「你妒忌了。」

「我不喜歡你對他誘惑。」

衛勒不響；低下頭，半晌，她忽然低聲的說：

「你怎麼不說他誘惑我。」

「他還是一個剛剛離開學校的學生，是不是？」臥佛說。

衛勒不響。她站起來說：

「今天是不是你預備為我畫騎在馬上的畫？」

這是前天他們出去騎馬時候說起的。衛勒在馬上有無比的矯捷的姿態。在海邊的落日前，臥佛突然感到，衛勒在馬上竟是落日在海上的象徵，所以他想為衛勒畫一幅這樣的畫。

臥佛點點頭，接著他就沒有同衛勒談那件事。下午他們就在海灘上作畫。

夜裡，在一個講究的有音樂的飯館，法朗若華宴請臥佛與衛勒，他不斷的請衛勒跳舞，臥佛注意到法朗若華逐漸在迷戀衛勒，他看到衛勒的眼光與態度，知道她正在進行一個新的冒險。他心裡有說不出的各種混雜的情緒，是妒忌，是害怕，是擔憂。

十二點鐘的時候，臥佛伴衛勒回到旅館。臥佛開始責備她剛才對法朗若華的態度。

「我不知道。」衛勒笑著說：「也許我真的被他迷戀了。」

「但是你不應當去害這樣一個單純的孩子。」臥佛嚴肅地說：「你已經害了他的哥哥。」

「假如我真的愛上了法朗若華，」衛勒笑著說：「那倒是他哥哥害了我。」但接著她垂下頭，沉默了半晌，自語地說：「也許，也許就因為他太像史丹尼斯，所以我會無法抵抗……」

「但是你不是說你不愛史丹尼斯麼？」

「我不愛史丹尼斯，是的，但是我喜歡他，」衛勒說：「他們倆是這樣的相像，又是這樣的不同。

「但是，衛勒，你不能夠去進行這個冒險，」臥佛像求她一般說：「而且你知道你愛著我，是不？」

「那麼你只是妒忌吧了。」

衛勒笑著站起來，又說：

「他約我明天早晨騎馬去，我想我要睡了。」

臥佛一時覺得找不出什麼話可說了。他憤怒不安，許多許多複雜的心理在他的心上滾動，他在床上無法安眠。

早晨，他知道衛勒起來，也知道衛勒出門，但是他裝著不知。他一直在思索這個問題，最後他覺得有同法朗若華談一次的必要。

衛勒回來的時候已近中午。她極力誇讚法朗若華的騎術，臥佛故意不作理會，他只是幽默地問：

「今天下午你讓我給你繪畫麼？」

「自然。」衛勒說：「法朗若華下午來看我們，他要看你給我繪畫，你說好麼？」

「我自然是歡迎他的。」

在繪畫的時候，法朗若華一聲不響立在旁邊，不時看看畫，不時望望衛勒。他已經完全墮入了衛勒的情網，臥佛有說不出的同情與害怕。他無心好好作畫，但是他還是裝作若無其事。傍晚時，他歇了手，他們一同在海灘散步，臥佛邀請法朗若華一同去吃飯，法朗若華當然接受了。

他們從海灘回到旅館，就在衛勒去更衣的時候，臥佛想同法朗若華深切地談一次話。他看到那位平靜的法朗若華這時候已經像有點癡傻與不安，他不知怎麼樣措詞才好，最後他與法朗若華從大廳走到走廊，他開始說：

「我希望你相信我，」他沒有看法朗若華，平淡地接下去：「我們雖沒有很深的友情，但是我知道你是一個很純潔的青年，像我知道史丹尼斯是一個可敬愛的人一樣。我覺得你是不值得的，假若你以為衛勒可以做你的情婦。」

法朗若華不響。

「為你的前途的幸福，」臥佛接下去說：「我覺得你應當早點離開衛勒。」

「是你害怕我從你的手裡搶走衛勒麼？」法朗若華忽然很認真地說。

「衛勒總不會永久是我的。」臥佛說：「在我，你搶去，同別人搶去是一樣的。」

「同你從史丹尼斯手裡搶來也是一樣的。」法朗若華諷刺地說。

「但是史丹尼斯死了，我呢，也許也要受到一個打擊。這都是你的前車，你不應當再來玩火，是不是？」

「我就想從你手裡搶到衛勒，同你從史丹尼斯手裡搶到她一樣。」

「那麼你並沒有愛衛勒，而是來報復與挑戰的了。」

「這個你不用管我。」法朗若華說：「衛勒會知道她愛的是誰。」

「假如你要衛勒，我是可以隨時離開你們的，你放心。」臥佛說完這句話就走進大廳，法朗若華也走了進來，這時候衛勒已經從裡面出來。她一手拉一個男人的手臂，走出了大門，登上了汽車。

那一夜，他們又在一家有音樂的飯館晚飯。法朗若華與衛勒跳了許多舞。夜半回到旅館，臥佛沒有開口，衛勒已經說了：

「我不願意像你離開我一般的離開你，我要告訴你明天我要跟法朗若華走了。」

「明天？」臥佛吃驚了。

「是的，」她平靜地說：「我發覺我愛的應當是法朗若華。」

「但是你說過幾百次是愛我，而我是愛你的。」臥佛忽然覺得無法離開衛勒，他是多麼需要她呀。

「這沒有辦法，我欠史丹尼斯太多。而法朗若華是多麼像史丹尼斯，而又是多麼不同呀！」

「但是我希望你再伴我兩個星期，讓我稍稍穩定一下我的情感。」

「這是不可能的，」衛勒笑著說：「我想你不會像史丹尼斯一樣，會自殺的。」

臥佛突然支不住自己，他開始哀求衛勒，他像孩子失了乳母一樣，他禁不住他的眼淚。

但是衛勒竟平靜而幽默地說：

「可是今夜我還是你的。」

臥佛一時竟無法擺脫自己，他憤怒、羞慚、隱恨，有說不出的情緒使他燥熱。在他失眠的當兒，他在暗淡的床燈旁看到衛勒睡夢中的面孔，是甜笑，是譏諷。他忽然有一種瘋狂的心理，他有殺死衛勒再行自殺的衝動。他一想再想，這衝動越來越強烈起來。他想到凶器，他想來想去沒有別的，只有一把小刀，那是放在行李箱裡的。他於是輕輕地起來，將行李箱提到浴室，開始拿那把小刀，就在他尋小刀的時候，他突然看到兩張照相，他的頭腦開始清醒起來。那照相是而敬於最近寄來的。一張是美兒，一張是美兒與而敬夫婦的。臥佛拿著那兩張照相，看了許久。他坐在浴缸邊上，他發覺照相裡的人，好像個個都在招呼他叫他回去。他一瞬間的焦熱的殺機逐漸消逝下去。他開始看到世界，看到窗外的天色已經亮起來。他回到房間裡，寫了一個字條：

「再會了，衛勒，希望你走的時候不要吵醒我。」

他把這字條放在衛勒的枕邊，他又重新跳進床上。

但是衛勒起來的時候，他還被是驚醒了。他一聲不響，把頭悶在被裡，在衛勒的腳步聲中，他偷偷地啜泣起來。

……

這就是火一般的衛勒，火一般的風采，火一般的情感，火一般的來，火一般的去。她燒毀了臥佛的心身，留給臥佛的是一幅火一般的畫。

望著壁爐上的畫，臥佛又開始發抖起來。

融融的爐火好像衛勒一般的在誘惑臥佛。他有滿心的抑鬱與痛苦要把它焚毀。他注視那爐中的火焰，遲緩地拿起那壁架上的畫像——那幅火一般的女子，投入了火中。他伏在壁爐架上望著它燒起來，燒起來，……

十三

臥佛伏在壁爐架上，一直到爐中的畫燒成烏有。他突然像野獸一般起來，像老虎撲鹿一般回到畫堆，他要尋美兒的肖像。他翻擲了風景，靜物；高山，大海；以及許多他各種的創作，新穎的想像，他終於尋到一幅細緻的全身的畫像。是一個整飭高貴的少年站在棕色的桌旁，手裡拿著一本書。

「美兒，美兒。」臥佛一面把它檢出，一面叫著他的名字。他把畫放在壁爐架上，開始坐在它的對面，望著它，靜靜地尋求畫中人的印象。

臥佛自那次從歐洲回國後，就一直把美兒帶在身邊，他們到了北平。他愛美兒，因為美兒是他的新生，他從美兒身上尋到了自己的過去。過去了的父親無法重新活過，因此每個父親都要自己的兒子不蹈父親的覆轍，不走一切繞遠的路，不踐一切可避免的痛苦。臥佛把一切的想像與理想都寄托在美兒身上，而美兒的童年又是多麼像他的童年。他非常敏感，對於小的地方常常忽略健忘，對於大的地方往往比別個孩子先見到。他有很強的理智，豐富的情感，但缺乏決斷力。意志不夠堅定，常常被情感所牽制，被理智所混淆。而臥佛又太愛他，對美兒過分的嬌養，造成了他許多不好的脾氣。他給美兒一切所應當吃的玩的，一切所可能穿的用的。他要美兒有高貴的人格，健康的身軀，還有是讀書要有出眾的成績。他情感上給美兒過分的放縱，而功課上又給美兒過分的嚴峻。在美兒八歲的時候，他就在家裡請人教他鋼琴。他給美兒一切，但獨獨沒有給他母親。

而美兒在幼稚園時候就開始發問：

「爸爸，小朋友們都有媽媽等在學校門外，我怎麼沒有一個媽媽呢？」

「美兒的媽媽已經死了。」臥佛抱著他說：「男小孩用不著媽媽，媽媽是女人，男孩子有爸爸就夠了。」

本來臥佛是準時送美兒上學，準時接美兒回家，但自從那次以後，臥佛一有空就到學校門口去等美兒。但是美兒還時常有問題，比方說小朋友們絨線衫是媽媽織的，而美兒的衣裳則總是買的；小朋友裡有許多食物是媽媽燒的，而美兒的食物總是買的。

在美兒進了小學以後，他喜歡聽故事講故事的本能已經有點發展。他從學校裡聽到一些一個王子，一個公主的童話，回來就愛講給爸爸聽，並不斷的要求臥佛給他講故事。臥佛選了許多把女人說得毫無價值的故事，有時自己編了一些這類故事，講給美兒聽。美兒聽了常常有這樣一個問題：

「為什麼爸爸講的女人總是這樣壞呢？」

「這因為女人都是壞的。」臥佛總是這樣回答他。

「那麼我們學校裡講的那些故事呢？譬如說那個救王子的女子。」

「如果那男人不是王子，是一個窮人，她就不會同他那麼好了。」臥佛說：「有許多女人像是好的，可是她們的心都是壞的。」

「那麼那些小朋友們的媽媽呢？」

「那是因為要依靠小朋友們的爸爸，所以假裝很好，她們的心都是壞的。」

這樣美兒就不響了。他靜靜地坐在那裡，似乎心裡有問題而嘴裡說不出來。可是在美兒逐漸長大的過程中，他的問題就浮到嘴裡來了。常常臥佛有女學生來看臥佛，她們都愛同美兒說說笑話，送美兒一點糖果，一點花，一件小小的玩具，每個人都對他和善親切，堆滿了可愛的笑容。美兒總覺得奇怪，難道爸爸也以為這些人是壞人麼？要是真是壞人，為什麼他自己同她們也很客氣，而有說有笑呢？有一次他就把這問題提出來了。

「她們自然是女人，這些人的心都是壞的，但是人有時候是很好。我們同她們來往，自然要客氣、慷慨，但不要碰到她們的心。——啊，這個你也許還不懂。總之，不要同她們太接近。她們有時候很想同你接近，你必須避開她，因為一接近她，她就會害你的。」臥佛於是就這樣的告訴美兒。

有時候，在春天，臥佛帶美兒到郊外。臥佛看到了錦繡的野花就要告訴美兒，這些野花同女子一樣，看來非常美麗，但是裡面是有毒的。他於是折斷了花莖，把裡面的草汁給美兒看。有時候就抹在臥佛自己的皮膚上，讓這皮膚起了紅塊，使美兒知道那裡面是有毒的。在秋天，如果碰到鮮艷的野果，臥佛就又要用女人來比方它。他又要把它切開來給美兒看，告訴他這是毒人的東西。碰到有蛇走過這些野果的草叢，臥佛又要告訴美兒，那些美麗的花果是給蛇吃的，人們看看它就夠了，而女人都是這一類花果。

美兒就在這樣的情境中長大，他愛他父親，他崇拜他父親。他把他父親社會上的榮譽，都當作自己的光榮。他在學校裡功課很好，體育也好，品行也好，很能得教師們與同學們的愛戴。但是他沒有離開過他的父親，他一直住在家裡。早晨去上學，一下課就回到家裡。有時候學校裡有什麼球賽或運動會，或者有其他事情，美兒一定先打電話回家。臥佛常常帶他去看戲看電影，父子兩個人一同打網球、騎車、游泳、騎馬，美兒愛什麼，他就陪美兒幹什麼。他不願離開美兒。美兒一有新朋友往還，臥佛都要會見他，邀他們在家裡吃飯，一同游玩。臥佛與美兒兩個人住在一所很好的房子裡，但有三個佣人，所以他們時常可以邀許多人來玩。他們生活在一起，精神也聯在一起，這樣他們過著很愉快的生活。但在一切明朗的日子當中，臥佛看到美兒的成長，他隱暗的靈魂角落裡，有一種新的害怕起來，他害怕美兒有一天會離開他，飛到他所不及的世界去。

現在美兒已經是一個大學生了，他在學音樂。他長得非常健康、高大，他有他母親的端秀，而有臥佛的威嚴。他有閃光的大眼睛，挺直的鼻子，棕色的皮膚，柔軟的頭髮，還有是瀟灑活潑的態度。每當他同臥佛一同出門，臥佛注意到已經有許多女人在看他了。在網球場上，許多圍著來看他們打球的人。臥佛意識到大部分女人是來看美兒的，她們常常無緣無故對美兒的球藝叫好。在游泳池裡，許多女人怪聲的叫笑，故意的賣弄，臥佛似乎覺得都是在引誘美兒。他發現美兒現在也開始接受這些調情了。他覺得不讓美兒接近女性是不可能的，但他要美兒看輕她們，他要美兒驕傲與自尊，把女性都看作是婢僕與玩物。

可是在美兒大學生活半年以後，美兒竟不像過去那樣願同臥佛在一起生活了。他好像已經有他自已的世界。這一個變化，給臥佛許多影響。他常常很晚回來，使臥佛一個人在家裡關念地等他。倒是臥佛的學生們，似乎反瞭解臥佛的孤獨，常常來看他，伴他。這使臥佛覺到這家庭環境，在近些年來實在太偏向於美兒。臥佛在無形之中，把家庭的重心放在美兒身上，許多次許多次臥佛在招待美兒的朋友們的集會中，臥佛自己有時候反而感到是多餘的參加者。現在從美兒生活的變化，使臥佛看到了美兒心理上的變化。在開始的時候，臥佛還希望他校正，同他三次兩次提到這個問題，但後來臥佛覺得這是很不自然的事情。美兒並不是不知道臥佛的孤獨，但似乎做兒子的人並沒有永遠來陪他父親的可能，他反而奇怪他父親為什麼這樣需要他。每當他晚上回家，同臥佛一同吃飯，飯後坐在一起，就感到沒有話說。臥佛常常非常和藹婉轉的問他學校裡每個朋友與生活。他並不是不願意告訴臥佛，也知道沒有理由要隱瞞臥佛，但總覺得這些問題是無聊而沒有意義，好像是做父親的人因為沒有話說，所以要尋點題目來談談一樣。所可以談談的，有時候，當聽了一次音樂會，看了一次展覽會以後，他很願意聽聽父親的意見，而所見也往往相同，並沒有很長的可討論的地方。他覺得家庭的空氣雖是美麗和諧，但總是死板與單調。臥佛知道美兒常常回來不早，雖然不是有同什麼女人戀愛一類的事，但心裡總覺得這是可能發生的事情。

美兒的鋼琴是從小就學的，而突然在這一年之中，竟進步得很快。他的網球在學校裡很出風頭，這使他在學校裡很被人看得起。對於女同學，他雖沒有像臥佛這樣以為女人都是禍水的提防，可是他也沒有覺得特別吸引他的地方。他覺得她們同男同學沒有什麼不同，可是同她們在一起，總覺得特別熱鬧與溫暖一些。

暑假裡，臥佛想帶美兒到北戴河去，但美兒竟不想去。這是第一次美兒不想同臥佛一起生活的表現，也是第一次不想同他父親一同旅行。他的理由是想在暑期中從學校一個先生學琴，這並不是撒謊。但當臥佛說，到北戴河也可以找一個先生教琴的時候，他還是不願去。他自己說不出理由，可是臥佛知道他是離不開他的世界與生活。最後臥佛放棄了這個計畫。但美兒可很覺得不安，他極力鼓勵臥佛一個人去，或者甚至帶一二個學生同去，但臥佛可再不感到興趣了。

可是臥佛不走並不能像以前一樣同美兒生活相聯。悠長的暑期，他們父子倆很少在一起。在一起的時候，也好像是美兒為可憐他父親，而特地分出時間來陪他的。這在臥佛感到的反而是一種不舒服。

就在美兒在自己世界裡過活的當兒。臥佛開始多與來看他的學生們接近。他帶他們一同去作畫，留他們一同在他家裡吃飯、玩，但在許多鬧熱的場合中，他總是覺得缺少美兒。

這個生活像是使臥佛從新回到過去在杭州的生活。特別在他的客人散後，一個人浴罷坐在院中，期待美兒回家的時候，他常常回憶過去。有一次，他突然想到美兒同他的距離，也許就是他在某一時期與美兒的母親的距離。他的生活日趨於刻板，就是使家庭空氣單調的原因。他應當從新使自己年輕，使自己的生活放縱一點。他開始發覺他同學生們的距離也的確同以前不同，以前他同他們有朋友一般的親熱與自然，現在學生們對他是尊敬而有所顧忌，許多地方都很拘謹。比方就是近來熱鬧的聚會，他們也都在相當的時候散了，沒有像過去一樣，別人肯把他的地方當作自己的世界。一切他的書籍畫冊，在過去，好像人人都會來翻動，而現在人家則只有來為他收拾。他發現在他生活中，一切趨於整齊有條，佣人們的按部就班，有禮有節，正是使他自己陷於孤獨的原因，它好像是一道圍牆一樣把他團團圍困起來，使外人無法跳進來同他生活，甚至美兒也跳出牆外去尋自己的世界去了。他知道這是他的年齡與地位使他有這樣的變化，過去同事們不是他的前輩就是他的朋友，如今則多數的同事是他的以前的學生或是後輩了。但是他又想，在他所見的比他年齡長的人，也很有能夠與青年人做朋友的。尤其是許多他在西洋所看到的，他們都能活潑輕鬆地同青年人在一起。大家都不覺得他年老與隔膜。臥佛於是想到自己在女人身上所受的打擊，這些打擊是使他的生氣與活力消退的原因。他覺得他有重新生活的必要，他應當把美兒的存在不放在心上，而要美兒把他放在心上才好。

在他這樣思索以後，臥佛開始變更自己的生活。他辭去了兩個佣人，自己開始操作，他讓每個學生來都參加他的勞作，同他一同生活、繪畫、聽無線電。他已經久久不想到跳舞，現在又重新跳起舞來。他把這個家庭作為大家的俱樂部一樣，他歡迎一切年輕的人來參加這個生活。這樣，當美兒的學校開學以後，臥佛的家庭已經非常熱鬧。經常有人來吃飯、住宿，慢慢地大家當作自己的家一樣的進出。許多青年還來臥佛的家開會，排戲，臥佛不但歡迎他們，還給他們各方面的幫助；不但給他們幫助，有時候還自己參加在裡面。

是這樣的變化之中，臥佛變成青年們的朋友。最後美兒的學校裡的一些弄音樂的孩子們，也被人帶進到他的圈子裡來。這不但使美兒也重新參加這個世界，而把他自己的世界也帶進，到臥佛的世界裡了。於是臥佛重新獲到了他所失去的，這個勝利使臥佛非常快活。

但是，就在美兒帶進來的人們中，有一個非常年輕的一年級學聲樂的女孩子，她似乎很得美兒的注意。臥佛知道他是沒有能力阻止這件事情的發展，但是他願意這件事情早點發展，早點消逝。他於是同那個女孩子非常接近，也特別對她親熱。

這個女孩子叫陳韻丁，是一個瘦長的個子，身體不很好，面目很清秀，但並不特別美麗，具有平正的眉毛，修長的眼睛，鼻子嫌低，嘴唇嫌薄。她有遲緩的動作，懶散的神態，但是在一笑一顰之處，使人感到她很自然而毫沒有做作，可是裡面竟含蓄著一種神祕的蘊底。她很聰敏，有一副天賦的嗓子，但很少說話，常常用低迷的微笑代表她的意見。她很會穿衣服，一件很樸素平常的衣裳，穿在她身上總非常合適。臥佛不久就發現，傾倒於她的男孩子並不只美兒一個人，而她對美兒似也沒有什麼特別的親近。但在臥佛同她接近時起，她對臥佛很快就建立一種子女對父親的親熱。沒有多久，她就當自己的家一般的進出。寒假快到的時候，她忽然同臥佛說，她希望可以到臥佛家裡住。臥佛知道她是沒有父母的人，平常是住在學校裡，假期中則要住到叔叔家裡去。她叔叔是一個商人，年幼的子女很多，所以她覺得沒有意思，希望住到臥佛地方來。臥佛當時就對她表示極端的歡迎，他想這也許是美兒授意的，於是就在韻丁不在的時候，他開始向美兒探詢，但美兒不但不知道韻丁這個提議，而且關於韻丁家裡的情形也一點不知道。

美兒知道臥佛已經答應韻丁住到他家裡，他很興奮，為韻丁打掃房間，布置家具，忙了好幾天。最後他不斷的問韻丁搬進來的日期，但等寒假到了以後好幾天，韻丁還沒有搬來，他非常焦急，時時到臥佛面前談這件事情。臥佛非常奇怪韻丁對美兒的距離，但是他已經發現美兒在愛她了。他心裡有奇怪的感覺，不像是妒忌，不像是惱怒，也不像是失望。沒有一個父親不希望自己的兒子勝利與成功，也沒有一個父親不妒忌兒子的勝利與成功的。他不願意美兒失敗，可是也沒有期望他勝利；他期望美兒受一切可愛的女孩子愛戴，而最好美兒不愛任何一個女子。但是他自己不知道自己，經過了這許多女人的刺激，他的下意識似乎仍對女人是有欲望的。他當然沒有占有韻丁的念頭，但韻丁被別人，即使是被美兒所占有，在他也許還是不願意的。而他自己竟不知道自己。他問美兒：

「美兒，你願意告訴我你是在愛韻丁嗎？」

「我不知道，」美兒突然說：「爸爸，也許這就是愛情了。」

「為什麼不讓女人愛你，而要你去愛她們呢？」

「假如有女人在愛我，而我不愛她們，那不是一件無關痛癢的事麼？」

「可是假如你在愛她，而她並不愛你，這在你有什麼意義呢？」

美兒不響。

……

「我想你應當忘去這件事情，忘去她，你應當愛的是音樂，是不是？」

「但是，我現在感到只有她可以充實我音樂的生命了。」

「我不反對你有戀愛的生活，但是因戀愛而失去自己是可恥的。」

「……」美兒不響。

「韻丁，」臥佛忽然從座位站起來，走向窗口去，他說：「她不打算搬來了。」

「就是為怕我愛她麼？」

「她找到一個家庭教師的位子，」臥佛像沒有聽到美兒的話似的，又說：「預備搬到那面去住，那面是供她膳宿的。」

「……」美兒不響。臥佛於是走到美兒身邊，拍著他的肩膀說：

「假如她也愛你，你打算怎麼樣呢？」

「我可以同她結婚。」

「結婚？」臥佛笑著說：「沒有一個可愛的女子到結婚以後還是可愛的。你將犧牲你一切的前途而換到一生的痛苦麼？」

「但是我在愛她。」

「你要愛愛你要你的女人去；」臥佛走到寫字檯邊，抽開抽屜，拿出一本銀行的存摺，拋在桌上，他說：「這是錢，你去愛愛你要你的女人去。女人都是一樣，愛好了走散，你才還是你自己的。」

「……」美兒不響。他低下頭，哭了。臥佛走過去，拿起存摺，放在他的袋裡。他說：「你應當去找你的快樂。」他拉著美兒的手，帶到門口，推他出去。又說：「聰敏一點吧，孩子。」

十四

實際上，韻丁的職業還是臥佛介紹的。

臥佛發現韻丁不但並沒有愛美兒，而且也沒有愛任何一個追逐她的同學。她似乎同他們很保住距離，甚至連她的家裡的情形都沒有告訴過誰，除了臥佛。臥佛從韻丁家庭環境，想到為韻丁找一個家庭教師的位子，而這正是所需要的，它解決韻丁許多問題。這使韻丁很感激臥佛，而與臥佛更加親熱起來。韻丁不喜歡熱鬧，平靜安詳，個性非常陰沉，談話很少。這是許多想親近她的青年，像美兒這樣，很難接近她的原因。而她似乎還不需要異性，甚至對於異性還有奇怪的反感，可是她是一個無父母的孤兒，她需要一個人可以像父親一樣，為她想到而愛她的，臥佛就填滿了她的需要。而她在無形之中給臥佛許多美兒所不能給他的安慰。

她常常來看臥佛，照顧臥佛，甚至在日常生活上，為臥佛想到許多，這使臥佛的生活起了很大的變化。他逐漸對於青年們的往還有點厭倦，但沒有厭倦到拒絕他們的程度。他開始把家庭分為三部，一部自己的世界，一部是大家的世界，一部是美兒的世界，使他自己可以一個人退到自己的世界來。而這個世界則是韻丁比美兒還要接近的在裡面活動著。

這樣的生活繼續得很久，一直到寒假過了，韻丁開學以後，還是這樣。韻丁從學校出來，捧著書本，到臥佛地方，她愛在爐邊同臥佛對坐著看書，常常可以一聲不響的坐兩個鐘點。臥佛也習慣地期待她來，為她置辦了所喜歡的花同她所愛吃的東西。她也愛看臥佛作畫，靜靜地看他調色，動筆，她在旁邊為臥佛常常做許多零碎的事情。但是這樣的日子並不太多，隨著韻丁，有許多人似乎為她而到臥佛地方來。最大變化的是美兒，他本來有他自己的世界，每天有他的活動。他有一切青年人的嗜好，看電影、溜冰，同朋友起鬨熱鬧。但是現在他竟常常在家裡了。他練琴很勤，談話減少。他似乎非常想接近韻丁，但是他竟有說不出的膽小，在許多女子面前，他常常很有風趣與口才，可是在韻丁面前，他變成非常癡傻，他只會很呆的望著她。有時候，他到臥佛地方來，韻丁隨便同他談幾句話，就自管自過她平常一樣的生活，他不知所措的站了一會就出去了。有時候，當許多青年男女在一起的當兒，美兒說幾句很有風趣的話，但看到韻丁眼睛都沒有在看他，就再沒有話說。美兒自己知道已經深深地在愛韻丁，臥佛也早就知道，旁邊的人也都知道，但是韻丁是不是知道呢？沒有人知道她。美兒常常同韻丁一同從學校走到臥佛地方來，但是這很少是一個人。同美兒一同到臥佛地方來的同學很多，幾乎每天都有別人在一起，男的女的。韻丁一來，常常等三等四，美兒沒有法子約她一個人與她同走。她很大方的同美兒交友，美兒要為她拿大衣書本，她也願意，但是她沒有理會他心底的苦惱。她幾乎很少正眼看美兒，偶而有這麼一瞥，已經是美兒莫大的光榮，他幾乎可以為這個興奮許久。美兒既然無法在從學校到家裡的路上得到接近韻丁的機會，他於是常常在家裡等韻丁進來，韻丁一碰到在門口或在院中看到美兒，她常常先說：

「你回來那麼早。」或者：「你下午沒有課麼？」一類的話。幾句話以後，她就到大家在一起的地方，或者到臥佛的地方去。美兒再無法同她有什麼特別的接近。這使美兒過著非常痛苦的單戀生活。他沒有同任何人說，但是他很想同自己的父親談談，而又不知道從何說起。臥佛自然看出他在單戀，有時候也很想同他談談，但總覺得等美兒來告訴他，他才可以有機會同他提及。

於是春天到了，剪裁過的街樹抽出新枝，楊柳浮起了綠意，天空的雲彩特別輕盈，花開了，碧桃滿樹，丁香初露，芍藥也有了蓓蕾，天氣突然暖和起來。就在臥佛感到春意已濃的的那一天，韻丁換了新裝進來，他吃了一驚。他突然發現韻丁異常的美麗，他呼吸到一種新鮮的感覺，意會到一種芬芳的氣息。他看到韻丁眼睛閃出了奇光，在她泛著紅色的面頰上發現了說不出的充實。她穿一件淺藍而帶黃花的旗袍，一件白衣的短大衣搭在肩上，手裡捧一束潔白的月季，一進門她就把大衣滑在沙發上，她拿著花要放到花瓶裡去。一面說：

「今天已經是春天了。」

「是你帶來了春天。」臥佛說著一直望著韻丁，韻丁正在把花放到花瓶裡去，臥佛忽然說：「我今天要為你畫一張肖像。」

就在那一天開始，臥佛為韻丁畫像，這是一幅非常新鮮的畫，在後來好幾次展覽會裡都出現過，題目就叫做《春》。

臥佛在完成了那幅畫以後，他把它掛在房中，在畫上蓋了一塊布。等韻丁來了，臥佛說：

「今天房間裡你發現有什麼特別麼？」

「啊，那，……」韻丁說著走過去。

「你來揭幕吧。」

但是韻丁忽然停止了。她跑到門外，叫進來好些青年，美兒也跟著進來。她叫美兒去揭，她自己站在別人一起看。

美兒揭開了幕布，他站到後面來。別人對著那幅畫都在誇讚與羨慕，但美兒凝視了許久，沒有說一句話，最後他悄悄的就出去了。

那天韻丁同平常一樣，吃了晚飯方才告辭。她穿上大衣，但忽然從大衣袋裡摸出好幾封信，交給臥佛，她微笑著說：

「你交給美兒好麼？」

臥佛一看是美兒寫給她的信，沒有拆過。他不知究竟，一時不知怎麼說好，他說：

「你為什麼自己不交給他？」

「那麼就放在這裡，」韻丁說：「讓我明天交他。」

臥佛把它放在抽屜裡，韻丁就走了。

夜裡，美兒到臥佛地方來，他的情緒非常不平穩，態度非常冷澀，他面對著那幅韻丁的肖像畫，不時望望畫，不時望望臥佛，用羞愧難過的聲音同臥佛談話。

「爸爸，」美兒開始說：「我有許多話想同你談一談。」

「我也一直想同你談談，我覺得你最近似乎變了很多。」臥佛說：「還是因為韻丁的關係麼？」

「是的。」美兒很萎頽，但突然振作了一下，忽然說：「爸爸，我是不是可以問你……」

「問我什麼？」

「……」

「你儘管說，」臥佛微笑著說：「你已經長大了，我們間應當什麼都可以談才好。」

「你是不是也在愛韻丁？」

「笑話。」臥佛突然站起來，他說：「美兒，你怎麼有這種荒謬想法。」

「我只是想到如果你愛她，這也是很自然而是應該有的事。」

「笑話！」臥佛說：「美兒，你真是有點不正常了。你從哪裡見到有這樣的事？是韻丁同你說的麼？」

「是我自己感到的。」美兒低著頭說，但突然抬起頭望著牆上的畫：「但是我今天看到那幅畫，證明我的感覺是對的。」

「笑話。」臥佛說：「她比你還年輕許多，是不是？我……」臥佛笑了，他坐下來又說：「我因為她很好，所以像女兒一樣的待她。你長大了，有你自己的世界。你想我是多麼需要一個親近一點的孩子。而她是那麼好。」他看到美兒可憐的神情，突然轉變了語氣，安慰他說：「你不要這樣胡想亂想。你年紀輕，應當享受你的青春，戀愛是騙人騙己的事。為一個女人犧牲是毫無代價的。」

「但是你也喜歡韻丁。」

「就因為她不需要戀愛。」臥佛說：「如果有一天她需要戀愛，她自然而然會走的。」

「那麼……」美兒說了半句就沒有再說下去。臥佛於是就直截了當的說：

「愛情不過是一個幻覺。你愛韻丁，實際上是愛你所想像的韻丁，等她愛了你，她一定不會是你所愛韻丁。女人都是一樣，你可以為你的快樂去戀愛，去享受，但不要自尋苦惱。」

「但是我沒有辦法，我在愛她。」

「那麼你永遠這樣的去痛苦。」臥佛忽然想到剛才韻丁留下的信，他拉開抽屜，把它拿出來交給美兒說：「這是你給她的信，她叫我還你。」

「沒有看過？」

「沒有拆過。」臥佛說：「這沒有什麼，她還不需要男人。你應當忘去她，走你自己的路途，狂歡你的青春，努力你的音樂。等你成功的時候，她已經老了。你聽我的話。」

「……」美兒定神凝視著牆上的畫不響。

「你要錢麼。」臥佛拿出支票，寫了一張撕給美兒：「今天起你應當堅強，看重你自己同你對於藝術與社會的使命，看輕那些女人，這是錢。錢不能給你幸福，但能幫助你幸福。」

美兒拿了支票，站起來，把支票放在袋裡，他冷靜地說：

「如果爸爸真是愛韻丁的，我怎麼樣也要放棄她；如果你不是在愛她，那麼我一定要她愛我的。」

美兒說完了，站了一會，好像等臥佛說什麼。臥佛沒有說什麼，他就很快的出去了。

這以後，美兒的生活逐漸變了，他常常不在家，夜裡很晚才回來。他對家裡的一群朋友與他們一切的活動突然不再注意。他開始注意服裝與打扮，他的服裝與打扮脫離了學生的風氣，他的生活也脫離了學生的世界。他在舞場跳舞，交際了時髦的女人與明星，學會賭博喝酒。他已經很少同同學們接觸。也有許多人告訴臥佛，臥佛也知道他的生活的放蕩，但覺得有這樣一個放蕩的時期，於美兒也許是好的，所以也不去理他。日子就這樣過去，天氣已慢慢的熱起來了。

在暑假快到的時候，音專裡有一個音樂會，節目中有韻丁的獨唱與美兒的鋼琴。臥佛為韻丁做一件很漂亮的衣裳。那天韻丁很受觀眾擁護與注意，人人都在問韻丁是誰，她的歌聲也確使師友們驚異。但美兒竟沒有注意韻丁，他在他演奏的時間方才到場，演奏完了就走。他幾乎不像是音專的學生，好像是外面的人來客串一樣。他沒有同任何人作親密的招呼，僅僅同碰到的人笑笑。

但在他奏演的辰光，臥佛發覺美兒的確有他的情熱與瘋狂的想像，並不像是一個墨守成規的學生。這使他非常驚異。而他突然發現坐在他旁邊的韻丁有奇怪的感動，她忽然有過度興奮的顫慄，臥佛握她的手，她的手上有汗，冰涼的。臥佛於美兒奏完一曲後問韻丁：

「怎麼樣？」韻丁愣了一回，立刻笑著說：

「美兒……你不覺得他很有希望麼？」韻丁說完了望望臥佛。

「……」臥佛點點頭。

十五

暑假到了，今年有而敬與素妮，約臥佛一同到青島去避暑，他想帶韻丁一同去。韻丁起初很高興，但後來忽然覺得同臥佛兩個人去不好。她似乎很長成一樣半吞半吐的說出這個理由，這使臥佛很不自然。但是韻丁還是同常一般的微笑著，勸臥佛一個人去。臥佛於是又為韻丁找了一個家庭教師的位子，在暑假裡為人家補習功課。

這是臥佛自從認識韻丁以來第一次離開韻丁，他心裡有一種很奇怪的感覺。他似乎很難離開韻丁，但自己不願意相信自己這一種情緒。這也是臥佛回國後第一次離開美兒，他心裡也有奇怪的感覺。但忽然想到他想約韻丁同去時，竟沒有想到約美兒，他自己開始不解。這到底是因為美兒不高興去青島的緣故，還是他竟專心在約韻丁的企圖上呢？他覺得他應當帶美兒同去。美兒雖是在外婆家長大，而也是時常得到而敬與素妮的愛護與照顧，他也應當去看看他們。想他很可以用這個理由去打動美兒。所以在晚上，他同美兒說：

「美兒，你暑假裡有什麼計畫？」

「沒有什麼。」

「沒有意思同我到青島去麼？」

「爸爸是不是同韻丁同去？」

「我一個人去，我約好而敬同素妮在那面會我。」

「舅舅他們也去？」美兒興奮起來：「那麼我也去，好麼？」

「自然我希望你同我一同去。」

「那麼韻丁呢？你放心她一個人在這裡麼？」

「為什麼？」臥佛笑著說：「我為什麼不放心？」

「我是說你沒有她也許會寂寞的。」

「有你有而敬有素妮，我們一定可以過很熱鬧愉快的生活。」臥佛說。

…………

但是臥佛的想法是不對的，這在他們到了青島就顯露了。過去而敬與素妮一直同臥佛與美兒保持通訊，在信札中，他們彼此是多麼渴望著會面。而敬因為生活的關係，他已經由為一個上海的商家畫廣告畫而正式就商，他久已不繪畫了，但在他信中總時時說起有機會再好好作畫。臥佛十分希望在青島可以鼓勵他作畫的興趣，但是奇怪的而敬竟毫無興趣動筆了。有一次，臥佛為美兒畫像，他拉而敬一同畫，而敬極力誇讚臥佛所畫的，但他自己畫了一半就不要了。他每天有許多應酬，一次兩次到濟南去接洽生意。他同臥佛很好，但是完全不是過去的趣味；素妮呢，她已經變成一個胖婦人，要照顧四個孩子。美兒到青島不久，就天天自己出去，過他自己的生活，臥佛幾乎常常是一個人。他很為而敬的畫才可惜，但是同素妮講起，她似乎一點也不覺得什麼。她很快活，她覺得而敬也是很快活的。比較可以安慰臥佛的，倒是素妮的幾個孩子，他們都是很活潑有趣，特別是下面兩個，一個十四歲，一個十二歲，臥佛常常帶他們到海邊去玩去。

韻丁常常有信來，有時候寄給臥佛，有時候寄給美兒。臥佛很想念韻丁，很想提早回到北平去，但因為這對於而敬與素妮不好意思，所以還是等過完了暑假。

可是，當臥佛與美兒再到了北平以後，他們同韻丁的關係完全變了。韻丁突然同美兒有過去沒有的接近。她常常同美兒兩個人一同走到臥佛地方，有時候願意同臥佛與美兒三個人到公園去。也常常應美兒的邀請，同美兒去看電影。沒有半年的時間，圈子裡的人似乎都以為韻丁是美兒的女友了。臥佛於是找一個單獨同韻丁在一起的時候，他開始問韻丁：

「你可是已經愛上美兒了？」

「你不喜歡我愛他嗎？」韻丁笑著反問。

「我是一個不相信愛情的人。」臥佛說。

「但是人們總是在相愛。」

「這只是年輕人自騙自的勾當。」

「你當然是最希望美兒幸福的人。」韻丁說：「當然也希望我有幸福。」

「當然，」臥佛衰頹地說：「你當然也知道世上只有你們兩個人是我的親人。」

韻丁沒有說下去。

「因此我對你們有很大的期望。」臥佛又說。

韻丁沒有說什麼。美兒進來了，臥佛也就沒有再說下去。

於是隔了許久，臥佛找了一個機會，單獨的問美兒：

「我看韻丁現在已經愛你了？」

「我想這也是你所期望。」

「也許，」臥佛說：「但是你怎麼樣呢？」

「我一直愛著她。」

「那很好。」

「爸爸，你不喜歡我同她好麼？」忽然美兒很突兀地問。

「那是你們的事情，」臥佛說：「但是我不希望你們結婚。」

「這是為什麼呢？」美兒驚奇了。

臥佛站了起來，一面走一面說：

「這因為我特別期望你，也特別期望韻丁的緣故。」

「但是我想這並不妨礙什麼的。」

「沒有一個女人不是在毀壞你的。」臥佛說。

「但是韻丁，韻丁是多麼不同的一個女人呢？」

「頂幸福的結合不過像而敬同素妮一樣，但是而敬的藝術生命是完全被素妮毀了。」

「可是爸爸，你……」

「我要是一直有你母親，我也早就完了。」

「……」

「你應當努力你的音樂，珍貴你的前途，」臥佛說：「需要女人，你儘管去要，但不要讓她們占有你。珍惜你的情感，不要到處謙讓。」

這一番話說了以後，臥佛發覺自己的情感太激昂了，他又說：

「美兒，我的話也許不是你所要聽的，但肯在你自己生命裡細心地摸索，你就會知道我的話是對的。現在你去睡吧。」

美兒走後，臥佛一個人驟感到說不出的寂寞，他覺得韻丁離開他了，美兒也離開他了。他不瞭解自己，不瞭解自己究竟在希望什麼。

韻丁還是常常到臥佛地方來，但是她從此沒有提起過美兒。她照舊的照顧臥佛，為臥佛做許多零碎的事情，可是她與美兒的情感一直是繼續著。她現在常常把美兒與臥佛帶在一起，她還組織許多青年的朋友，時時在臥佛家舉行茶會舞會餃子會，她逐漸變成了整個臥佛這個圈子裡的重心。

日子是這樣的過去，季節是這樣的推延，臥佛現在感到說不出的寂寞。他對於韻丁種種的照顧已經不感到安慰，可是他少不了韻丁。從日常的衣服與銀行裡的款子，到他繪畫的顏色與學校裡功課的時間，他都要依靠韻丁。美兒的生活現在很正常，對音樂非常用功，他或者無意識地想把韻丁從臥佛地方拉開去，但是韻丁反拉他接近臥佛。

在許多有臥佛的會集中，現在也總有美兒，而韻丁總是要美兒去親近臥佛。這一切使韻丁變成了非常重要的人物，但是她的歌唱則進步很少。

在美兒讀完三年級的時候，忽然有一天他同臥佛說：

「我想下半年找一點事情。」

「為什麼？」

「我覺得我應當同韻丁結婚了。」

「結婚？」臥佛笑了起來：「這就是你的目的。」

「我已經接受了幾個中學校音樂教員的聘書了。」

「我正在考慮，讓你到法國去學音學，我覺得你在中國……」

「我不想去。」美兒沒有等臥佛說完，很肯定地說。

「你就想結婚？」

「這因為我愛韻丁。」

「你愛她，她也愛你，那麼等你回國後再結婚有什麼晚呢？」

「但是我不想離開她。」美兒說：「除非你讓我帶她一同去。」

「我倒不是不願意供給她。」臥佛冷靜地說：「但是這對你們都是不好的。我想你把聘書退了，同韻丁去商量商量。我想她如果愛你的，應當會比你自己珍貴你的前程的。」

臥佛與美兒談話到這裡，後來他就找韻丁談話了，他問韻丁：

「美兒說他要同你結婚了，你覺得這是對麼？」

「我想這樣也許可以使我不離開你，使我們可以常有愉快的生活。」

「那麼是你贊同的了？」臥佛微笑著說：「但是你想他可以用中學教員的職業養活你麼？還有你將來的孩子們？」

「爸爸當然知道我並不是嬌養出身的。」

「但是他的音樂天賦予前途，」臥佛說：「你曾經對他有比較大的期望麼？」

「……」韻丁沒有說什麼。

「我正想叫他到法國去，我想你當然可以等他兩年或三年的。」

「自然，我可以等他。」

「但是他說他離不開你。」臥佛說：「所以你希望你肯鼓勵他叫他放棄成見。」

「……」韻丁低著頭不說什麼。半晌，她忽然露著可憐的聲調與祈求的口吻說：「爸爸，如果你真的不希望我與美兒有結合的一天，那麼，請你坦白的告訴我。」

這句話使臥佛怔了一下。他心頭有一陣說不出的隱痛，他看到韻丁始終沒有抬起頭來，他覺得自己有一個不解的靈魂。他不知應當怎麼說，但是他終於說了。他所說的話也許不是他想說的，但當他拉著韻丁的手，拍拍她的手背，他就開口了：

「韻丁，沒有人能像做父親的更能瞭解他的兒子。美兒決不是一個對於愛情能專一的人，為了我對你的珍貴，我覺得你愛他不是幸福的事情。你是瞭解音樂的人，從他的琴藝上你應當可以聽出，他的愛情一定只同暴風雨一樣，熱烈地進行，勝利了就變了。」

「但是我已經愛他了。」

「是的，我知道，這是無法勉強的，」臥佛撫慰著她說：「因為愛情使人失去了理智。可是，現在讓他出國，且試試他愛情是否會變化，這不是很好的辦法麼？沒有人會像我一樣的對你珍貴，我為你想到的都是為你的幸福……。」

韻丁抬起頭來，飽含著淚珠的眼睛露出感激的光芒，她俯吻臥佛的手，一返身，就出去了。

十六

美兒終於在暑期中出國了，這是韻丁鼓勵的結果。

臥佛與韻丁送美兒到上海，送他到船上。在輪船開動的瞬間，美兒與韻丁幾乎都號哭起來。

就從船開了以後，韻丁完全變成另外一個人，無論臥佛怎麼勸慰她，她再也沒有活潑的笑容了。如果臥佛批評美兒的話是真的，那麼美兒這一去一定會置韻丁於腦後了；如果臥佛批評美兒的話是錯的，那麼臥佛是有意要阻擾他們的結合，那麼美兒也不會是她的。韻丁所相信的當然還是前者，可是美兒所信的則是後者，不管有多少山誓海盟，無法保證這生離不是死別。

但是在臥佛，美兒雖然離他遠了，韻丁則離他近了許多。他使韻丁在都市中狂歡，他帶韻丁遊蘇州無錫與杭州，他讓韻丁會見而敬與素妮，接觸了許多繪畫的音樂青年，游遍了一切韻丁所未到過的名勝。可是韻丁則變成了非常寂寞，完全失去了過去的風趣與生氣。她急迫地想回到北平，那面，她有一個希望，那是美兒的信，說好了寄到那面去的。在臥佛，現在似乎沒有一件事不能依照韻丁了，他放棄了其他遊歷的計畫，他帶韻丁到了北平。

在北平，日子突然悠長起來。韻丁已經不再願做臥佛周圍的重心，一切的組織她沒有興趣，一切的團體會敘她都感到厭煩。她不再愛好花明月，甚至她也不愛音樂，最美麗的音調只能使她神經紊亂。她愛孤獨，她愛清靜，唯一可以使她快樂是美兒的信。美兒在途中發的信終於到了，而且陸續的到來，她封封都給臥佛看，誇耀美兒的愛情是高貴的。

這一切，都出了臥佛意料以外。美兒走了，他沒有帶走韻丁，但帶走了韻丁的心。起初，臥佛以為這是時間的問題，時間曾經使多少山誓化為散沙，多少海盟變成桑田，美兒與韻丁並不能例外。但是秋天到了，韻丁沒有活潑起來；冬天深了，韻丁更加枯萎下去。臥佛讓一切喜歡韻丁的青年來接近韻丁，但是韻丁不再透露一絲笑容。凡是韻丁喜歡的，臥佛都曾經去辦去買，漂亮的衣飾與玩具，講究的留聲機，高貴的唱片，這些都是韻丁所愛的，然而現在已經不愛了。她不愛修飾，不愛音樂，她憔悴得像一朵枯萎的花朵。臥佛終於無法挽留韻丁，韻丁的心已經跟著美兒去了。

寒假過後，她突然輟學，她拒絕臥佛對她學費供應，任何的詢問與勸慰，她沒有一個回答。她進了一個公立小學去教音樂，她逐漸很少來看臥佛。最後，臥佛連美兒是否尚愛著韻丁也無從知道，韻丁已不再把美兒的信拿給臥佛看，美兒給臥佛的信也不再提起韻丁了。

臥佛現在已經完全失去韻丁，但是他相信韻丁的憔悴與離開他，一定是美兒負約了。美兒在繁華的巴黎，有臥佛寬裕經濟的供應，忘掉韻丁原是臥佛意料中的事。只要美兒在多種女人的經驗磨練下，再不想結婚的時候，那麼美兒永遠是他的。他去信也不再提起韻丁，免得美兒再想到這份舊情，他唯一害怕的是美兒會在國外愛上別人。但是美兒來信一點沒有談到這些。就憑這點，臥佛已經很安慰了。

在臥佛客廳中畫室中沒有了韻丁的蹤跡。牆上的《春》也已經除下，掛的是美兒的肖像。代替韻丁的有不少活潑的青年與美麗的少女。在認識韻丁的青年口中，臥佛知道韻丁在消瘦著，她幾乎不出門，不閒談。住在學校裡，吃在學校裡，除了上課以外，就是一個人關在房間內。她不喜歡過去朋友去看她，也再沒有人去看她了。不到半年，人們口中漸漸失去了韻丁的名字。

但是人事的變化是永遠的消失，而時節的變化則是循環的。美兒出國已經一年，這又是炎炎的夏天，臥佛同學生們到北戴河去避暑，有一個很好的暑假。沒有人知道韻丁，韻丁則同兩個同事，在北平郊外西山租一間房間過著平靜的生活。一直到暑假終了，這些教書讀書的人重新回到北平。

又隔了許多時候，在臥佛的客廳中，有一個藝專的同學忽然說起一個陌生的名字——韻丁，聽說她已經有了肺病。

「真的？可惜！可惜！一個多麼聰敏的孩子。」臥佛說著，可是心裡的話，他自己也不知道。

座中已經沒有人對韻丁發生興趣，第二句話就不關於她了。

但是韻丁是不是在臥佛的世界中永遠消失了呢？

沒有。

這只是暴風雨以前的陰沉。

有一天，已經是仲冬了。天氣很冷，從早晨起一直下著雪，陰暗的天空與雪白的大地間都是雪花。下午風漸漸的大起來，到了夜晚，風吼叫得像瀑布的倒瀉。

大概是十一點鐘的時候，學生們都已經散了，臥佛一個人在爐邊看報，正看到社會新聞欄搶劫案的記載。

突然，他聽到有人敲門，敲得很急。

是誰呢，這時候？他想。

佣人也許睡了吧？他又想。門敲得更加急了。許久許久，他慢慢害怕起來。他開始站起，到抽屜裡拿出他常備著的手槍，重新回到座位上，把手槍放在身後。於是聽著佣人起來去開門去。

接著他就聽到院中積雪上的步聲，是一個人，他的心開始平靜下來。他聽腳步聲走近了他的房間，似乎很急。

他期待著。不知為什麼，他的心又跳了起來，不是害怕，也不是擔憂，也不是喜悅，只是一種莫名其妙的興奮。

「爸爸，」門一開，就闖進這個聲音。

是美兒。他沒有什麼改變，改變的是他的聲音：

「爸爸，」臥佛握緊了美兒的手，他驚奇地問：

「美兒，你怎麼來的？」

「我搭飛機來的。」

「這樣的大風大雪。」

「我昨天到的。」

「昨天到，怎麼今天才來？」

「韻丁病了，吐血，我送她到醫院，陪著她。」

臥佛忽然覺得胸中浮盪起來，他心跳得像風浪中的小舟。勉強支持一下，他靠到沙發背上，鎮靜地說：

「你始終愛著韻丁？」

「自然，爸爸，她是世上最可愛的女子。」

「但是她太不知自愛了。她放棄音樂！」

「因為她愛我，她只愛我。」

「愛你就這樣……」臥佛忽然覺得他想說的，一定不是美兒所愛聽的，所以他沒有說下去。他望著爐火，千萬種奇怪的感覺與情緒在他心裡飛躍，他分析不出是喜、是怒、是哀、是樂，但是他覺得一種隱痛。最後，他沉著地說：

「你就是為她的病而來的？」

「是的。」美兒堅定地說。

「是她寫信叫你來的？」

「她沒有叫我來，她叫我不要辜負我的天才與你的期望。」

「那麼你回來作什麼？」臥佛的隱痛使他的口吻變成了嚴厲。

「為愛她。」美兒堅定地說，臉上仍浮著驕傲的笑容。

「愛一個這樣不知自愛的女子！」

「爸爸，你不應當這樣說她。」

「你為一個女子，就放棄你的前途，你的音樂。」

「但是，……」美兒開始奇怪他父親的態度，聲音有點發抖。
「她愛你，為什麼不好好等你？」
「爸爸，……」
「我希望她上進，培養她，為她付了學費，但是她輟學了。」
「這因為她愛我。」
「愛你？那麼你打算怎麼樣？」
「醫生說她養一年或者九個月就會好的。我要陪她。等一年以後，我要同她結婚。」
「你想討一個有肺病的女子做太太？」臥佛冷笑著說：「這對於你的前途是有益的麼？」
「我不能想到這一層，她已經為我……」
「但是你是屬於音樂的人。」
「為什麼我不能屬於她呢？我願意為她犧牲。」
「為她犧牲音樂？」
「正如她為我犧牲她的音樂一樣。」
「我不許你這樣做。」臥佛堅決地說，臉紫脹著，額上暴露了青筋，於是厲聲地又說：
「你應當回到巴黎去。」
「但是我已不能求學了。」美兒頹傷地說：「除非等她病好了，跟我一道去。」
「我不希望一個肺病的女人來害我的孩子。」
「肺病，肺病！」美兒忽然亢奮起來：「她是你所喜歡的人，是曾經侍奉你的孩子。你答應過像自己孩子一樣的待她，但是你知道她生肺病，你沒有保護她……」

美兒突然哭了。

「你去想一夜再說。」臥佛忽然站起來說，額上的青筋像蛇一樣在蠕動。

「我已經決定。」美兒大聲地說：「你一直在妒忌，妒忌我，妒忌韻丁，你要我出國，就為阻止我與韻丁結合。你忍心看韻丁為我病倒，為我憔悴。」

「我不許你胡說。」

「這是你的心！」美兒是從來不暴怒的，這是第一次，也是第一次對他父親暴怒，而這暴怒竟無法壓制了。

「這因為我要你上進。」

「這因為你在愛韻丁，你要占有韻丁；但是韻丁只當你是她的父親，你於是就害她……」

臥佛這時候已經又重新倒在沙發上了，他渾身發抖，額上的汗流了下來，頸項的血管像要爆裂一般的使他無法呼吸。

「你太殘忍，你太自私，你……。」

臥佛這時候想站起來禁止美兒的囈語，但在兩手支持身體的一瞬間，他摸到了手槍。

「你用藝術束縛我，」美兒又說：「現在我知道藝術是空虛的，愛情是真實的。我要離開你，離開藝術。我是屬於愛情，屬於韻丁的，再會，爸爸。」

美兒說完了很快地跨出了門檻。

美兒這一去，永不會是臥佛的了，臥佛知道。他要求美兒，他要叫喊美兒；但他憤怒傷心的情緒堵在嗓子裡，他已經無法呼喊，代替他呼喊的是他手裡的槍。

美兒果然應聲倒地，他一腳還沒跨出內門的門檻。

佣人進來的時候，臥佛也暈倒在沙發上。

……

十七

「美兒，美兒！」

望著爐火中美兒的畫像變灰，他低低地呼著。

突然他需要火光。他反身又拿房中的畫幅投入爐中，看它燒起來，燒起來。於是他又拿一幀畫幅投進去。他看到火光，這火光好像安慰了他，好像就是他自己的生命，他不能讓它熄滅。他一幀一幀把畫投進爐中。

於是他摸到了《春》，那幅無限春意的韻丁的畫像。他在火光中看了許久，他把畫幅湊在爐口，他看到火舌蔓延出來，興奮地，非常興奮地，他把這帶火的畫幅拋在畫堆上去。

他癡望著火蔓延著。煙捲著，一跳一跳的，都變成了光，變成光明。光明在他的前面，光明蔓延到他的身後；光明蔓延到他的腳下，光明蔓延到他的頭上，世界浴在光明裡。

「光呀，我要光。」他想到哥德臨死時的呼聲。

就在這光明的火光中，隨著他的畫作與房屋，臥佛遺棄了這世界，而世界也就遺棄了他。

〈爐火〉後記

這篇小說，我想不起是哪一年哪一月開始寫的；大概先在上海，後來因為一直患目疾，生活得不安，就擱了下來。此後在轟炸中的寧波，在騷動中的鄉村，最後在香港，直到一九五〇年六月八日晨三時方才脫稿，一切都不是在計畫之下寫成的。

說到故事的輪廓，那是遠在〈風蕭蕭〉脫稿之前，在重慶，我已經構成了——自然不完全是現在的樣子。

我還把這輪廓同E. T.在重慶的心心茶座上講過，現在想起來E. T.當是第一個聽我講這個故事輪廓的人，所以我謹以這本書紀念E．T．。

一九五〇年十一月六日於香港

彼岸

一

〈自己之歌〉

我在松影下散步，
忽然失去了自己，
一直尋到林外，
我才看見了你。

在這銀色的松下，
難道你不辨東西；
否則你走得這樣倉皇，
你也在尋找我的自己。

你說在這虛妄的世上，
我永不會瞭解你，
過去說你是瘋是癡，

如今又說你找我自己。

我說你曾否在林下，
碰到了我的自己，
就因為月色朦朧，
你把它帶在袖底。

你說你來自西溪，
那面人家三千幾，
五百、三百、兩百，
家家戶戶養小雞。

今夜小雞千千萬，
月下都失去了自己。
成群結隊東西遊，
到處在尋找自己。

於是你開始發覺，
你身邊也丟了自己，

所以奔到松蔭林下，
看是否流落過自己。

我說我在松林中散步，
未見月影下有你；
難道我在松針上嘆息，
喚來了你的自己。

這樣我開始悟到，
也許我就是你自己，
於是我頻頻相問，
你可是我的自己？

但是你說我的話稀奇，
又說我是我，你是你，
只因彼此在林中進出，
所以偶然碰在一起。

於是你走進松林，
我就奔到西溪，
西溪小雞千萬隻，
我混在裡面尋自己。

但月光鋪滿西溪，
到處忙著小雞，
我只尋到雞影，
沒有尋到自己。

林下松針千千萬，
你難道會尋到自己？
等到月落西山，
你會相信我是你自己。

但那時恐怕已晚，
因為人生本來無幾。
你將永遠尋不到我，
我也無從再尋到你。

二

那麼，我希望你來。你來，你來得像海涯的船隻，像天邊的星月，我要整個的看到你，我不希望你在我面前突然出現，像在鏡子裡看到我的自己。

青山在你的面前是渾然美麗的存在，但在你接近它時，你會知道在它所具有濃鬱的樹林與巍峨的石岩以外，還有它荒蕪的山坡與醜陋的石塊。發現你所讚賞的，就看到你所厭惡，戀執你的所愛，就會棄拒你的所憎。

那麼請你來得像一幅畫。畫家把整個的山川搬在紙上，就在我一尺的距離間，讓我欣賞它渾然一片的存在。一切我的撫摸與摩挲，都無從戀執我的所愛，棄拒我的所憎，它是一個無法分割的整體。希望你也是一樣地來，走到我的身邊，讓我的手拉著你手，讓我的眼睛看著你的眼睛；但是你還是一個整體的存在。想發現你的優點是我的偏執；想發現你的缺點也是我的愚蠢。沒有那缺點就不是整個的你，沒有那優點也就不是整個的你，缺點也就是你的優點，優點也就是你的缺點。你從生長到死亡，沒有生長不是你，沒有死亡也不是你；我在你年輕時知道你必會衰老，在你衰老時也知道你曾經年輕；我在你健康時知道你也有疾病，在你疾病時知道你也有健康。在這樣整個的欣賞中，我們才可以尋求瞭解。

有你呈現在我面前是這樣的，我呈現你面前方才也是這樣；如果我呈現你面前的不是這樣，你呈現我面前的整個也馬上破裂了。只有在這樣境界的時候，在彼此保持那一個整個的時候，我們可以尋求瞭解。

多少年來，我都在求人瞭解，但自從我發現連生我的父母始終對我不能有瞭解時，我再不求人瞭解了，此後我求人的是原諒與憐憫。也只有在原諒與憐憫中，你才能瞭解，亦惟有你在誠意瞭解之時，你才有原諒與憐憫。這二者都要你謙遜。而我們是多麼缺少謙遜呢！健康的人們都曾經厭憎病人的哀呼，富有人們都輕視窮人的呻吟；但健康的人們也會有病，富有的人們也常有貧窮。而某種心理的打擊，情感的挫折，是很難有第二個人可以有相同的經驗與瞭解。我在患齒痛以前，終覺得別人齒痛的醜態是可笑的；又有多少年輕孩子，覺得老年傷子的哀痛只是無病的呻吟；誇言戀愛永沒有失敗的，我覺得他們從未戀愛過，而戀愛失敗的痛苦，也不是那些風流自賞的人所能瞭解的。只有我們謙遜，我們才會開始原諒與憐惜。原諒一個產婦的慘叫，憐惜一個產婦的痛苦，那就是男人同情心的濫觴；沒有一個男人會經驗到產婦的痛苦，因此也沒有一個男人會真正瞭解一個女人在生產時候所受到的磨難。一切我們所未曾經驗所無法經驗的痛苦與磨難，藝術曾經叫我們怎樣去體會，藝術曾經呈現給我們各種人生悲慘的面目，讓我們認識我們所未曾經驗的，讓我們知道我們所從未想到的痛苦與磨難，但這仍不是毫無欣賞能力的人所能欣賞，你知道，這欣賞能力原是由謙遜培養而得的，而我們恰巧常常缺少謙遜！

當我們可以尋求瞭解之時，我們先要我們自己謙遜，而更多的謙遜也就是更多瞭解的路徑；當我們愛在一起的時候，我們竟無法尋求瞭解，愛情與瞭解竟是不同的途徑。我發現了我的父母不能對我有所瞭解時候，我仍知道他們還是最愛我的。不能使愛你的人瞭解是多麼痛苦呢？我開始想探究這兩條路徑的焦點。

他們之所以不會對我有所瞭解，就因為他們無法體念到我的經驗，我的經驗不光是外在的對象，而還有內在的心理與生理，即使我把我的經驗請他們重新經驗，他們生理與心理的因素，將使他永不能有我相同的體念。而他們竟又缺乏謙遜！他們以為他們的經驗都是我前鑒，每一種經驗到的痛苦都可以使我避免；而我竟不是在他們同一世界，而也不是有與他們相同的心理。

愛情是一種理想，理想是一種創造，愛情裡的欲望，都不是瞭解所能滿足，愛情是一種意志的侵犯，情感的侵犯，愛情永遠相信自己幸福的路徑就是對方幸福的路徑，愛情要對方幸福，但要對方走自己的路徑，愛情的自我犧牲與奉獻，常常是滿足占有與被占有欲的要求。愛情也許有各種的不同，但是最偉大的愛情，其偉大常在人格道德與思想，而並不在愛情的本身。當你的情人投向別人懷抱的時候，你會寬恕原諒，但是你還是在痛苦。

愛情不一定要謙遜開始，但愛情的終局常迫使我們謙遜，而瞭解則第一步就要你謙遜。每當我走在不是我父母所期待的路程時，他們不能瞭解，但是他們能夠寬恕，所以他們心理還是痛苦的。

太多的人愛過我，但太少的人瞭解我，如今我要求一切愛我的人瞭解我，我不敢求瞭解我的人再愛我。在一切愛我的人前，為求他們的微笑，我負擔無上的痛苦撒謊，但是在瞭解我的人前，我可平靜的訴說我心底的祕密。愛我的人太要我與她相同，她們要求呼吸同她們一致，步伐同她們一致，脈搏同她們一致，要求我愛她如同她們愛我；而事實上生命原是不同的。唯有瞭解我的人會知道世上沒有相同的生命，世上可以有各種不同的生命，一切我的經驗與際遇，都是個別的但都不是稀奇的，一切我的言語與行為都是在那些機遇中，都是正常的自然的。

有你的謙遜與同情，那麼你可以相信我的話，只因為我要求瞭解甚於我要求夢。

三

當我說要求你瞭解的時候，總好像我只要打開箱子就什麼都可以放在你面前，而你也就什麼都可以知道。像我在解釋一件事情，只要我提供了事實的證件，你就馬上可以瞭解，譬如我說天在下雨，你只要打開窗簾，開開窗戶，最多你把手伸出窗外試試，你馬上就會完全明白。要是人與人之間的瞭解是這樣容易的話，那麼人生又是多麼簡單與有趣呢？

而當我要求你瞭解我的時候，我竟沒有一樣東西可以拿出來給你看，我竟無法把我提供在你的面前，供你的考驗觀察與分析，這因為我遺失我自己已經多年了；一個人瞭解人固然困難，瞭解自己似乎更困難，假如我想瞭解自己的話，我還不如使你瞭解我，再由你講給我聽。

我說我遺失自己已經多年，也就是說我尋求自己已經多年，我遺落在一切使我留戀的地方，一切使我懷念的人上，我還流落在我讀過的書中，寫過的信箚中。一瓣雲影，一朵花，一片海洋，一座高山，一望無垠的沙漠，一豆黯淡的燭光……都曾經占據過我。當我離開它們的時候，我已經失去了部分的我，但我也吸收了本來不屬於我的生命，而不久就與我混合，變成了我自己的成分。如此整日整夜變化，像一盆水放在急湍的溪水中，經過了歲月的變動，我不但認不出什麼是我，我也不知道我到底是否還存在。而我似乎永遠在變動，我的一舉一動，一投目，一搖手都在使我變化，那麼到底我是什麼呢？我既然不是什麼，那麼為什麼我又意識著我的存在呢？

一個人在這樣的時候，人就很容易接近哲學與宗教；我不難得到一切的存在都是虛妄，而真正的存在只是靈魂的說法。正像那盆水在急湍的溪流當中，雖然裡面的內容早不是當初的內容，可是這個盆子是沒有變的，一切流入於盆內的都屬於你，而流出盆外的都不是你的。但是我如何可以說這空虛的靈魂是我的呢？正如我不能把一張白紙說是我畫，是不？實際上每個人如果說是白紙，畫畫的恐怕不是自己，第一個畫師是他的母親，以後就什麼人都在上面鴉塗了。人是人創造的，人創造人也被人創造。一切的情感的牽惹，想像的聯繫，往還與交接，和諧與激沖都是創造；而人也無法避免他被萬物所創造，一草一木，一花一鳥，都隨時在使他生命改觀，而一切人所創造的世界，也同時在創造人。而我的存在或許只是在一個一定的角度，吸收一切及於我的光線，而我又反射出去。我所以意識著我，也許就因為我占據著這個角度。

無論說我與你的不同是角度的不同，是紙的本質的不同，或是一個器皿的形狀與材料的不同，但這都是先天的，而我們要求瞭解的，倒是我們川流不息的不同的經驗與感覺。人與世界創造你的同創造我的不同，正是一張紙上所畫的不同。我們所要瞭解的是，這紙上的畫不是紙，紙的不同也許不是我們所能澈底瞭解，因為這是神所創造；我們可以瞭解的是人與世界所互相創造的圖畫。

我無神，但不主張無神論，所以我雖然說上帝給我們每人一張白紙，關於紙的不同也許是我們永不能十分瞭解，但是我們知道有些紙容易吸收水分，有些紙不容易；有些紙硬，有些紙軟；有些紙光滑，有些紙粗糙；有些紙對於某一種顏料特別容易吸收，有些紙對於某一種顏料特別不容易接受；……這些理解我們人人都有，但我們還是無法知道，這許多性質是不是上帝的創造，還是人與世界的創造。有許多紙一出廠就浸在油裡，等乾了以後就什麼水分都不接受。有許多紙早就被人有計畫的畫上了畫，而且還加上了玻璃框子；此後一切經驗與感覺他都不再吸收。有許多紙一直在被人塗著光彩，使所有自己吸收的顏色都變了質。凡是我們日常以為靈魂的素質，實際上常常是人與世界所創造的，而真正靈魂的差別，那只有，也許在把一切的經驗拋棄以後，方才可以悟到。

但是在人的世界尚不能瞭解的時候，我們暫且不去瞭解神的世界。人類可能有兩個靈魂是相同的，不是相同也可能是相近與相像。我在這裡不敢牽涉到「瞭解」的一般的基本問題，因為，可能就因為角度與紙張的相同，就會決定以後一切的經驗與感覺的命運；所以人就無法在相同的經驗下獲得同感，也不能在不同的經驗下獲得了同情。因此只有在角度相近，紙張相同的情形下，我們在相同的經驗下有同感，在不同的經驗下有同情。

因此，我不是在以哲學家的態度在研究人是否有瞭解人的可能，我只是一個孤獨的旅人，在寂寞的旅途中，尋找一個可以互相尋求瞭解的人，也就是尋找一個角度與紙質相同相近的人，談我們所受授的經驗與感覺以及想像。沒有兩個人的經驗與感覺是相同的，而只要靈魂的角度與素質是相同或相近的，不同的經驗與感覺則都能喚起同情，因而也能夠瞭解彼此的想像。

但是，造物把兩個人靈魂的模型與素質鑄成相同與相近，似乎並不是為瞭解，而是為我們的相愛。一旦我們墮入情網，我們又似乎都想創造對方經驗與感覺，而不想瞭解對方經驗與感覺了。

因此，只有你肯在這樣的距離間讓我看到你，我有希望來要求瞭解。

四

你說年輕的人們都尋求愛，老年的人們才尋求瞭解，那麼我們都已經老了。

但是老在我們間是沒有意義的。你在我的面前沒有年輕也沒有老，正如沒有優點與缺點一樣，你只是渾然的整個的在我面前。在我，你的概念中是超於空間與時間的，你的呈現就在我的想像之中，在你的老年時我可以把你當作少女，在你少女時我可以想作老年。這二者本沒有分別，只是在語言的文字上，以及我們經常習慣的表達上要使我這樣說而已。

而時間存在於我們記憶中的，卻成為可怕的紀錄。沒有一次愛情沒有打破我美麗的距離，愛情沒有超過時間；我愛過燦爛風行的女子，我愛過嬌羞的淑女，我為一個美麗的肉體而迷戀，我為一個靜嫻的舉動而瘋狂，這些都在夢一樣的時間中就消失了！而我還為一個女子偶而的裝束而使我愛她，而那個裝束竟不是她自己所喜歡的；在桑下短籬邊，我曾經看到一個編草帽的女子，我每天像進香一樣的偷偷的去朝望這個女神，而自從我看到她打扮得非常入時地去作客時起，我就失去了這個廟宇；我還為一個奇怪的眼光，一個不平常的微顰，一個稀奇的笑容而失眠，我每天寫信祈求有我被召見的光榮，但是沒有一次不是被來信的措辭，或是見面的談話所治療，我仍舊回到了平靜安眠的世界；我還愛過女子的缺點，我愛過一個患肺病的女子，我在她病苦之中創造她的健康，但是當她克服了病魔以為可以給我幸福的時候，我竟覺得我們間有無法接近的距離，我突然奇怪我當初的愛情，我懷著渺茫的心理離開了她。最後，我才同一個女子相愛。我不知道這份愛情的來源，但是這份愛竟降臨到我的心上，也降臨到她的心上，我們相愛是沒有準備也沒有預防，這個愛情是隨時可以使她占有我也可以使我占有她了。而一切浸心的愉快與幸福，就是在不見面的時候，也會使我在任何困難的世界中看到了光明。但是，不知道是怎麼回事，我們愛情的凝結慢慢地形成了一種理想的存在，成為一種超乎我們兩顆心靈的神，我們愛情的本身似乎就變成了宗教。一切人間的美麗愉快與幸福構成了上帝，是一種不可企及的理想籠罩了我與她的世界。那時候我的愛情已不是為一個殘缺人性而存在，而是為一個永遠豐富而美妙的理想而存在，這個存在就變成了永遠普遍的存在。

從那時候起，我為愛她的努力，就變成為這個宗教而努力；我為愛她而犧牲就變成為這個神祗而犧牲。而同時我要求她也同我一樣的崇奉這份愛情，我帶她，勸她，感動她，甚至迫求她同我一樣的信仰這個神祗。於是，從那時開始，她就慢慢的感到了一切從我口中身上心頭所得到的光榮與快樂都是負擔，凡是我要求她奉獻我們愛情的，她都感到在為我犧牲；凡是一切我向愛情奉獻的她都不能瞭解，她在愛情神座前似乎只看到我的渺小，而沒有看到我愛情的偉大。於是就在在我們要永遠在一起的時候，她突然推翻了神座，她不再相信我愛她，她不再相信她還愛我，我們就此走散。而我，我一直為此不解；我也不再相信還有愛情。

但是沒有愛情，就沒有神，沒有神就沒有世界，沒有世界就沒有自己。在一個完全虛無狀態之中，有人同我說，可憐的人兒，在你沒有得到宗教的時候就失去了愛情，如今你已只剩了肉體，肉體是需要物質的，物質是需要錢的，你有錢麼？沒有，你且在我這裡拿，這是我父親給我的，這是我母親給我的，這是我的積蓄，你拿去吧，去，去！到那個大都市去，那裡有汽車，有寬闊的馬路，沿路都是摩天的大樓，有窗的地方都有燈，有燈的地方都可以進去，裡面有你沒有見過的玩意，沒有吃過的是食物，裡面還有最便宜的愛情，在那裡，一切失去靈魂與信仰的人都在，一切不依靠愛情與宗教的人都在。去，快去！

於是我就流落在物質之中。我知道煙，我瞭解酒，我知道只憑肉體也可以假說愛情，我學會一切的賭博，我看到賭檯上市場上的英雄也同戰場上的英雄一樣偉大，在燈光下，在酒杯中，一切美麗的人生存在精神世界的也存在於物質世界。在舞蹈的旋律之中，在華麗歌劇場的包廂裡，最假的愛情也可以演成逼真。銀狐的大衣，金剛鑽的指環，金錢所換來的美女的笑容，同愛情換來的笑容沒有兩樣，而只有在刺激間斷的一瞬間，我發現我是一個沒有靈魂的動物，我感到空洞，我要喝酒，從和緩的加到酗烈，從小量的加到大量。酒精一進血管，世界馬上塗上光彩，一切平凡的卻成為新奇！外界的刺激由新奇變為平凡，血管的刺激重新燃起火焰，但到這火焰燒燼了以後，世界又平凡下來，我於是就需要更強的刺激，只有更強的刺激可以使外界尋盡了的刺激重新像初遇時一樣的可驚奇。而這又是多麼不能持久呢！

一個人從靠刺激而生活，轉而靠麻醉而生活，這就像是一盞油燈低下去的時候，你逐步把房間縮小一樣。等到你居處縮小到不能容納一個人的時候，你為維持這光明就必須把你自己縮小。這時候你就開始崩潰！當一個人的生命力不是正常的食物與睡眠所能維持的時候，他已經是需要休養與滋補；而麻醉品就在那一瞬間能代替休養與滋補，迅速的恢復你生命的活力。危險的就是它的效力是暫時的，在麻醉性過去以後，你不但必須繼續服用，而且為維持你生命活力的水準，你還須增加你麻醉品的份量，等到你無時無刻無限制的浸在麻醉品裡面時，麻醉品已變成了你的靈魂。一切生命的智慧、勇氣、興趣與情感已不像在你肉體裡存在，而只像是存在在麻醉品裡了。但是我已經貧窮，貧窮到無法使我再有麻醉品時，那麼，可以救我的是什麼呢？是讓我死去！讓我從死中再活轉來。

而就這個關鍵上，有命運讓我死去，也有命運讓我活轉來。死去是痛苦的，復活則更為痛苦。世界還是照舊，而生命已經換樣。一切經驗過的刺激已不是刺激，而填補這空虛的心靈的是更甚的空虛，貧窮是一個最好的鍛鍊。如今你可以看到人的面孔，人的面孔的變化有甚於天空的雲彩。你從氣憤不安而到了一種安詳的好奇，你覺得你應重新為這些好玩的面孔而生存。生存也許是一種賭博，賭博不過是一種嘗試。讓肉體在勞動中疲乏，也許就是精神的休息。

大自然已喚不起我的想像。社會的節奏是吵鬧的鑼鼓，耳朵裡裝滿這些喧鬧的聲音，任何輕微的呼聲已經不能吸收。從一個小小的城鎮到廣大的原野，從廣大的原野到崎嶇的山嶺，翻過了山嶺又是小小的城鎮。那裡有黑魆魆的人群出來，有黑魆魆的人群進去。我投宿在一家清靜幽美的家庭裡，那個美麗的太太沒有瞭解我的世界，健康的丈夫不能知道我所走的途徑。在他們樸素健美的傳統中，生命是輕便的鐵路，順著軌道走去，永遠是同一途徑。尋你所愛的愛，愛情沒有波折，從此就有了美麗賢淑的太太，接著就有了可愛的兒子，一個小小的家庭，家庭永遠是一個天堂。丈夫願意為這個天堂獻身，他投入黑魆魆的人群中，唱著歌，提著飯籃，從電梯下去，到最深的地層，開掘那人間烏亮的燃料，流著汗，推著車，從手車翻進火車，在燈光下工作到天暗。於是拖著疲倦的油污的身子出來，妻子與孩子迎在門口，浴室永遠是宗教的洗禮，從浴室出來以後就是天堂。星期日他們走進教堂，穿著整潔的衣服同一切的路人行禮，於是寧靜的下午有各種甜美的慰藉。在這個模型之下，再不會想到世界還有另外的生活。一切疲倦的旅客在他們都覺得可笑與可憐。那麼親愛的，留在這裡吧，你還年輕，你應當工作。

這裡有不少美麗的姑娘，每星期六我可以帶你去跳舞。慢慢你就會知道真正的人生只有一個軌道。在那個軌道上走，永遠沒有不幸福的事情。一切不幸福的事情那就是上帝的責罰。你也可以有家，你也可以有可愛的孩子，你也可以有星期日整齊的服裝，你也可以平等地同每一個路人招呼，不要流淚，這裡健康的年輕人是從不流淚的。現在你應當去休息，明天我帶你踏進社會。

於是當陽光穿進籬落，我踏著籬落的影子跟他出去。每一個家門裡都出來同樣的男人，每一個窗檽上都站著同樣的妻子，她們望著她丈夫魁梧的影子。

從此我就走進了那個地穴，一層一層，一隔一隔，我在人體與勞動的和諧之中體驗到一種永遠鼓動人的節奏。這些節奏中所產生的精神生活是宗教所不能體會的。這是一種合唱，每一個人的呼吸有同一韻律，生命在這裡不是如此孤獨，人們像是一片森林，每一陣風都會喚起呼應的共鳴。要合於這個拍子，不是這樣容易，頭幾天我永遠是一個脫節的低聲，一星期以後我逐漸合拍，一個月以後我獲得了自由。不必談話就彼此瞭解。這裡的瞭解是多麼容易！

這在社會生活上也是一樣。星期六的晚會中，我看每一個笑容都有對象，每對夫婦都是情人們的模範，而每對情人卻是獨身者的誘惑。愛情在這裡同瞭解一樣廉價，似乎只要身材相配，個性上就再無分歧。一切的情話好像同教義問答一樣，一本小冊子可以印得一無遺漏。看中了對象，讀熟了這小冊子，一問一答，就可以攜手走進教堂，每個親戚朋友與鄰居都可以保證你白首偕老。

假如我是一張白紙，這幅顏色到我的身上也會成美麗的圖畫，但是我已經不相信愛情；多少的海誓山盟都成為謊語，那麼一切的保證在我也變成虛妄。最大的賭博只有兩種，一種是盜劫，一種就是結婚，一切的賭博只限於財物，這二者都動用了生命，而盜劫的賭博止於自己的生命，愛情的賭博則牽動了另外的生命。在一切外界的刺激之中，我面臨了最大的刺激，站在無限悅目的笑容面前，要我的生命作孤注一擲。這在習慣於這個傳統之人，他不會再有疑惑；哪一船都要靠攏碼頭，駛向那一個碼頭就為的是靠攏；但是飛機快撞到碼頭的時候也許就只好飛開。

請原諒一切負情於你的人，要解釋飛機不是船隻，這在碼頭永遠是不能瞭解的謎；以為一切撞上來的黑影都是船隻，對於撞上來而並不靠攏的黑影當然失望而懷恨，但是一擊而撞毀了碼頭，飛機的毀滅固是可笑與無知，而碼頭的破碎又是多麼冤枉。

世界有不少的幸福，但不是人人可以去取。我們不能因為看到魚類在水中逍遙，我們就跳入大海；我們也不能看到鳥類在林中幸福，我們也爬上樹林。在社會中，我們也不能因為醫生的幸運而去行醫，不能為紡織業的蕭條而即改業土木，這因為一切的生涯都有它的準備與修養，要重新塗去畫幅上的顏色而適應於新的準備，這不是容易的事情。在簡單的技術與學識上尚且如此，在生命的趣向與過程中，當然就更無可能。那麼何羨慕於別人的幸福，而不安於自己的苦難？

我離開了那個城鎮，從新去尋求另外一個生活的軌道，這時候能夠吸引我的是只有盜劫。我已經說過盜劫是一種賭博，用個人的生命去尋求刺激。與其說是物質上的，毋寧說讓麻痺的生命從新活躍。那裡的光榮不是世上的光榮，那裡的勝利不是世上的勝利。一次成功增加了一次神祕，一次神祕增加了一次欲望。同一切的賭博與投機一樣，它不能使你有一瞬休息，休息就是空虛與落寞。

唯一的休息就是監獄。而在監獄裡的生命，它的光榮與勝利不是改惡為善，精神的號召有英雄的模範，這英雄的表現就是越獄。一旦有了這個企圖，最安詳的監獄就都難使你休息！但是，命運並不叫我如此，命運使我碰到了政治。一個同窗的朋友開始告訴我世間最大的賭博不是戀愛，也不是盜劫，而是政治。政治是一種把一切人間的物質的精神的遺產作為賭注的爭鬥。它的賭檯在商業上，在經濟上，在戰場上，在文化上，而所有的人類不過是政治的籌碼。他還告訴我人是政治的動物，政治的微妙就在一切的目的都是手段，即使最終的目的也還是手段。一切盜匪社會的道德，英雄的概念，信義的行為，友誼的重視，在政治上看來是愚蠢的。一切的信義都是暫時，一切的友誼只限於一個場合。政治上的英雄就是最終的勝利，死於已獲得的勝利的權位，就是英雄的寶座。他還告訴我政治的信仰不過是一個策略，政治是一種解釋，將一切的策略都解釋為真理，而將一切解釋的真理都化為信仰，把信仰號召起來就成為力量，這力量就是賭注。而在一切的解釋還未化為信仰之時，你必須容忍與期待。在政治中，一切的行業，各種的生活都是他的隱居，他看一切熱鬧與繁華都是清靜的僧房，只有政治的舞臺才有燦爛的熱鬧的作為。因此，在監獄裡同在華貴的旅館中沒有兩樣，監獄裡的世界同一切的世界沒有兩樣。假如你跳出了監獄還是要容忍與期待，那麼從監獄到政治舞臺，同別處到政治舞臺都是同樣的距離。

一個人最怕是在生命已經有厚濁的經驗而心靈還在空虛的時期。那時候，一切的新奇都是誘惑，而心靈的冒險永遠是心靈的要求。

五

從此我學會欺騙撒謊，假笑假泣；我學會了造謠生事，我利用人，我操縱人，我自信有更高的理想在謀人群的福利。我犧牲別人，我不擇手段，我殘酷，但我自慰我們有更高的仁慈。我要權力，我要權力來實現我們的理想與發揮我們最終的仁慈。

然而我們的權力竟不是唯一的權力，我們的理想也不是唯一的理想。理想的衝突就是權力的衝突，權力的衝突就是戰爭。

我們看見過一切的弱肉強食，虎噬羊，獅搏兔，蒼鷹掠飛雀，大魚吞小魚，然而最殘酷的是人類的戰爭。

赤手空拳的搏擊，部落的械鬥，羅馬人、希臘人、埃及人、波斯人、蒙古人、漢人……號召了整個的民族，拼決於城池堡壘與原野，讓屍積成山，血流成河，鑄造起名將大帝。於是隨著科學進步，我們人類的屠殺有日新月異的武器，大炮，飛機，潛艇，兵艦，火箭，V1，V2，原子彈與細菌彈。人類戰爭從前方的拼決到後方的毀滅，從局部到全體，從簡單到複雜。

然而最龐大的戰爭，將因後方的毀滅又到前方的決勝，將因全體的崩潰又到局部的拼鬥，將因複雜的耗盡又到簡單的殺戮。那時候人又需由超音速的飛機回到穴居匍伏爬行，從重武器回到輕武器，從輕武器回到刺刀與肉搏，讓一切的建築化為石漿，讓一切屍體化為灰土，讓一切鮮血化為輕煙。

於是我知道人類的歷史都是血史。我在輝煌的歷史中看到血，我在英雄的傳記裡看到血，我在許多古跡的上面看到血，我在顯赫的銅像上面看到血，我看到戰場上的血，看到廢墟上的血。我看到賣友的血，背誓的血，我看到壯士的血，烈士的血，千萬人民的血，於是我在堂皇的宣言動人的演詞中看到了殷紅的血，燦爛的血，鮮艷的血，紫黑的血。而一切血都化為輕煙！

就在這層層鮮血的輕煙上浮起了英雄。英雄允許將來給我們平等自由與幸福，但現在則仍舊需要更多的血液去製塑他的偉大。等他的偉大已經與上帝的概念不相上下的時候，他初有的基石已不能容納他的野心，他希望有上帝一樣的權威來代替人間過去一切的權威，他不得不來吮吸人間過去一切權威所吮吸的血液，灌注在一個以地球為基地的人像裡面。於是我聽到呻吟與顫慄，我看到飢餓的人群向一個人像祈禱，像原始的人類向他們的神像祈禱一樣。他們叩頭，他們流淚，他們求神讓他們安心耕種，求神停止那不時的狂風暴雨，求神不要攫去他們的孩子，求神保佑他自己汗手所建築的茅舍，求神允許他占有一點嘆息哭笑與移動的自由。

但是神威顯赫，他要的是血，是殷紅的血，鮮艷的血，據說一切的人種都是平等，因為一切的人種都有相同的殷紅與鮮艷的血，而一切的血都可以成為人像的偉大。

於是千萬的生靈，有的輸盡血倒了，有的未輸血就暈倒，有的顫慄而瘋狂，有的驚駭而自殺，有的因血太淡而犯罪，有的因血過少而被殺。

那麼你呢？

我嘴上是真理與信仰，手上是寶刀，我叫一切跪著的人群趕快輸血，我的主人是我們的上帝，只有使上帝偉大才能使你們子孫幸福，只有我們擁有偉大的上帝，才可以不怕邪神的疫病與災殃。他們有的自動輸血了，有的血在我寶刀上輸出。但當千萬的人群倒下，廣闊的沙漠上還跪著最後一個人時，不知怎麼我眼前一黑，心頭一顫，我暈倒在他面前。我的寶刀落在他的膝前，這一瞬間我心裡自語：

「上帝，讓他把我的血也輸出奉獻給你吧，這是我最後的對你忠誠服務了！」

但是跪在那裡的人並沒有執行我的願望，他抱我到草原的水邊，叫我在幽涼的感覺中醒來，他說：

「懦弱的小資產階級，偽善的人道主義者，可憐呀，你的命運！」

「那麼你為什麼要救我呢？」

「我是一個不殺生的僧侶。」他說。

如今我看到他的面貌，長長的白髮垂在裸肩上，長長的白鬚垂在胸前，白色的眉毛從兩端垂在兩頤，額前的皺紋閃著慈祥的世故，他說：

「這是你的寶刀，現在請為我輸血獻給你的上帝吧！」

主人！我的上帝！請原諒我的懦弱，請原諒一切不能堅貞於你的人吧！我已經不配再為英雄服務，我是偽善的人道主義者！

我跟隨了高僧。

一切過去塗過的顏色都是我現在塗血的阻礙，為什麼我不能在一張白紙的時候就獻身於英雄，而在血以外不看見任何的顏色呢？

你說我們都是一樣，我們年輕的時候都崇拜英雄，老年的時候都想追隨高僧，那麼高僧教給你什麼呢？

高僧告訴我世界的虛妄，高僧告訴我不求外界的統一，但求內心的諧和。高僧告訴我神不在世上，也不在經內，而在自己的心中。高僧還告訴我真正的生命宇宙終極的諧和，世上的生命原無價值，聽憑取你的取你，聽憑吮你的吮你，蚊蚋與英雄在他是一樣的幻覺，生命的歷程就是克服肉體的要求，等肉體的痛苦與心脫離，靈魂的存在才與大自然融化。

凡高僧所教我的，已不是要我生命的白紙上塗什麼顏色，而是要洗去我一切的顏色汙穢與血漬。自然不是哲學，可由你來研究討論。自然是一種境界，是要你來默感參悟。你應當懺悔你的過去，對自己靜默地懺悔。你應當澄清你的思慮，你應當寬容博大，包涵世上所有殘忍與罪惡。你應當再不許有一點渣滓與一點顏色存在心上。應當把燦爛的大千世界，一切光榮與美麗看成空幻；而在你真空的靈魂中建造出無邊的透明的玲瓏的世界。你需隨時聽憑肉身在大千世界裡變為灰土，而你的靈魂，隨著你建造的無邊的透明玲瓏的世界，與宇宙融為一體。這就是永生。我過去也讀過聖經，誦讀過佛經，聽過許多對於神的解說，也聽到許多關於神的奇跡與預言，把宗教置於神祕而不放諸自然，卻曾在我厚濁的心靈上塗留痕跡，而這正是要我抹去的一切痕跡。

在我心靈上留著深深的創傷的是我失去的愛情的宗教，與政治上萬流匯集的英雄的宗教，如今這都被解作了羈絆的孽障。一切神的理論與宗教的哲學，從神祕與抽象到具體的實在，心靈的空淨中都不必存在。宗教不過是一種境界，這無法解說也無法理明，使空淨的心靈與整個的宇宙吻合，這就是神的境界。神是萬多，神是獨一，一就是多，多就是一。全人類無數的靈魂，在神的境界中就融為一體。

但是這些抒寫與說明有什麼用呢？能把厚濁的心靈洗成空淨，先要把一切的感覺都修煉成空幻，只有把一切的感覺修煉成空幻，而你心靈對大自然的感悟方才不會受到障蔽。

要這樣做的時候，當然，離開那局促緊張萬象雜現的人間，而孤居於深山崇嶺為最易的捷徑。

六

你說藝術的境界就是兩種，屬於外物的歸於英雄，屬於內心的歸於自然。

但是，對於藝術的愛好，就是一種頑執，不能破這個頑執，無異於不能破任何的頑執。

許多宗教教我們愛，愛上帝與愛人群；但是這與我們日常的情感已完全不同。愛整個的人群，已經把人群視為一體。整體的人群不分彼此，這正如我要你像畫幅裡的山一樣的來到我的面前，一切的善惡美醜陋都混成一片，愛這樣的人世正是上帝愛人世的境界。愛上帝，則是愛一個完全無缺的概念，這概念就是入世的終極。它並無教我們頑執於個別的對象。一切其他的解釋都是庸俗的僧侶為人群的便利。

而我所謂更高境界，愛已經失去了意義，代替那愛的是整個的諧和。人世融和在宇宙裡面，愛者融和在被愛者裡面，整個的諧和就是愛的融合。人與人間沒有分隔，上帝與人世完全吻合。這就是整個的宇宙渾成一片的境界，這就是自然也是上帝。

當藝術家把渾然一片的山水投入他的畫幅，當我要你渾然一片的呈現到我的面前，當許多宗教要人世渾然一片讓它來寄託愛情；這三種境界間已有它層次與其深度廣度的不同。那麼要投身於整個宇宙的諧和，人神的貫通當然是更不易參悟的境界。

把造物者解釋為一個嚴密的創造者組織者，這就成了英雄的模型。英雄把握了造物的嚴密的規律與系統，造成了信仰而再否定造物的存在，使他成為一切規律系統的全知與全能與權威的執行者，這也就是這個解釋的擴大的應用。

把造物者解釋為諧和的創造者與塑型者，這就是僧侶的模型。許多僧侶的教義與規律，使他們不屬於僧侶而屬於英雄，這就是不是我所理解的宗教，也不是我所參悟的境界。

科學屬於英雄的類型，他們尋求個別的對象，把握它規律與系統來解釋改變與運用。藝術則屬於僧侶的類型，他們尋求個別的對象體悟它的諧和與塑型，通過自己的心靈來化移與創造。

但科學家則因為對於個別對象的頑執，使他無法成為英雄；而藝術家也因為對於個別對象的頑執，使他無法成為僧侶。

我的心靈的限度就在我對個別對象的頑執。

我曾經相信這是因為我厚濁汙穢的顏色無法洗淨，使我對於任何的光明都沒有玲瓏透明無邊無涯的參悟。但當我發現我已懺悔盡我一切的血污，捨棄了一切物質的沾惹，撇棄了一切光榮與愛戴，而我仍執戀於宇宙間個別的美妙諧和與其新經歷的苦難，我悟到這竟不是後天的顏色，而是我心靈的限度。

我說到心靈的限度，我想你就會憶起我說過的那放在水裡的器皿，被畫家塗上顏色的紙質，它所構成的材料以及它形狀與容量。

器皿與紙張的素質，雖可有千萬種的不同，但英雄與僧侶應當是它們的兩支。科學型是屬於前者，藝術型是屬於後者，而其容量上的不同，千變萬化的程度之中，每個人似乎有一個他的限度，這限度竟不是努力所能超越。

一切藝術上的精修與感受都不能達到宗教的境界，一切宗教上的參悟與修煉，竟都變成了藝術的同情與欣賞。這是我心靈的命運。

要把自己的心靈與整個的宇宙融為一體，超越了時間空間的限度，這是永遠不是我所能達到的境界。在我，雖然看見整個的宇宙的諧和，而我自己竟未能化入。

高僧無須乎再有所抒寫，無須乎再有所同情與欣賞，因為宇宙就是他的心靈，心靈就是他的宇宙；而我的心靈，修煉到最後還不過是一面鏡子。

高僧的心靈熬受一切宇宙的苦難，而我則僅能同情於一切宇宙的苦難。

高僧的愛就是宇宙整個的和諧。一切的人與物的愛在他都渾成一個，他達到無彼無我的和諧。而我的愛能達到的，不過是對於宇宙的奉獻與頑執。

高僧的心靈已與宇宙合一，他運行於宇宙之中，宇宙運行於他的心中，他無須再被宇宙占有，更無須再占有宇宙，他已被宇宙所有，而他也已有了宇宙。而我永遠在宇宙的外面，想被宇宙占有而未能融入宇宙，想占有宇宙而永遠不知道宇宙。

我流落在宇宙外面，而我竟發現世界萬物一草一木都是宇宙！

我曾經在世界各地流浪，從灼熱終日的赤道到嚴寒凜人的北極，逗留於最繁華的大都市，遊歷了各地的名山大川，但是我什麼都沒有見到，什麼都沒有聽到，而我在小小的山地上的一草一木間卻發現了宇宙。

春天從厚重的泥土裡，隨時會伸出嬌嫩的面孔，於是支起它的身體，伸展它的四肢；每瓣嬌嫩纖弱的葉子卻有整個宇宙的活力。一沾到露水，純潔天真如剛剛受洗的嬰孩。微風來時，它欣喜欲飛，像隨時可融化在天空的雲彩。它無時不受昆蟲的侵擾吞蝕，但不等一瓣被噬，就有好幾瓣在它多姿的身軀伸抒。在暴風狂雨中，我看到了它的勇敢，一切歷史上以寡敵眾以弱抗暴的描繪，都不能形容一顆小草在暴風雨掙扎抵抗之壯烈於萬一。它可數的小葉，沒有一瓣不表現堅貞偉大的個性，一瓣倒下去，一瓣起來，大的掩護小的，小的保衛草根。當它整個被暴力所壓倒時，它蟄伏地上，吮吻母懷的大地，等暴風雨過去以後，它靜候朝曦把它喚醒，一葉振起，全草興奮。他從新站直，像造物要它站直一樣。

夏天，在炎烈的太陽下，我驚奇於它奇異的忍耐，它不暴躁也不妄動，他掩息整個的肢軀沉默地偃睡，把呼吸壓抑萬分的低微與勻稱以期待黃昏的到來。於是在夜間，它承潤於露水的沐浴，伸展它宇宙的活力吐露它微粒的蓓蕾。

誰也不知道這微粒所包涵的神奇，你注視著它，它毫無動靜，但沒有到破曉它已經由綠米變化為黃花；小心的纖弱的，然而它具有的和諧和是宇宙的諧和，它具有的美麗是宇宙的美麗。不到一天，你就可以數出它的花瓣，完全是幾何與數學的布置。於是一顆繼續一顆，一朵繼續一朵的在風中舒展，它神妙地吸引整個的宇宙對它注意。

誰在那小草面前能把自己融化在裡面的誰就看到了上帝。

但是它並不頑執於自己的存在，一到秋末，它很自然的捨棄了自己。一切的黃花都幻作紅果，當日如此堅貞勇敢的綠葉，一一應它們母親的呼召回到大地的懷抱。假如你這時拾起一瓣落葉，你就會看到它的脈搏正是一切生命的脈搏，它的構造正是宇宙的構造。

你不要忽略那微小渾圓柔軟鮮紅的小果。它仍有宇宙一樣的豐富，它在小宇宙裡的醞釀運行蛻化並不下於整個的宇宙。它有多於人類任何母親的乳汁來孵育它所懷的生命，它付與這些生命以任何生命所具有的活力。最後他柔軟的個體硬化了，它鮮紅的個體褪色了，他由一滴露水一樣的嬌嫩變成石塊一樣的堅硬。有那麼一天，它霹靂一聲，讓自己化為虛無，它把生命交與大地，多少的鳥類曾把它啄噬，然而它準備著足夠的生命要在來春泥土裡伸出頭來。

冬天，這些草很安詳而愉快地化為泥土，那是他們的來處，也是他們的去處。我尊敬一切皈依耶穌的人們，我也尊敬皈依這小草的人們；因為這小草的歷史正是耶穌的歷史，小草的一生正是耶穌的一生。它同樣在為人類贖罪，它同樣在為人類受難。他留下了堅貞勇敢虔誠純潔一切的德性，要我們愛，要我們愛。

而最高的愛是和諧。

七

你說：「你說的宗教是你自己的宗教；你說的高僧是你自己的高僧。」——這因為這正是我自己的虔誠的參悟。

但是當我在訴說這些的時候，當我在同情與欣賞這些的時候，我永遠是在宇宙的外面。我沒有走進宇宙，這是我可憐的心靈的限度。

要容納一個忠告，我們就需要一種謙遜；要容納一種意見，就需要寬大。現在要接受這個宇宙，要容納這個宇宙，這就需要我們無底無底的謙遜，與我們無限無限的寬大。

愛情沒有謙遜與寬大就無法得到諧和。

一株野草是和諧的宇宙，一片野草也是和諧的宇宙，整個的山林是和諧的宇宙，整個的世界與整個的宇宙都是和諧的宇宙。儘管你以為有大有小，而它們竟可以互相融合，不分彼此。

神無處不在。神是多而一，一而多。

一切的多都是空間與時間的系別，一切空間與時間的系別都是人的解釋。除了臻於高僧的境界者，人無能認識一，只能認識多。一切所認識的一，以為是整個的一，實際上不過是萬多之一，這因為人們不能用有限的肉身去瞭解無限的宇宙。

但是凡人也有比較寬敞而澄清的境界。當你從無夢的甜睡醒來的一會兒，你就有較寬敞而澄清的心靈，來攝受宇宙的韻律，那時你如果可以有機會聽到鳥鳴，千萬請你閉目傾聽。

天色尚是朦朧，月色已淡，就有一隻鳥翻弄它的嗓音。起初每一聲隔半分鐘，慢慢的一聲近於一聲，接連著轉出一個調子。他翻覆奏弄，毫不單調。於是第二隻鳥應聲而和，一呼一應，一問一答，有時一長一短，有時一急一緩。接著就跟來三隻四隻，慢慢你再也分不出有多少飛禽在你的四周。它忽而東忽而西，忽而在上面，忽而在下面，忽而從遙遠遙遠飛來，忽而從切近切近逝去。你慢慢會感到你好像睡在那些聲音的裡面。它們簇擁著你，像雲彩簇擁著明月。你在它們的裡面時浮時沉，忽升忽降，旋徐旋速，忽而你感到像搖籃一樣的搖曳，忽而你覺得像秋千一般的震盪。最後，這些聲音逐漸散去，好像一一融化在原來的靜寂空氣之中，於是你也就逐漸的靜止下來，最後的一聲一響，像是輕輕的重新把你放在床上。

無法解釋這些簡單的音節可以有這樣的魔力，也無法想像許多不同的鳥兒千差萬別的調子可以諧和如一。

有許多音樂要你有清澄透明的心靈來接受，有許多音樂則驅逐你心上厚濁煩慮的渣滓。

你該經歷過夏夜山林中雷雨的降臨。一聲瑟瑟，一聲蕭蕭，一聲隆隆，於是幾聲腳步一樣的滴答，驟然有排山倒海的聲音，像波浪，像瀑布，它撼動著你的居處，撼動著整個的山嶺。忽而參差，忽而齊一，忽而快，忽而慢，在一切相仿的聲音之中，你可以聽出風在撼搖，雨在敲擊。你可以聽出每一瓣整個樹林中的樹葉，在風雨中的抖索，每一片草地的每一株小草，在風雨中的戰慄。它一陣急於一陣，時而突然停止，又是幾聲隆隆，幾聲瑟瑟，接著又是一陣憤天怒地的震撼。有時它緩了一回，突然又是急遽的灑了幾點，於是又開始一陣一陣的加遠加急，如此反覆輾轉，最後它倏然而逝。然而整個的山林，在明月下還閃耀著雨點，一滴一滴把它滑入大地。和風來時，不斷的一聲蕭瑟，還像是又有大雨的降臨。這時候你心中有千種情緒也當化為烏有，你的想像與意識隨之而飄盪。

一切聲音都是宇宙的呼喚，一切聲音也是誘人的謊話，但整個的聲音正是生命的節奏。

請你不要相信情話，一切的情話的意義都是空的，一切情話的允諾都是欺騙，一切情話的盟誓都是虛偽，然而一切情話的聲音正是生命的節奏。

在葡萄架下的情話，決不是在槐樹影下的情話；在室內爐邊的情話，決不是在野地河邊的情話；在教堂裡的盟約，離開教堂就不再存在；在床笫上的誓言，跳下床笫已沒有意義。然而沒有這些聲音就沒有愛情！自從人類從聲音由創造出的意義，這意義就欺騙了人類，人類的愛情被意義被出賣！唼喋的魚，低吟的昆蟲，淺唱婉歌的飛禽——無限纏綿的白鴿，整日伊啞的燕子，以及反覆叮嚀的黃鶯，都只用一二個音節就表達了心中千斟萬斟的愛情。而人類在聲音中創造了言語，在言語中構造了修辭，從此人類就出賣了愛情，而愛情就此欺騙人類。

一切人類所付的意義都在哄騙人類。

一切增加人類幸福的科學都曾加害於人類。

一切人類所擁立的英雄都曾欺壓人類。

然而，一切人類的創造正是人類生命的節奏。

陶醉於自己的創造，崇拜於自己的創造，人類就脫離了諧和的宇宙，也無從欣賞那諧和的宇宙。

我們需要無底無底的謙遜與無限無限的寬大。

八

一切纖小的生命都是一個宇宙的整體，而他在與其他生命的諧和又成一個宇宙的整體。這不斷的要求，最後就是一個宇宙完全和諧的整體。能拋棄一切，而將自己的心靈修煉成宇宙完全和諧的整體，使心靈與宇宙貫通合一融化，那就是高僧所企求的境界。我無法想像他應實踐的謙遜與寬大的程度與容量，他的心靈必須攝取一切人間的震動，熬受一切宇宙的苦難，融會了一切的矛盾激盪而終於和諧。

而我的心靈的限度就只能對這個企圖欣賞。這因為一切生命在矛盾激撞中要求和諧，而我對每個個別的生命都在贊美欣賞。

每個個體註定了自身的和諧，而時時在要求與鄰居和諧。動物則還要求性愛的與社會的和諧，而人類，在這些要求以外，則要求歷史的或宇宙的和諧。他們創立神，解釋神，建立哲學，注詮宇宙，造成了無數分歧的意見。從此就反而離了諧和的宇宙，也無從欣賞諧和的宇宙。高僧不解釋宇宙的諧和，因為宇宙的諧和是無法解釋的。不人為的去和諧一切宇宙的矛盾與激撞，因為他參悟到宇宙終極的諧和。他要捨棄的是肉體狹小短暫諧和的要求，而讓心靈與宇宙貫通合一融化。

一切哲學家都是英雄，他們都從肉體意志諧和的要求，想在短促生命中創造一個體系來包括無限的宇宙的諧和。一切的英雄都是從肉體意志諧和的要求，想以一己的理想與力量，來掌理維持宇宙的諧和。

如果宇宙在他們體系與理想中停止，他們的企圖或許早已完成；而宇宙竟有無限的終極。在它的生命中竟有無數的哲學家與英雄的體系同理想互相矛盾與激撞，這是人類生命的節奏。

一切人類所付的意義都曾危害人類。

歷史上有無數英雄，由他們肉體諧和的要求，在他們生命所及的時間內，憑他們的理想權力與野心，曾掌理而維持一個勉強的局部的短期的社會的諧和，但一切人類的英雄都未能及蟻王於萬一。

過去的英雄與教主冒稱上帝的智慧與意志之付授，自編宇宙諧和的圖表；現在的英雄則自編宇宙諧和的圖表，以代替上帝智慧與意志。蟻王就是在螞蟻的社會裡的上帝，他沒有上帝的智慧與意志而有上帝的權力，在實行一個機械的自以為諧和的社會的圖表，而螞蟻從此沒有進步。

上帝的智慧與意志就是宇宙的終極的整個的諧和，誰的生命的廣袤與長度能與宇宙並駕齊驅，誰就與上帝的概念能貫通融化與合一。多少的帝皇在位高權極時，卻想求仙得道；而高僧的境界，則唯有捨棄肉體的王國，才能使靈魂與宇宙終極完全的諧和貫通，融化與合一。

原始的人類由情感建立了神，英雄就以上帝的使者的名義來掌理人群。等人類要從理性中瞭解上帝，哲學就建立了一切的體系給上帝以解釋與注詮。由於人類的進步，覺得這些哲學體系的解釋與注詮已無法滿足他們理性的時候，英雄就註定另外的體系來否定上帝，而自己就立為解釋注詮掌理強制這個體系的上帝。

神始終未曾在人類中消失。

但一切人所代表的神，人所解釋的神，人所自命的神，都不是神。

神是宇宙的終極的整個的諧和，而一切人所代表的，人所解釋的，人所自命的，都是局部的片斷的機械的與勉強的拼湊。這因為人不過是局部的片斷的，而其所造的自以為整個的諧和就變成機械的與勉強的拼湊了。

一切的意義都是謊語，一切的自命都是欺騙，而人類之要求終極的諧和，追求整個的諧和，則正是人類生命的節奏。

然而人類生命是有限的，宇宙的諧和是無限的，想以有限的生命完成無限的諧和，那就需要無底無底的謙遜來吸收無窮的有限，要無限無限的寬大來容納無數的有限。

而人所代表的，人所解釋的，人所自命的卻是局部的片斷的。他造成了一種勉強的機械自以為的諧和，因此再不能吸收也再不能容納。他隨時想破壞其他局部片斷的諧和，於是發生了衝突、矛盾、激撞，人類就遭遇了無休止的災害。

一切人類造成的勉強的機械的自以為的諧和，實際上並不是諧和，而是拼湊。一切諧和是生動的，一切拼湊是機械的，一切諧和是自然的，一切拼湊是組織的，一切諧和是可塑的，一切拼湊是生硬的。

光是一致不是諧和，光是有序不是諧和，光是平等也不是諧和！

你當然知道蟻國。那裡，蟻王就是上帝。他掌理千萬的人民的生活，在最有序，最一致，最平等的組織進行他們的生涯。那裡，蟻民有人類歷史上一切帝皇所最愛的人民。他們服從，他們勤勞，他們勇敢。在一個龐大的絕對的組織中，他們被配合得像一個齒輪同一個齒輪，他們團結得像一個個體，他們有最嚴密的組織，但不是諧和。他們不能生長，不能吸收，不能變動，更不能與鄰居諧和。任何戰爭的慘烈莫過於蟻戰。這因為他們沒有投降與屈服，勝利或者是滅亡。但是勝者常因死亡過多，生育補充不及，整個的組織也就無法生存。

螞蟻的個體在他們王國組織中是一個細胞，他無法離開組織生存。他沒有自由，他沒有主張。螞蟻個體的生理就變成一個專業的機能，生育的專事生育，挖土的專事挖土。在熱帶有一種螞蟻以樹葉作巢，靠吐絲將兩瓣樹葉縫在一起。這吐絲的螞蟻就永遠只會吐絲。他們不能改業，也無法離群，整個的蟻族限於此，一切的進步都走向死僵。

在生物進化中，個體的進化走向死僵的類族，因而滅亡的很多，恐龍就是一個最好的例子。這因為他的龐大生硬機械與其沒有可塑性，就限它於無法變動與生長。

蟻群則因團體的龐大生硬機械與沒有可塑性，限它們於無法進步與生長，這因為龐大的蟻國不止一個，生硬與機械使他們無法諧和。

一切不吸收外來文化的民族要趨於沒落，而無法吸收外來文化的民族就是死僵。一個哲學的體系，因為生硬死僵不能吸收容納，而不得不來排斥其他的思想，這體系將更趨於生硬與死僵。

一株小草在風雨中會貼在地上，而在風過雨歇晨曦來時，會重新起立，欣欣向榮。這因為他有生命。

雖最整齊而可愛的排列，沒有生命的都是機械。

祖母光滑整齊的假牙齒，始終沒有孫女參差不齊的稚齒為可愛與有望。多麼門當戶對的婚姻，沒有愛情就限於生硬與死僵。這因為愛是有生命的有活力的自然的。樹幹與樹枝的結合是自然的是有機的，而桌面與桌腳的結合是機械的無機的。

一切自然的有機的結合是發展的是生長的是屬於愛的，而一切機械的無機的結合是滯呆的是死僵的是屬於力的。

九

英雄愛把自己的個體的理想作為宇宙終極的諧和；教主愛把教義與形式作為宇宙終極的諧和；哲學家愛把自己的理論體系作為宇宙終極的諧和。

而我們是平凡的人。我們曾在英雄的人格前迷惑，我們曾在傳統的教義與形式中滿足，我們曾在哲學家聰敏淵博的體系中歸宿，我們還在莊嚴的廟宇，崇偉的教堂裡，甚至簡單的偶像裡，得到宇宙終極諧和象徵的慰藉。

但如今我追隨了高僧的參悟，雖然我無力追隨高僧的企圖。

藝術的使命就在一切個別自足的諧和裡看到不諧和，一切不諧和中看到諧和。對於相互的諧和欣賞，對於個別的殘缺同感，對於特殊的痛苦同情，這就是藝術家的境界。

一切個別的殘缺個別的痛苦都為要求諧和。

而我們生命的心靈與肉體在諧和之中有他難諧的痛苦。一切心靈對無限與永生的要求，都限於肉體有限的容量，這是英雄與教主的悲劇，也是哲學家的悲劇。而也是我們平凡的人群的悲劇。

我對於情人是想奉獻我所有的諧和，想占有她所有的諧和。而也曾幼稚地本能地相信這就是宇宙終極的諧和。

一切戀愛至上主義者都以為宇宙終極的諧和就是兩性間身心的諧和。正如英雄的野心，教主的傳統與哲學家的體系一樣。許多人一生就在追求這夢。

從電子到宇宙，無量數微妙的諧和的追逐與統攝，是我們只能夠欣賞體會而不能瞭解的。而生物從簡單到複雜，以至於人類，對於性諧和的要求，則為個體的諧和與個體在種族中諧和的連聯。

人類在要求生理的諧和以外，增加了傳統習慣知識修養等心理的成分。我們已經無法分出究竟這性愛的諧和是屬於肉體的，還是屬於心靈的，屬於心靈的一切後加上去的顏色，還是屬於我們心靈的模型與素質。

有人安定於一定家庭的軌道，為平易的結合而相愛。有人要求肉體的諧和遠甚於心理的諧和，有人把性愛的情感建築在對藝術的心理，還有人把戀愛的對象當作了宗教與神。

人類對於性愛諧和的要求，正如人類對於宇宙整個諧和的要求，有各種的參差與差別，使我們無從理解與解釋，甚至也很難辨別所謂愛情的結合與非愛情的結合的界限。

我無從相信有人說屬於肉體的不是愛情，真正的愛情是屬於心靈；我只能半相信以對方個體為對象的是愛情，牽涉對方個體以外的背景的不是愛情。這因為個體在不同的背景前也常是不同，而這有時竟不是愛者所能分別。

一切愛者的說明是謊語，一切愛者的解釋是虛妄。關於墮入情網的境界，一句「愛情是盲目的」的話已經足夠了。

愛情是盲目的，這就是把對方看作了宇宙終極的諧和。在這一瞬間，你不但對你所愛的對象盲目，你對於整個的世界與人物都變成盲目，你看不見意識不到你對象以外的一切，甚至你自己的感覺與你自己的心靈。

沒有這個盲目的經驗就不是愛情，儘管這盲目是多麼脆弱與暫時。但是愛情沒有止於盲目，愛情的偉大就在彼此相愛以後而謀取彼此的諧和。

這需要我們堅貞忍耐謙遜與寬容。

不要因為愛情的盲目是暫時的，而輕視愛情。能夠兩個人同時有這樣的境界這就值得我們珍貴，值得我們羨慕，值得我們為這個經驗而熬受一切的痛苦，值得我們用整個生命的活力來培養。因為這決不是人人可以有這樣的經驗，更不是一個人在一生可以獲得兩次的經驗。一個人如果經歷到這樣的經驗，他馬上會知道其他愛情的經歷不是愛情。

不要以為這盲目的是暫時的，盲目的清醒就是愛情的幻滅。不，決不，盲目的清醒正是你由占據了對方的諧和，而謀取彼此諧和的開始。

這雖然牽涉了許多外界的條件，但主要的是需要你無比無比的忍耐謙遜與寬容。

一切性的需要加上友誼的感情並不是愛情，一切估計家庭的組織習慣的傳統與事業的前途而謀求一個配合的對象不是愛情，愛情是彼此有同時盲目的經驗的交流。

但不要妄信這盲目的經驗可以做你愛情的保證，更不要相信愛情上的一切盟誓與約束可以做你愛情的保證。這等於一株小草投給泥土的種子，它裡面雖已具備一個完整的生命，但需要外界條件的配合，與自身不斷的摸索尋求，這是需要多少的忍耐與努力。

自滿於愛情的保證，就等於自滿於野心的英雄與自滿於教義與形式的教主，也等於自滿於自己所立的體系的哲學家。

一切的自滿就是停止，硬化與死僵。

一切的硬化與死僵就不能再有吸收變動與生長。

爬蟲就因為在進化中限於硬化與死僵而趨於滅亡。

螻蟻社會的組織因趨於機械與死僵就再無法進步生長。

一切的體系，一切的組織，一切的制度，一切傳統的文化以及一切的個體趨於自滿與死僵的，一定再無法吸收與生長而必至於崩潰滅亡。

一切人付的意義，人付的解釋以及一切人付的保證都是虛妄。

一切英雄的理想，教主的教義，哲學的體系，以至於愛情，都是可珍貴的。因為它已占有了片斷的暫時的諧和，但決不是宇宙終極的諧和。它需要在吸引生長上與其他一切謀取諧和。這需要無底無底的謙遜與無限無限的寬容。

但是在英雄理想的主幹，教主教義的形式與哲學家體系的間架裡面，它都已有了自滿的完整，自滿的完整就是停止吸收。停止吸收不但與外界不能謀取諧和，反而排斥外界真他的諧和，破壞外界的諧和，甚至想征服外界以補充他的間架。然而外界是無窮的。於是一切人間的衝突戰爭等災害都是由此而起。

在愛情，它趨於自滿的死僵。同個體趨於自滿的死僵一樣，災害並不及於別人，而其自身的崩潰滅亡，則與一切趨於僵化死硬的沒有不同。

一切人付的意義是虛妄的，一切人付的解釋都是謊語，一切人付的保證都是空的。

人出賣了這些人付的意義、人付的解釋與保證。而這些人付的意義、人付的解釋與保證欺騙了人類。它誘人於自滿的死僵，而趨於滅亡。

一切生長的需要吸收，一切的吸收，簡要我們謙遜與寬容。

只有謙遜的方能寬容。

只有謙遜，我們能不自滿於個體的局部的片斷的諧和；只有謙遜，我們肯不自信於機械的湊合為自然的諧和；只有謙遜，會使我們與外界諧和相處，而求得更高更廣的諧和；只有謙遜，我們能保證我們愛情的完美。

十

一切的德性之中，謙遜似乎比什麼更難為我們所獲得。這因為謙遜就是要在一切德性之中承認它的限度。在自身諧和之間承認它的限度。

一切的諧和，在無限宇宙整個的終極的諧和前，他永遠是不諧和的。要無盡無盡與外界諧和相處，就需要永遠在諧和的格局中知道自己的限度。

高僧參悟到一切世間諧和的追求都是局部片段的限度，就覺悟到對於這局部的片段諧和的追求，不過是一種虛妄的戀執；而只有放棄肉體的情意的一切諧和的追求，才能使靈魂的真如直接與整個宇宙終極的諧和，貫通融化與合一。

要放棄肉體的情意的一切諧和的追求，就要使一顆心靈洞照整個的宇宙。一切肉體的情意是有限的，靠我們的感覺情感思想來攝取的宇宙，永遠是局部的片段的。如果把這局部的片段的當作了宇宙整個的諧和，它不但無法生長，還要破壞其他的諧和，而產生了無窮的災害。只有看到肉體的情意所見到所獲得的諧和是一種幻妄，那麼，靈魂的真如才能攝取宇宙整個的終極的諧和。

這當然不是我們平常的人所容易做的。我們所容易做的，是承認一切人間諧和的限度，安於自己的限度；而不以此為宇宙終極的諧和，亦不信這局部片斷的諧和的擴展就可以得到宇宙終極的諧和。於是就會有一種謙遜的精神與一切外界其他局部的諧和相處。

這就是隱士的境界。

隱士的境界是知足與謙遜。

以為自己局部片段的諧和就是宇宙整個終極的諧和，那就陷於不能吸收容納與停於死僵。於是他們再不信宇宙上其他的諧和，因而謀取破壞外界的諧和，排斥外界，甚至想征服外界。

有多少事物於你是諧和的，於我並不諧和。於山是諧和的，於水就不諧和。於喬木是諧和的，於矮樹並不諧和。有許多樹葉是對生，有許多樹葉是輪生。有許多花夏季開，有許多花冬季開。有許多樹先開花後長葉子，有許多樹則葉子枯了方才開花。

燕子喜歡棲梁間，烏鴉喜歡居樹梢。有許多鳥愛群居，有許多鳥愛獨宿。

而世上的食物種類萬千，於某種動物的腸胃諧和的，於某種動物的腸胃則常不諧和。

至於人類，因為文化傳統習慣的不同，個人與個人，社會與社會都有更大的差別。於甲諧和的，於乙常常不能諧和。人類的個體既然是這樣的相同，而又是這樣的不同。於甲很諧和的衣服，於乙會完全相反；於乙很諧和的食物，於甲會完全無法下嚥。

因此，我們是需要多少的謙遜，才能尊敬別人的諧和而與外界諧和相處。

戀愛使我們得到諧和，但在結合之前後，有多少多少是要我們用謙遜與寬容來接納這一切內外的不同。

夫婦父子母女兄弟朋友以及一切社會的關係，都是因不能互相謙遜與容忍而衝突。這就因為我們所要求的諧和，竟不是別人所要求的，別人所要求的，竟不是我們所要求的。

愛情在我是失敗的，就這樣的失敗了。而我現在再不敢去愛人，也不敢被人所愛。

願一切有幸福的人去愛，願一切有幸福的人被人愛。願一切愛我的人來瞭解我，願一切我愛的人被我瞭解吧。

我講過我在一顆小草上如何見到宇宙的諧和，我也是談到過多少不同的鳥類的聲音，如何諧和得像一個完美的世界。但是在人類，個體的諧和與團體的諧和，卻不是能這樣容易。一切屬於人類的都要賴人類自己的摸索，探尋。我們看到小草從泥土中伸出頭來，它的生命活力，已遠超於一隻出世的小貓；然而四個月以後的小貓，它的生命活力已遠超於人類十四歲的嬰孩。這可以看到生命越複雜越需要自己摸索探尋。一顆小草需要自己摸索探尋的，僅限於一角土地的周圍。一隻貓的摸索探尋已大大的擴大了本身的周遭。到了人類，他的摸索探尋就到無限。

我們還知道植物的種類不同，喬木與小草有很大的距離；還知道動物的種類的不同，爬蟲與猴子有很大的距離；而我們人類，靈魂的限度就成了我們的差別。高僧的摸索探尋，直到無限，可使心靈的真如與宇宙整個終極的諧和合一，而平常的人們就只能在局部片段中尋求一點諧和。

那麼靈魂的限度是不是可以由後天的參悟，修煉而擴展呢？這當然是的，但限度還是存在；一個人的體力可以由鍛鍊而增加，但並不能無限的增加。每個人，雖然都可由鍛鍊而增加體力，但每個人可增加的限度仍是不同。

就因為人類，在空間與時間中，個體的諧和就需要比小草小貓有更多摸索與探尋。能得到一個限度所允許的有限的諧和，無限地與外界諧和相處，這就是隱士的境界。在普通日常生活中，我們依賴著文化與傳統，在一定生活軌道上推移。人們雖然未曾意識到這些，但確能安於自己有限的諧和而無限地與外界諧和相處，這就是很美滿的生活，他們所靠的是傳統的謙遜與容忍，這些德性都是由祖先的智慧而累積的。

十一

但是我竟沒有這樣的幸福！

我無法臻趨高僧的境界，但我有高僧的參悟。一切我迷戀過的追隨過的英雄的理想，教主的儀式與哲學家的體系，都變成我心靈上厚濁的堆積；而愛情在我已是無望。

如今我發現我只具有一個平常的靈魂而有不平常的機遇，所以整個的生活就沒有軌道可循。一切由我們祖先的智慧累積下來的某種生活軌道與心理因素，的確是我們最容易探尋摸索的有限的諧和，而我竟沒有這樣的一貫的傳統與德性。我的生活有太多的變化，我流浪各地，我戀執過各種文化，我懷疑過各種傳統，我變成無法順從任何軌道，無法遵循一個有限的諧和的模型。

於是我發現我個體中許多不諧和的成分，心理與生理的，精神的與物質的，美與實在，夢與實際，健康上的參差，生活上的零亂……

這樣我像是一幅雜湊的畫幅，一個難於被人瞭解的圖案。我曾經到處感到格格不能與外界諧和，我逐漸自卑自慚，羞澀孤僻，不敢與人接觸。一個人避開世界，關在斗室裡，除了看書外，就是吸煙，我感到非常孤獨與痛苦。多少次我都想自殺，多少次我都想遁逃。最後我旅行流浪，我開始學習如何忍耐如何謙遜，學習寬容，學習在每個人物中去發現彼此可諧和之處，學習去觀察不諧和中的諧和，諧和中之不諧和。

流浪生活雖然訓練了我的忍耐謙遜與寬容，訓練了我與一切人物謀處暫時的諧和，但是我自己的個體因生活的不諧和，反而加強了我生理與心理的不諧和。我還時時想有一個人的世界。在小小船艙裡，我是多麼喜歡一個人蟄伏在床上，聽憑風浪的顛簸；在旅館裡，關緊了房門，暗坐在一個陌生的沙發上，只讓我手上的煙頭亮著一星之火，這時候我才感到了暫時的安詳。

我已沒有資格愛人，也沒有資格被愛。我似乎沒有勇氣來保證一個愛我的人的幸福，也沒有信心來相信別人會使我幸福。我有各種各樣的朋友，我只在彼此可諧和之處作個別暫時的交往；但一切我自己不諧和的個體，我都讓我一個人在自己的世界裡熬受，我不敢讓別人看到。

我失眠，我忽然發覺睡眠是一種醜陋惡的行為，正如我發覺笑是一種可怕的行為一樣。動物沒有笑，但是植物沒有睡眠。沒有笑的生命比我們更能表示欣喜愉快；沒有睡眠的生命比我們更能表示安憩。

高僧的境界是不笑也不睡眠。

我曾經在流浪之中，看到各人的睡眠。睡眠似乎是對於自己的行為作不負責的一種詐賴；睡眠是一種忘卻一切的修養教育習慣與文明的野蠻行為。

有一次，那是交通工具非常缺乏，火車的車廂永遠擠滿了人的日子，我在一個三天三夜的旅行中，碰到一個非常美麗文雅的女子。我不知道她的國籍，但是她會好幾種語言。她不常說話，而有非常敏感的表情，她眼睛靈活有神，並不對什麼凝視，而也不忽略一切的注意。她的臉是一朵鮮艷的花，眉毛修長自然，鼻子挺秀，嘴唇的曲線沒有一點殘缺。她的身軀尤其使人羨慕。手臂上薄薄一層汗毛使她皮膚的顏色沒有一點死板與斑痕。她坐在我的對面。

她穿一件白色的襯衫，敞開了領子，頸項間掛一條金質細鏈，垂著猶太教的教徽。胸部有無限柔和而堅定的曲線。她穿一條雜色方格的裙子。窗外的風吹亂了她栗色的頭髮。她用很羞矜的姿勢去理她蓬鬆的兩鬢。最後她用一條檸檬黃的手帕綁紮她柔滑的髮絲。但是手帕太小，不時的從她柔滑的髮絲上滑下。我於是把我的一塊白色的手帕請她試用，這是我同她交際的開始。但是，與我同時的是坐在她旁邊有一個很整飭的男子，也殷勤地把他的手帕——也是一塊白色的——獻遞過去。她很窘了一陣，接著她表示不辜負任何的好意，她接受了我們兩個人的貢獻。但是她無法公平地處置我們兩塊手帕，遲疑了好一會，她把那個男人的一塊包在頭上，把我的圍在她的頸項，掩去了她金質細鏈的教徽。

我早就喜歡她，沒有一個女孩子使我喜歡的不是從第一眼開始，假如第一眼不喜歡，就永遠不會喜歡了。但是討她喜歡的本領我非常低弱，旁邊的男子有較我健康的體格，有較我講究的打扮，他比我知道一切殷勤於女子的技巧。你知道我是不會笑的，而他有無比庸俗諂媚而巧妙的笑容。沒有十二個鐘點的時間，我似乎變成了一個她所不屑親近的男子。

但是夜裡，那個漂亮的男子很快的睡著了。起初他還靠在邊上，用手帕蓋了面孔，但呼嚕一起，他斜了過來，手帕掉了，頭髮亂了。張開了嘴，露出煙酒所薰穢的牙齒，發出刺人的夢囈。兩手忽而支東忽而支西，兩腳忽而伸直忽而彎曲。他擾亂了我，驚動了那位女子。他一睡好幾個鐘頭，半夜車停時醒來。他醒了一下，接著又呼呼大睡，他失去一切的儀態。

第二天早晨，我與那位女孩子在餐車裡，他進來了。他恢復他煥發的精神與彬彬的儀容，但是一切諂媚的笑容已引不起那位女孩子的興趣，她還了他昨天包髮的手帕。

那位漂亮的男子始終不知道，怎麼一下子會失去了別人對他的尊敬。

從此這個美麗的女子一直同我很親近，我們已經計畫著怎麼樣在火車到達目的地後，我怎麼樣先送她到家，在她幽靜的家園先休息三天，再繼續我的行程。

但是第三夜，那個美麗的女孩子竟同那個漂亮的男子一樣，她在睡眠中使我看到了無法忍耐的醜態。

我知道她倦了，我叫她把頭枕在我的腿上。我希望她有一個平靜的睡眠，可以讓她看到嬰孩睡夢一般的美麗。但是她已不是嬰孩，她忽而翻西，忽而翻東。頭髮披到臉上，挺秀的鼻子彎屈起來，嘴唇的曲線歪曲著，眉心皺出了可怕的紋痕，牙齒發著軋軋的聲音，口水流溼了我的褲子。突然她一聲嗚咽，兇狠地咬了我的大腿。忽然翻過去，把腳伸到座外，裙子翻起來，露出她還不應當讓我看見的上腿……我痛苦地一直熬到天明。車子到了，我說：

「小寶貝，我想我還是先去找我的朋友，回來再到你府上拜訪你吧，因為辦完了事情，我可以有比較安寧的心情了。」

我送她上汽車，我吻著她完美無缺的嘴唇，竟覺得是在吻流著口水歪曲的嘴喙。

我撒了謊，我失了信，從此我沒有再看見那位女孩子。

親愛的，一切不能瞭解的都請你寬恕吧。

…………

「那麼在這三天三夜裡，你怎麼能夠不睡呢？」你說。

我失眠。而我從此也不敢恣意地睡眠。

可是你生氣了。你說，睡眠是最美麗的行為，是回返自然的一種醒覺。你還告訴我，世間萬物都有睡眠，而任誰的睡眠都是美麗的。於是你告訴我飛禽睡眠的安詳，虎豹睡眠的柔順，貓與狗睡眠時的溫柔，以及魚類睡眠的靜謐。

人類，你說，一切要依賴人類自己的創造，不斷的教育與無止的學習。家庭曾教子女如何吃飯，如何注意宴會中的飯桌上禮儀；學校曾教兒童如何行動，如何穿衣，如何對待朋友；社會曾教青年們如何交友，如何處世接物；但竟都未教人睡眠。睡眠是一種本能，但在人類，沒有經過教育與學習的睡眠永久是醜陋惡的。這些人只配一輩子一個人關在沒有鏡子沒有窗戶的房間內獨宿。

於是你教育我睡眠。

你說睡眠需要謙遜與虔誠。頭腦與心境留著渣滓的人，他不是失眠，就將有醜惡的睡眠。你告訴我睡前應當漱口，應當排洩，應當洗澡，還應當清澄頭腦中一切的思慮與煩惱，以及汙穢的欲念。於是你說：你必須注意你睡眠的姿態，正像在宴會中要注意你餐桌前的姿態一樣，你需要養成一個美麗姿勢入睡的習慣，你必須使你臉上的肌肉鬆懈，露一個輕淡的微笑。像是你對你所喜歡的人談話一樣，不要拉長面孔，不要露焦慮的皺眉，不要有驕傲的神色，更不要有諂媚的卑鄙的表情，於是你可以有美麗的睡態。只有養成這樣的習慣，它可以使你保持青春，使你在臨死時有安詳的死態。完美的睡眠見於健康孩子的甜美與高僧的安詳，這因為他們心清如水，所以睡容可以永遠自然。

你說一切的死亡都是睡眠，你要為我唱睡之歌。

十二

〈睡之歌〉

自從宇宙有存在，
萬物就有了睡眠；
或謂睡眠是清醒的變幻，
或謂清醒是睡眠的夢幻。

有人說睡眠是遊戲，
有人說睡眠比較接近上帝，
還有人說睡眠不過是休息，
調劑你醒時的凋疲。

但長壽短命的植物，
終生只有一次睡眠，
螟蛉花只醒幾小時，

松柏一醒千百年。

有的花兒春間醒，
有的花兒夏日眠，
有的花兒露中起，
水上貪睡有睡蓮。

每月一醒是月季，
曇花醒時只一現，
怕羞草性情最古怪，
一癢總是裝睡眠。

世間還有無數的動物，
一種動物有一種睡眠，
遊魚睡在島隙，
珊瑚睡在海邊。

流螢長夜狂飛，

蟋蟀通宵亂啼，
多少的昆蟲常醒，
專靠悠長的冬眠。

鴿子睡在籠裡，
燕子睡在梁間，
還有古怪的鸚鵡，
站在枝上能安眠。

麻雀早寢早起，
鴟鴞獨愛晝眠，
夜鶯夜夜不睡，
知更鳥一夜醒五遍。

虎豹睡在深山，
猴子睡在樹巔，
貓兒睡著總唸經，
狗兒睡著常噓氣。

蛙兒坐著就算睡，
蛇兒行時也像睡，
世間還有千里馬，
站在那裡也會睡。

一切生物的睡眠，
都有原始的甜美，
而最複雜的睡眠，
還是可憐的人類。

有人因快樂失眠，
有人因憂愁少睡，
有人因無事長眠，
有人因無聊多睡。

有人想睡不能睡，
有人可睡偏不睡，

還有人夜夜失眠，
吃了安眠藥才能睡。

嫖客時時都睡，
賭徒夜夜不睡，
慣於晏起晚睡的，
要算可憐的鴉片鬼。

還有中國帝皇的早朝，
現在垃圾夫一樣；
新聞記者夜裡忙，
睡覺時總已天亮。

世間還有苦行僧，
夜夜打坐入睡鄉，
寂寞青燈古佛，
天天五更都進香。

此外有人在樹下晝寢，
有人在爐火旁午睡，
有人伏在馬背牛背，
還有人伏案偷睡。

有人在輕舟中盪漾，
清風明月中醉睡；
有人在飛機裡翱翔，
峰外雲霄上甜睡。

有人睡在長渡短亭，
有人睡在街頭巷角，
有人睡在麥壟稻場，
有人星光下隨地露宿。

穿山越嶺的火車車廂，
乘風破浪的輪船船艙，
死靜寂寞的破窯，

高樓廣廈的廳堂，
古怪潮溼的戰壕，
曉風殘月的湖濱，
汙穢骯髒的軌頭，
機器飛轉的危境，

憑虛臨空的橋頭，
嶮峻岨峭的懸岩，
到處都有各種的人類，
用各種的姿勢在睡眠。

有人擁著厚被，
有人裸著肉體，
有人抱著湯婆子，
有人束著綢睡衣。

有人仰著如數星，

有人伏著如量泥，
有人蜷著如刺蝟，
有人靠著如樹皮。

有人兩腿翹成弓，
有人雙臂張若飛，
有人兩腕枕在頭底，
有人一手挽著小腿。

有人睡時開著眼，
有人睡時皺著眉，
有人呼氣若蘭
有人鼾聲如雷。

有人睡時愛光亮，
有人睡時愛黑暗，
有人睡覺要人伴，
有人睡覺待人催。

有人睡時流口水，
有人睡時愛呻吟，
還有人磨著牙齒，
有人一睡就夢行。

偏偏人類有眠床，
規定了專為安睡，
有的床鑲金嵌玉，
有的床油漆堂皇。

有的床雕龍穿鳳，
有的床燈彩輝煌，
有的前後是明鏡，
有的床面是彈簧。

有的床下有暖坑，
占去了半間臥房；

有的床角有食櫃，
備藏著果糕餅糖。

有的床備孤身獨宿，
有的床備男女雙睡，
還有些眠床上下兩三層，
叫愛睡的孩子不占地方。

世間還有可怕的眠床，
木板竹條狹如繩，
那裡你睡定一個姿勢，
不許你有一次翻身。

還有床上養臭蟲，
有些床上養蝨子，
但還有人出錢買睡，
總不願離開眠床。

我們都睡過搖籃與孩車，
也曾睡過母親的身旁，
諦聽甜蜜的睡歌，
吮吸溫柔的乳房。

世間還有洞房花燭夜，
一次的愛規定了終身的同床；
但多少癡男與怨女，
夜夜總在旅店中煩忙。

世間還有鮮艷的肉體，
有錢的就可以睡在她身上；
也有情人的身畔，
鬢髮間都是天堂。

唯我長期在大地流浪，
夜夜的睡眠枕著行囊，
一夜四次五次醒來，

記取鬼火、月色、星光。

我還曾在各處借宿，
睡過花花色色的眠床，
各種帳內、各種蓆上，
以及大小不同的暖床。

我也曾在山寺投宿，
聽小尼姑隔壁學經，
我睡時她剛剛在學，
醒來時她已唱得爛熟。

我也曾雪夜野眠，
聽憑雪片飛在身上，
我睡時雪未鋪地，
醒時我已被雪花埋葬。

我曾在桃花梨花下貪睡，

陣陣的香風都使我陶醉，
但我睡時花尚未開好，
一覺醒來，它已經衰老。

我也曾把卷失眠，
聽院內雨打海棠，
聽牆外風吹梧桐，
還靜聽一遍遍的雞唱。

自然我也曾與朋友同睡，
殘燈深夜在床上談心，
半句話掛在唇邊，
一覺醒來已是天明。

此外竹篁蟬聲的午睡，
晚霞晨鐘的晝寢，
病榻醫院的昏眠，
都曾留我堪憶的夢境。

世間無處不可睡，
世間隨時都可睡，
但莫睡多蛇的地上，
莫睡多虎的山林。

莫睡雷電的樹下，
莫睡深淵與薄冰，
莫睡路妓的身旁，
莫睡銳刺與利刃。

有人一睡十六時，
有人一天睡八次，
睡時彼此都有夢，
世上無夢曾相同。

人生最多九十歲，
睡眠占去三十年，

人說少睡才是多活，
我說多夢也是加壽。

但白雲睡在山巔，
青山睡在地面，
長虹睡在天際，
大地睡在海邊。

還有太陽睡在星雲中，
星球睡在自己的路軌，
那渾圓的宇宙，
在整個的時間中安睡。

莫說我們睡睡醒醒，
不過是地球的夢境，
就是棺材墳墓裡，
我們也還有一個長寢。

那時肉體化為青煙，
融化成宇宙大氣，
妄信靈魂會長醒，
也無人知它意義。

十三

謝謝你睡之歌，一切你所唱的都是我應當唱的。

我開始知道了尊敬睡眠。因為一切都有死亡，死亡就是睡眠，而我們無法永遠不眠。但是我已經無法入睡，我永遠在失眠。

於是你教我如何入睡。

你說：你應當使面容微笑，把眼睛輕闔，讓呼吸自然勻稱，什麼地方都不要用力。於是你想像無邊無邊的海洋，這海洋慢慢地縮小，縮小，縮小，一直縮小，縮小得成一粒豆大的點子。於是你再想像這豆的顏色，變綠，變青，變藍，變紫，變紫黑，變漆黑。於是你再想像這黑色的一粒在動在轉，越轉越圓，越圓越遠，越遠越小……以至於烏有……

你睡著了嗎？你說。

沒有。

於是，你告訴我可以試試數數目的方法。在心裡數著一二三四五……到一百，到一千，再從一千倒數回來。每數到五個數字作一次呼吸，緩慢勻稱，不慌不忙，你又說我還可以把這些數字染上顏色，紅、橙、黃、綠、青、藍、紫，讓這些顏色呈現在你的眼前，一個挨著一個。我會看到這些顏色的變動，一次一次有不同的光度。等這光度使一切的顏色都透明了，我一定可以睡著了。

你告訴我，顏色的對於你的睡眠非常有關係，你的房間有銀灰色的牆壁，你喜歡用湖色的被鋪，你的燈光總愛用竹色的燈罩，這樣可以使你在熄燈閉目之時，有寧靜和平的感覺。

你又告訴我，如果在旅行作客的時候，你喜歡用聲音的想像幫助你的睡眠。在火車上，火車的節奏會使你想起一曲鄉歌野曲，你於是就哼著這曲歌而入睡；在船上，水浪的聲音馬上會變成搖籃的歌曲，使你的神魂蕩漾於天地的搖籃中。如果在寂靜的旅舍，山頂的寺院中，你會從風聲中想像愛你者的呼聲。他叫著你的小名，一聲隔著一聲，慢慢地遠開去，遠開去。於是你就陶醉在他親切的呼聲中而忘去自己。

你又告訴我，能夠用自己的方法使自己入睡的人，比像豬一樣的一躺下就打呼嚕的人要美麗。你說你曾經在並不疲倦的時候，設法使自己入睡。你閉上眼睛，想像自己的身軀縮小，從六尺縮到六寸，從六寸縮到六分，從六分縮成烏有，於是你就失去了自己。……

你告訴我睡眠的方法就是使自己不平衡的心境平衡，皺亂的狀態平順，一切你教我的方法，都可以在不同的場合中運用，要自然，不要勉強。

謝謝你，親愛的，你這些方法都很有效，我曾經把這些轉授了別人，別人都很容易的睡著，早晨起來有很好的精神，來感謝我從你地方學來的方法。但我，在我，我用遍了你的方法都沒有效驗。

而你如今也比較會睡著了。你說。

不錯，可是我用的是我自己的方法。

我的方法也許是別人所不願意用的。我躺在床上，把身軀放得非常平直，不讓我睡衣有一點皺摺，使它不刺激我的皮肉。於是我閉起眼睛，把呼吸壓得很微很低。於是我設想我死，設想我四肢僵冷，脈搏低沉。外界一切在我眼前模糊，耳邊的聲音遠逝。於是我逐漸忘去肉體對我的牽累，我開始迷忽起來，走入了睡鄉。

有時候，我設想我躺在水裡，我不抵抗死，平直地躺著，像它沉下去，沉下去。我聽到一個一個氣泡的聲音，慢慢地緩下來，緩下來。我就在下沉中失去了知覺。我又設想我在半死的狀態，但別人以為我已經死了。他們把我放在泥坑裡，於是灑下了一層一層的泥土，在我的身上臉上。我盡力抑低呼吸，使我的呼吸低微得可以不驚動泥土，而在泥土的空隙中呼吸空氣。於是我聽你的祈禱，你的祈禱像隔著一個教堂的牆壁。我想像到你是跪著的，眼角掛著淚珠，你祈禱：「慈愛的上帝，收留這個不平衡的靈魂，讓他從此平衡地在你的腳下吧。」我於是就在心裡跟著你說：「慈愛的上帝，收留這個不平衡的靈魂，讓他從此平衡地在你的腳下吧！慈愛的上帝，收留這個不平衡的靈魂，讓他從此平衡地在你的腳下吧！……」於是我用不著呼吸，我就此圓寂。

你說：「可怕的想像！如果你一定要用這個想像來使你自己入睡，我希望你永遠安於失眠。」

十四

我羞澀，我自卑，我懦弱，我雙目無光，我精神萎頓，我怕會集，我怕市場，我怕熱鬧的街道。我怕人，怕每一個人，怕任何人注意我，看我，我尤其怕人們笑。我儘量躲避世界，每次出門，我寧使繞很遠很遠的道路以求不碰見人。

於是你說，可憐的孩子，這樣你就要瘋狂了。你應當放出勇氣去接觸人，人都有很好的心腸。你應當參加會集，交際朋友，你應當有接觸人的職業，最好是教書——大學、中學、小學。大學裡的學生懂得好學，不會注意你人；中學裡的學生活潑，不會使你不安；小學裡的孩子天真，不會使你自卑。

但是一切人類的面孔都使我顫慄，一登上講臺，各種光芒的眼睛使我心跳，一切面孔的表情都使我感到可怕。

而那笑，大笑，微笑，狂笑，輕笑，各種各樣的笑，甚至你以為最天真的笑，我覺得都有敵意。小草不笑，花不笑，鳥不笑，而它們是天真的，自然的，美麗的。它們更善於表示傾心的快樂。貓在緊張敵愾時裂開了嘴，聳起了肩膀，這是它的笑；狗在準備作惡戰前裂開了嘴，發出了笑聲。從此這笑容就遺留給人類，裂開了嘴，露出肉食的牙齒，發出不諧和的聲音。那麼，朋友，你說人類的笑是代表和善麼？

你說：「一切的生物都有笑，草有笑，樹木有笑，花有笑，你沒有在熙和的春風中看到它們嬌盈天真的笑容麼？正如你在狂風暴雨中可以看到它們的憂愁。而植物的笑正如它們憤怒與憂鬱，都是由自然撥動的。」

你又說：「你難道沒有看見覓得了花香的蝴蝶的欣喜，找到了花蜜的小蜂的歡吟。還有雀語的輕巧，鶯歌的愉悅？你難道沒有看見貓狗的嬉奔雀躍？牛馬的舞蹄與搖尾？這些都是動物的笑。它們的笑容表現在整個肉體上。」

「是的，朋友，我看見蜂蝶在花朵上扭動著屁股，我看見到蚊蚋在吸血時擺盪著臀部。我也注意到和風照日下，鶯雀在樹上展揚著尾羽。更不必說，貓犬牛馬們都會輕柔地搖動它們的尾巴。那麼如果說這些都是笑，為什麼動物都笑在屁股上，而人類要笑在面孔上呢？難道是因為人類多了一條褲子，還是因為人類失去了尾巴？」

你說：「這因為人類是高級的動物，人類的笑容集中在面部，正如人類的神經系統集中在大腦一樣。」

「但是人類的面部有不少的器官，為什麼要裂開鮮紅的嘴唇露出肉食的牙齒來表示笑呢？究竟這些笑是善意還是惡意呢？」

你說：「人類的笑是複雜的，有善意也有惡意，有美也有醜陋。你要憑著學習與經驗來瞭解。」

…………

但我何從分別這複雜的人類的笑呢？我所見到的是喇叭一般的嘴唇，枯葉一般的嘴唇，橘子皮一般的嘴唇，栗子殼一般的嘴唇，包著死魚目一般的牙齒，包著帶血絲的牙齒，包著嵌滿豬肉牛肉的牙齒，包著鑲金的牙齒，包著蟲蛀的牙齒，包著爬滿了無數細菌的牙齒。

我在教書，滿講堂是這些嘴唇與這些牙齒。我怕，我怕得發抖。我訥訥無法發言，無法講書。於是笑聲又起，我渾身發抖，正如在野地上，我碰見一群惡狗對我注視，掀動著它掛著血腥的嘴唇，露著肉食的牙齒一樣，似乎隨時都可以來咬我，吞噬我。我不敢抬頭，偷望前面，我竟看不見一切，看不見人，我只看到紅色的嘴唇白色的牙齒，一課堂是紅色的嘴唇與白色的牙齒。我逃，我馬上逃回家裡，關上房門，蒙上被頭，我願意天馬上暗下來，我期待夜正如期待我在所熱戀著的情人。

從此我就在黑暗中過我瀕於飢餓的生活。我生活得像一隻貓頭鷹，我怕白天，我愛黑暗。我把我的斗室埋在厚重的窗簾中，我開始陶醉於夜間的失眠，失眠變成了我唯一的清醒。親愛的，你的話是對的，我應當安於我的失眠。我還應當安於黑暗！

這樣經過了許多日子。於是有一天，在漆黑的夜裡，忽然我煙頭的火星飛到空中，旋轉如星，逐漸長大，一剎時變成一個火球，冒著渾圓的火焰，擴展擴展，於是吞淹了我整個的房間，我覺得我像是在火團中消失了自己。

我開始睡眠，沉沉地睡著，睡著，醒來不知已是何年何月。

那時我發覺世界已煥然一新，天是圓的，地是圓的，窗是圓的，門是圓的，桌子是圓的，凳子是圓的，一切都是圓的。

我也不再怕看見人，因為人都是圓的。

我不再怕笑，因為笑是圓的。我大笑，我發覺我的笑聲圓得有趣。我再笑，笑聲套著笑聲，小圓套著大圓，我感到一種說不出的美滿。

後來我看到你，你是圓圓的，我認不出了你，於是你說：

「難道你不認得我了？」

你圓圓的嗓音，我知道是你，那麼你也存在這裡？

忽然大家都說我瘋了。你也那麼說。

世上沒有人瞭解我不是瘋子。我靠在桌子角上，你說：

「桌角陷進你皮肉裡去了。」

桌子是圓的，你竟不知道！於是我更加用勁靠，我要證明桌子無角，它是圓的。

血！

我要看看自己的血，它可是圓的？不錯，它是圓的。

我哈哈大笑，我要你們也笑。一切的笑聲都是圓的。

許多人都笑，而你不笑，你在圓圓的笑聲中一層一層滾著出去，你實在圓得有趣。

於是你帶著許多圓圓的動物進來，伴我進圓圓的車子，車子在路上走著。我馬上發現，原來這裡的街道人物都是圓的。

於是我的心泰然，既然什麼都是圓的，生與死不會不同，天堂與地獄不會兩樣，我笑你們真傻。

但是傻同聰敏有什麼兩樣，都是圓的。

我泰然靜默，欣賞一切圓圓的世界。

我感到頭暈，頭暈不過是一種旋轉，在旋轉中一切形狀都變成圓的了。

然則世界原是方的，就因為我的頭暈又變成圓了麼？

我問。於是你說：

「可憐的孩子，是的，你病了。」

這樣，我就進了瘋人醫院。

我一句話都不說。我一直想著：到底是頭暈，所以天地萬物成圓旋呢？還是天地萬物變成了圓旋而使我頭暈的呢？

我一直在想。

我聽憑圓形的動物們在我身上探尋。我想反正是一樣的，我們都是在旋轉，圓圈地在旋轉。我想，到底是因為頭暈，所以天地萬物變成圓圈旋轉呢？還是天地萬物變成圓圈旋轉而使我頭暈的呢？

於是我看到窗外，窗外一切都是圓的。它們本來是圓的呢？是因為在旋轉而圓的呢？還是因為我的頭暈而變成圓的呢？

我馬上看出這不是我的頭暈，而是因為地球在旋轉；即使是因為我的頭暈，那我的頭暈也因為地球在旋轉。我的頭暈既然是因為地球旋轉，那麼你們的頭也在地球上面，為什麼你們不頭暈呢？

我知道你們是沒有知覺的，所以你們相信了世界有不同的形狀。

於是你們都說我瘋了。

我想到地球在旋轉，我就想到了太陽系在旋轉，我知道無數的星雲都在旋轉。晚上，我看到滿天的繁星，我知道它們個個在旋轉，它們自轉還在外轉。整個的宇宙只是一個旋轉的個體。

黑暗是旋轉，光明也是旋轉：一亮一暗就是一種循環的旋轉。冷是旋轉，熱是旋轉，一冷一熱，春夏秋冬也是一種循環的旋轉。整個的時間就是循環的旋轉。

假若我是瘋的，這宇宙就是瘋的。

因為宇宙是大圓套小圓，小圓繞大圓。

他們來為我打針，三個白白的圓體。

「不要動，不要動。」我說：

「地球在轉，你怎麼能叫我不轉？老實說，你們哪一個不在旋轉？」

他們不理我，我聽他們打，我說：

「原來叫我可有多一滴圓圓的個體在我的身體內旋轉。」

一個圓臉笑了，我也哈哈大笑。這個圓臉有兩顆圓圓的眼睛在旋轉。

還不是那一套。

你於是帶一個有鬍鬚的圓臉進來，你說他是一個有名的醫學家。我就問他：

「人是不是圓的？」

他沒有理我，我再問，他還是不理我。他的鬍鬚觸到我的胸部。我忽然發覺鬍鬚竟不是圓的。怎麼鬍鬚不是圓的呢？

這是一個奇怪的問題，我思索了一星期。一星期內我睡在圓圓的床上，我靜靜地躺著，我聽憑宇宙旋轉著，世界旋轉著，我靜靜地躺在床上，我的思想在髫鬟上旋轉著。

十五

我開始想到原子，我開始想到電子，我開始想到質子與中子。諸凡物理學所啟示的是一切物理的終極，不過是圓圈旋轉的排列。所有外表的形狀，僅僅是人間的組織，那麼我何爭執於外表的形狀，而受忌於人們所自信。

一星期後我起來了，如今我看到的世界又變成固定的形狀。我從圓形的動物中分出了病人，醫生與護士，我在桌子中分出了四方與長方。

我又認識了你。

但是我可清晰地看到，一切構成你們的原子與電子，都在你們的內部旋轉。而你們竟不知道。

你說我的病好了許多，我知道這只因為我的觀點附和了你的觀點。你們討厭一個觀點異於你們觀點的人，你們要把他當作了瘋子。

你說，如今可以請傳道師同我談談上帝靈魂的問題了，我說這正是我可憐的生涯所需要的。

傳道師告訴我人類的原罪，告訴我救世主耶穌的呼召，還告訴我天堂煉獄與地獄。於是告訴我愛，告訴我仁慈，還告訴我創世紀的故事。告訴我一切地球萬物都為役於人類而設，它們都沒有靈魂。靈魂只賦予人類，皈依耶穌就可使靈魂獲救。傳道師還告訴我世界的末日，最終的審判。於是他為我祈禱，求上帝解救我肉身的痛苦。

我覺得一切他的教導是可笑的。解救我肉身的痛苦何用上帝，我自己很有辦法，累贅的問題還在一顆靈魂。它在我沒有肉體後，還要負一切罪惡的責任。

我說，親愛的傳道師，上帝給我們一顆沒有用的靈魂，這不是很多事麼？

他告訴我這就是人類的尊嚴，因為這個靈魂就註定了人類的自由，因這個靈魂就使人類統治了世界，御役了萬物。

我說，分清了天堂地獄而叫我們自由，等於把刀斧放在我頸上而說聽我自由一樣。那麼最好還是沒有自由，把我們陷於一個軌道走到病死好些。

他說，豬是給人吃的，馬是給人騎的，美麗的風景是給人看的。

我說，我們的肉體不也是每天在喂細菌，我們不也是在伺候馬，侍候雞，我們不也是打扮得整整齊齊在讓山林草木欣賞。

他說，靈魂使人類有智慧。有科學，有一切的發明讓我們享受；有醫藥，可以使病人重生。

我說，科學已成了人類的負擔，一切的發明加害於人類的，多於加惠於人類。沒有坐過飛機的人們卻死於飛機的轟炸，電燈的發明已經使我的視力退化了。一切禦寒的設備使我們失去了天然羽毛的保護，一切代替人力的機器使我們體力衰退，一切醫藥使我們生理機構神經機構殘缺，而把一切的衰退與殘缺遺傳給子孫。人類還建立這樣的醫院，把一切像我這種觀點稍異的人當作了瘋子。

於是傳道師搖搖頭，微喟著：

「願上帝可憐你這顆靈魂！願上帝可憐你這顆靈魂！」

他一面念著上帝，一面慈悲地走了。

他沒有帶走了我可憐的靈魂。

而我知道人類的末日就是因科學與機械的發達而使人類很自然的退化到阿米巴了。

這不過是一個時間上循環的旋轉，人類原是從單細胞的生命進化的。

此後人類的腳因無用而退化，人類的手將因無用而退化，最後是人類的腦，在無用思索憂慮下退化了，人類創造了機器，將因無力御機器而崩潰。

這沒有什麼稀奇，一切做過地球主人的生物，都曾經消滅。這沒有什麼稀奇，地球在某一時候還要從它的來處回去。

這是一個溫度的循環，將來如果還有同樣的溫度，將來還有地球，將來也還有人類，將來也還有文化，科學，宗教，也還有傳道師與我，現在的醫院中一模一樣的來重演，那不過是幾兆兆兆兆年的時間。

這是是多麼短促的一瞬呀。

如今我不再奇怪你們，不再奇怪你們吃飯吃麵包而製造糞。我也再不奇怪你們吃雞吃牛吃魚吃蝦，因為我看到你們肉體的裡裡外外都有細菌在吃你們。如今我也不奇怪你們要醫治病人，因為你們也要被醫治的。如今我也不奇怪你們戀愛結婚生男育女，因為你們的父母也是這樣養你們的。如今我也不怪你們要救我的靈魂，因為你們的靈魂也是待救的。如今我也不再怪你們笑我，因為你們也是在到處被笑。

每個人都有生，每個人都有死，明知要死，還待謀生。

大家沒有贊成這個宇宙歷史的循環與旋轉，但大家都努力維持著這循環的旋轉。
一切聽其自然。
於是，你說我病好了，人人都說我已經不瘋，我恢復了正常。
而沒有一個人誇讚我的，誇讚的是醫生，是醫院，是傳道師，是科學，是宗教。
我可獨獨誇讚贊一個美麗的護士，因為她知道我的病是自己好的。

十六

出了瘋人院，這世界已不是我所害怕的世界，而是我覺得一無意義的世界了。

我不能再信人類有一點自由與進化。

一切人間的努力不過是預定的必然的動物，一句話一投手都是在有地球以前已經布置妥帖。

一切罪惡與道德，一聲笑與一滴淚，都是不得不如此的一種預定。

整個的世界不過是大小旋轉的儀器，無窮無盡無始無終的套合，毫無目的地永遠旋轉著。

這樣，我活在這世界還有什麼意義？

我計畫自殺！

如今我應該告訴你，在一有死亡準備的剎那，心靈上再沒有任何的滯礙。它透明得像無雲的天空，它與它的上下四周都沒有掛牽。這時候精神是明朗而空靈，任何聲色的刺激都無法在它上面遺留斑痕。而肉體已是不再存在，可以使我不再對它關心。

但自殺還是要對肉體下手，因為精神原是在肉體之中。

疾病的死亡，我想是一切死亡中最痛苦的死亡了，這因為精神要負擔肉體的麻煩，不能有明朗而空靈的境界。肉體的苦難只能使人求生，最重的疾病都還希望有醫藥的挽救。

而精神的痛苦可以使人忘去肉體。但是破壞了肉體的存在，是否仍有精神的存在呢，相信靈魂的人是如此肯定，而我是否定的。

自殺在我非常容易。

自殺是跳出機械的無意義的無目的的循環與輪迴。

沒有人知道我的計畫，你還以為精神的煥發就是我健康的增進。

也沒有人能挽回我自殺的命運，這因為我的自殺不是對世上有所戀執。一切為戀執失望的自殺，都可有挽回的餘地，而我的自殺是真空的自殺。

我可以選擇的是自殺的方法。

我怕人，我怕醫生，我還怕我已結束生命的肉體在人世上忙碌。

於是我選擇了跳海，但是在輪船駛入大海時偷偷下跳，在臨死前去負擔一個賊偷的情緒，這未免還是人生的累贅。

這樣，我就一個人到了海邊。

我住在一個華貴的旅館中，租定了一隻小小的帆艇。

你當然知道我駕帆船的技術的，它並不能可以保障我在大海中安全，而且我對於駕船術也已經久疏。

我於黃昏時，在許多游泳的人們前，試駕這隻小小的帆艇。天氣是再好沒有了。天空碧藍，白雲中浮盪著金光，海水像絲絨一樣輕柔，一層一層的在沙灘中滾動。我推出小艇，跳進船欄，重操我久疏的技藝，在輕嵐和風之中，我駛向前面的島岩。島岩是白色的，在夕陽下閃著黃棕色的反光。許多海鷗在上面飛翔，安詳平靜，銀白的羽色有白色玫瑰花的花瓣一樣的光澤。我繞著這島岩過去，我知道那面前就是我最好的捨身之地了。

但是我要等到夜晚。這因為前面白帆點點，都是漁船晚泊，後面游泳男女，多如江鯽。人們以重視生命為道德，又以輕視魚命為自然；光天白日下，萬眼如箭，誰不願救人一命，以顯身手？

我安詳地駕帆回來，收起帆桅，拉上船艇。如今我要期待太陽西逝，人散鳥歸，萬籟俱寂。我坐在我旅館的陽臺上，叫了一瓶美酒，吸起一支紙煙，望著滾滾的海水與芸芸眾生。看天邊的落日在海中滾動旋轉，萬丈的反光像一匹錦繡，孤獨的島岩在海上浮沉得像一隻水獸，點點的漁帆在夕陽水光中燦爛如花。

今晚如果有月色與星光，我生命在我所選的地點消逝，這該是多麼美麗的結局。

「×先生！」

誰？你猜是誰？

我當時還以為是你，但我竟不認識她。

是的，是她。她就是在那個瘋人醫院裡，你為我請的特別護士。我曾經誇讚過她，因為只有她相信我的病是我自己好的。

今天在這黃昏的陽臺上，我知道她姓許。我看到她的面孔與身材。她有一個甜美的圓臉，玲瓏的身材，動人的是她的笑容。它使我在聯想到帶露的蓮花。她穿一件淡灰的衣裳，奶黃的平底皮鞋，頭髮剪得像男孩子一樣。她充滿青春的臉龐，還不容許脂粉對它有所玷污。她動作好像世界空洞得專為她行動而布置的舞臺。

她告訴我她是跟著她哥哥與嫂嫂來玩的，我因此也認識了她哥哥與嫂嫂。

我們一同吃飯，音樂中我們開始跳舞。

在珠光寶氣粉面脂唇的女性中，我身邊的女伴成為我最可驕傲的舞侶；一曲華爾茲以後，她已經占有我的心靈。

一時，我透明無礙的心靈馬上有了沉重的感覺，任何人世的煩惱都湧上心頭，我說：

「你以為我的神經病完全好了麼？許小姐！」

「叫我沒凝。」

「沒凝？但是一切人們叫過你的，我都不願意叫了。我要叫你露蓮。」

「你就叫我露蓮。」

「但我所叫你的，也不許人再叫你；我死後，就沒有了露蓮。」

「露蓮這名字將因你生，因你死。」

「真的？」

「自然。」她的臉是帶露的蓮花。

「那麼你以為我的精神病已完全好了，露蓮？」

「你沒有什麼精神病，你只是失去了自己。」

「失去了自己？」我說：「那不過是精神病另外一個名字。」

「失去自己不過是失去自信。」

「我失去自己。」我說：「那麼露蓮，難道你反以為我是可信的？」

「為什麼不？」她說：「我相信你。」

……

十二點時候，樂停舞散，我向露蓮的兄嫂道晚安。露蓮伴我再走到陽臺。我看到燦爛的星光與明月，在海天中閃耀，層層的水浪吻著寂靜的海灘，我不禁吻了露蓮前額，我說：

「晚安，露蓮，好好睡眠，從此不要再想到我，也不要再想到我到我叫你的名字。」

我望著露蓮玲瓏的身軀在門中消失，我就奔到樓下，走向海灘。我到了我存放帆艇的地方，再回頭看旅館的燈火，心中又重新透明，似乎一切心上的世事，都被我遺留在濃濁的人間，而我心靈正長著翅膀要飛到世外。

我支起桅帆，這在我不太熟練的人，你知道是相當費事的。就在我剛剛裝置完畢，正想推船下海的時候，突然有人叫了我。

是露蓮，她已經在我的身後。

「露蓮，」我說：「你怎麼不去睡？」

「我看見你在海灘上裝帆，」她用蓮花帶露的笑容說：「我想……你不願意帶我一同去玩麼？」

「在這樣的海裡，你知道這是危險的。」

「危險？」她說：「你又沒有自信了，但是我可相信你的。」

「露蓮，你回去，回頭你哥哥……」

「他們在陽臺上。」她回過頭去望著陽臺說。

「但是，露蓮，你是不願破壞我計畫的，是不？」我嚴肅地說。

「你討厭我跟你同去？」
「不，不，」我說：「老實告訴你，我去不見得會回來了。」
「那麼我也不回來好麼？」
「假如我死了呢？」
「那麼我也死。」
「真的？」
「為什麼不真。」她臉上一直浮著帶露蓮花般的笑容，月光下有奇怪的美麗；微風吹著她的短髮，使她臉兒更靈活天真，像是從未見過世界的天使。
我呆立了許久，覺得在這旋轉循環的天空與星月，以及腳下沙土中，她隨我同去，與留在這世上有什麼不同呢？誰知道人間還有什麼命運在等她？要她留在這世界上，嫁人生子衰老病死，一定是於她有益麼？我說：
「那麼你不後悔？」
「不，同你在一起，我永遠不會後悔的。」
我不再說什麼，我立即推船下海，她跟著過來，我扶她上船後，我也就一躍而上。
風比傍晚時分稍大，我駕起銀帆，駛向那像海獸般的岩石。
「這是你第一次坐這種帆船吧？」我問露蓮。
「是的，真有趣。」
「但也是最後一次了。」

「為什麼？」

「你不說同我一同去死麼？」

「這也是我第一次相信一個男人。」

我心上暗暗為這句話吃驚，但是我面向月光，眼望前面的島岩，沒有說一句話。

風大了，船斜了過來。露蓮突然拉我的手臂，她臉兒靠在我身上說：

「你應當自信。」

我回頭看她的臉兒，我的心突然不安起來。她臉上沒有笑容，圓圓的眼睛張大著。在月光下，長長的睫毛清晰可數，嘴唇緊閉著貼在我的手上。

「你怕了？」

「我相信你。」她說。

船繞出島岩，這已經是我選定的地點。風更大了，我需要很大的力量才能掌握帆把。只要一鬆手，船立刻可以翻身。死在我何等的容易呢？

我像石像般凝視著月亮，但是這月亮正浮起了露蓮害怕的表情。她的臉還是貼在我的臂上。不知怎麼，一瞬間我忽然感到我是一個謀殺罪的主犯者了。我的心無法自主。她的臉有害怕的表情，但是含蓄著堅決的信心。她偎依著我，緊拉著我的手臂，像是已把她的生命完全交我。我意識著這個生命，我的心有奇怪的變化。我轉著帆，走最近的路徑滑向沙灘。

船一到島岩的裡面，風就小了，露蓮放鬆我手臂說：

「我永遠相信你。」

我沒有看她。讓帆艇飛滑到來處，我的心空漠得毫無感覺。當船擱上沙灘的時候，我才見到露蓮的臉龐。在她帶露蓮花般的笑容中，有驕傲的神情，而在她明潔的眼睛裡，竟流出了晶瑩的淚珠。我拍著她的手，微喟著說：

「露蓮，你破壞了我的計畫！」

她沒有理我，緊拉著我的手說：

「你允許我永遠侍奉你麼？像我應當侍奉神一般的。」她露出帶露蓮花般漪漣的微笑。

露蓮的笑改變了我對於笑的想法。我開始想到笑是動物所遺留的，驚懼自衛的表情，正如害怕是一種求生的情緒。對笑的害怕，正是對別人的自衛，當作對你的襲擊。生存競爭的動物都有這樣的誤會。其實害怕與笑，在人類都是對於生的戀執。但是你不相信我這種說法，你說笑是放鬆一切神經肌肉及情緒的緊強，好像輪船拉汽笛，把內蓄的緊張的鬱悶有一個發洩。只有會笑的人，他的精神是健康的。

我們的說法不同，但是結論沒有相差太遠。

你說，世間的笑似乎有很多種類：有的笑是天然的，有的笑是人為的；有的屬於天真，有的屬於癡傻；有的為禮貌，有的為虛榮；還有人喜對眾狂笑，有人愛閉戶獨笑。人類的文明使笑失去了意義。

但是，究竟什麼樣的笑是可信可靠可敬可愛的呢？既然野蠻的笑代表了人類的癡傻，文明的笑代表了人類的奸詐；是不是我們真是不會笑呢？

但是你喜歡漪漣的微笑。你說，漪漣的笑代表了年輕純潔與高貴；它是屬於天使，不屬於人類。要使自己不老，就要學習掛著漪漣的微笑入睡。
你說，你要為我唱笑之歌。

十七

〈笑之歌〉

大家見過天真的笑，
也見過鮮艷的笑，
還見過放浪的豪笑，
見過笑聲裡帶著撒嬌。

世上有數不盡的歡笑，
這些笑似乎都平常，
但有些笑也帶著哀怨，
有些笑充滿了希望。

還有許多美麗的巧笑，
有意讓人家為此顛倒；
還有脂粉塗滿的輕笑，

笑容中含蓄著衰老。

還有些甜笑裡帶毒，
有些嬌笑裡帶劍，
有些笑代表多情，
有些笑代表纏綿。

有些笑象徵著童貞，
有些笑象徵著淫蕩；
還有些空虛的淺笑，
象徵著人世的渺茫。

世間還有莊嚴光明的笑，
還有戀愛的憐憫的笑，
還有悽艷的帶淚的笑，
隨時點綴人世的玄妙。

文明的人類學會假笑，

有勢力的冷笑驕傲的輕笑。
還有沾沾自喜的俗人，
整天掛著庸俗的傻笑。

戲臺上也有萬種笑，
哪一種笑都是荒唐，
騙取臺下萬人的真笑，
留戀那臺上的風光。

市上飛散著輕薄的調笑，
笑聲裡閃著諂媚與無聊，
可憐的是抑著滿心傷悲，
深夜在寥落的街頭賣笑。

此外誰也有疲倦的微笑，
遺留在清醒的床上，
而生生死死都有淺笑，
從搖籃一直笑到天堂。

但是我獨愛漪漣的微笑，
它不代表心靈的忘機，
也不代表人生的玄妙，
只代表天使的神奇。

謝謝笑之歌，親愛的，你使我知道露蓮的笑容就是代表天使的神奇，一個對於人類的笑容沒有好感的人，如今就為這漪漣的微笑所迷戀。

你說，愛應當結合。

於是露蓮就變成我妻。

十八

愛情，這是愛情。然而愛情的偉大是要我們用忍耐，謙遜，堅貞與寬容，由容納對方的諧和，來謀取彼此諧和的開始。

一切屬於人類的，都需要人類的模仿上帝繼續的創造。

動物靠本能可以生活；人類的本能不過是一粒種子，需要人類創造與學習。

蜘蛛在體軀完成時已會吐絲結網，而一生的衣食就此解決。貓出生四個月就已具有它一生的技能與知見。

而人類，因其有文化的堆積傳授與承繼，他需要自己創造自己，需要堅貞，忍耐，謙遜與寬容。

愛情交給人類的，同交給鴿子的也許沒有兩樣，但鴿子一有愛就是和諧，人類還需要創造，還需要人類有不斷的堅貞，忍耐，謙遜與寬容。

一切人間的諧和都需要安於自己諧和的限度。

一切安於自己諧和的限度，人類依靠的是傳統的軌道與德性，而我在流浪的生活中，竟未能獲得任何一貫的傳統。

每個人的欲望是多方面的，但每一個人的欲望可以在軌道傳統教育之中陶化於一個中心的欲望——權位，金錢，事業，信仰……使其他一切的欲望都變成無足輕重，可以不受外界的誘惑與影響。而我是一個沒有中心欲望的人，美的欣賞就變成了最大的誘惑。

與其求人瞭解，不如求人諒恕。一切愛情的甜美是現在與永久的回憶，而一個人在被一種奇怪的美所誘惑的時候，是等於我在病瘋的期間被圓形誘惑一樣，這種誘惑控制了我整個的宇宙，在事前事後再無從想像它的魔力。

這因為人類還是時間限度內的動物。

你一定要知道那是什麼。

我告訴你，親愛的，那是春，是鮮艷，是皎潔，是一個無比諧和的肉體。

一切的美似乎都是一個祕密，上帝永不許人類有言語可以對它揭露。人類中也曾有過天才，但天才的嘗試不過是從外面來用其他的事物對美作形容與描寫。一切字句的比擬，顏色的描模，聲音的象徵都未曾啟示過美，都未曾說明過諧和。

人類的奇特也許在使自己聲音有了意義，但人類的愚蠢也莫過於此，人類製造的言語是無窮的，而僅能以無窮的言語以說明無窮的言語。一切言語所代表的概念永遠只有概念，它從未表白過愛，和說明過美。

在大自然面前，一聲虎吼所形容的，遠超於人類所能表示的一切類於莊嚴與深偉的描寫；一聲悠揚的鳥鳴所讚嘆的，遠超於人類同所能象徵的一切類於清朗與光明的歌頌。

這因為一切美與和諧都屬於神，而屬於人的是殘缺與不諧。

如今，在一個神祕的色澤與線條面前，我忘去了一切的疲勞與消耗，踏入了一個悠長的征途。這等於我們留戀於奇美的風景中，不知不覺一步一步一程一程的走入深山幽谷而忘去了家中的爐火與床鋪。一直到夜色深濃，歸途迷失，我們始知那裡並沒有我們自己的世界。

先時那裡不過是一片濃鬱的樹林，發著那原始的芬芳，等我跑近了才發現了前面的途徑。我漫步走去，望著兩旁巍峨的樹木，小塊的天空都變成花瓣，在微風來時它變化得千錦萬簇。腳下的山徑在波浪形的起伏中上升，紅花、紫花、藍花，散在參差深淡的綠草中，從此我就無法後退。一切樹林的香，草的香，花的香，泥土的香，一切原始的香味已經把我催眠，我跟著這香味走去，我沒有意識到我腳步的移動。

小徑忽然分為三支，右面是紫花鋪路，左面是藍花墜地，中間是紅花斑斕，我踏上中路。如今兩旁樹林已低，我可以看到狹長的天空。天空的雲彩幻成七色，層層疊疊變成了千萬的形狀與色彩。我抬著頭，我低著頭，四周有萬種的鳥鳴，無數的光芒在樹下閃動，綴成了繽紛的金點。

這樣我就登上峰頂。但是展開我面前的是無數無數的山層，兩旁是水晶的削壁，壁下是錚錚的溪流，溪流裡是五彩的金魚，反映在水晶壁上，與天空的雲彩閃耀得如深廣的宮殿。我看到溪流裡玲瓏的圓石，踏著那圓石過去，似乎就是那宮殿的門檻。但等我一跨進這溪澗，我突然發覺我衣履的累贅。

我拋去身上的一切，馬上就體驗到泉水與水晶壁岩的清潔，這清涼直沁入我的心肺，使我的身軀有無限的輕靈，我不知道我是在飛翔，在游泳，還是在漫走，總之我還在行進。

如今我發現溪流裡的小草野花與水蓮都不是我的阻礙，我踏上這些白花綠草，也不見它們躲縮，沒有一條游魚看見我的影子有一點畏避，我像是化作了溪流裡的生物，聽憑那潺潺的水流帶我下去。

突然這溪流豁然寬廣，前面聚成了一個水沼，水晶的壁層變成了四周萬綠的叢山。等我流入了湖心，我頓看到天空布滿了星星，一輪明月浮到了天庭。

我不知是游在水中，還是踏在水上，或者是我飛在水面。我隨著水流旋轉，突然我聽到鐘鼓鏗鏘，萬樂齊奏。抬頭處我已在懸崖泉口，輕隨著瀑布滾下，萬丈的澎湃使我失去了自己。醒來，我已被拋到在一個棕色的岩石上面。二條光滑的石脊上竟無一草一木，下面已是汪汪大海，它徹照那一輪明月，萬點晶星，在低呼著讚美的歌曲。

我跪下了，我俯吻那光滑的石脊，我說：

「天，原來一切你所選的諧和都能夠把我融化！」

十九

一切人間靈的頂峰都歸於肉體，一切人間肉體的頂峰都歸於靈。

親愛的，凡不能瞭解的都請你寬恕吧！

我沒有資格歌頌愛情。

當我失去了一切，回到了家，家中的燈光輝煌，把我們小小的餐廳照耀如同白晝。

餐桌上布滿了紅綠，——蘋果，香蕉，金橙，玉梨，紫的葡萄，白的葡萄，淡紅的荔枝，鵝黃的春杏，還有那玲瓏的李子與斑斕的桃子；瓶裡是潔白的玫瑰花，杯裡是殷紅的葡萄酒，六支乳色的蠟燭跳著火光，燭淚點滴，它們的一半部已化為煙燼。

這時，我看到了露蓮，她穿著嫁我時候的禮服，長長的衣袂掩蓋去她的雙腳。她斜坐在沙發上，手肘靠在椅背，兩手支著下頤，她已經入睡了。

一聽見我的聲音，她霍然驚醒，臉上浮出漪漣的微笑，她說：

「今天是我們婚周，親愛的。」

我突然跪在她的面前，我的淚已使我咽塞，我的心在慚愧，我說不出一句話，我靠在她的膝上痛哭，似乎只有把我的心哭出，我才有資格抬頭去參見她帶露蓮花般的笑容。

「我知道，我都知道了，親愛的。」她說。

露蓮的手在撫摸我紊亂的頭髮，她捧起我的頭顱，用她天使般的笑容望我。我看到她眼角的淚滴，在她晶瑩的淚珠前，我厚濁凡庸像一隻被棄的草履。

從此，露蓮漪漣的微笑都不是發自心底。

天使的神奇已完全為對我慈愛的捨施。

桌上乳色的蠟燭已化為煙燼，葡萄酒亦已變味，一切紅綠的果子都失去了光彩。

露蓮，讓我們暫時躲開這世界吧。我要帶你到那個我們訂情的海邊。

她笑了。只有這一個，而這是最後的一個笑容，它代表了天使的神奇。

我們在那個華貴的旅館裡，過一切我們所願意的生活。傍晚，我們又駕了帆艇在島岩內的海上馳騁，露蓮有萬種的興趣來學習駕駛。

海天的景色如昨。斜陽下的金波永遠斑斕，銀白的海鷗點綴著碧藍的天空，矗立著的島岩，閃耀棕色的光澤。而就在我們接近這島岩的一瞬間，突然，那棕色的光澤，在我錯覺前竟幻變成了那個女神的肉體。

我的心突然跳了起來，我眼睛一熱，愣了許久。露蓮似乎已經發覺了我心理的變化，她說：

「親愛的，你沒興趣，就駛回去吧。」

我沒說話，凝視著島岩把銀帆東駛，像飛一般滑向海灘。

「親愛的，你怎麼啦？」

「沒有什麼，我良心始終在責備我。」

我與露蓮到房內，在清靜的空氣中，我偎在露蓮的鬢頰邊。我們倆都沒有說話。她只是微笑著用手撫摸我的頭髮。到晚餐的時候，我有很好的精神來換衣裳，露蓮也在打扮。她穿一件大藍花的旗袍，白色的高跟鞋子；她也開始在薄施脂粉，帶上一副講究的耳環。她打扮得一點不俗，我沒有發現她一點點欠妥的地方，因此她很愉快。我們一同到餐廳去，今夜的跳舞將使我回憶到我同她第一次的相識。

音樂起時，已經有許多人在舞，我與露蓮沒有下去。但在珠光寶氣，衣香鬢影之中，我忽然覺到露蓮的容貌與身材都不夠華麗與富貴。她失去了上一次完全自然時的年輕與稚嫩，而還沒有成熟到可以打扮成堂皇與華麗。但這只是我隨便想到，並沒有對她有什麼厭憎或不滿。

華爾茲音樂起來，我陪她起舞。但正在我陶醉於第一次與她共舞的回憶時，有一對舞侶在我身邊擦過，我眼前一亮，一時像失去了自己。其實我並沒有看到，我的視覺不能使我這樣快反映掠過去的印象。然而，斐都在我觸覺上已經喚起我過去觸覺的回憶。這是用不著我再用視覺去證實，而我也不敢用我視覺去追尋。我很想伴露蓮躲到房間裡，但這又是無法向露蓮說明的事。我於音樂終曲時與露蓮回到餐桌上，如今我看到斐都與五六個人坐在右上角的很遠的地方。我不敢再去注意，極力找話與露蓮交談。這時候侍者忽然送來一個字條，我的心馬上跳了起來。字條上寫著：「你願意請我跳一次舞嗎？斐都。」露蓮當然也很奇怪這字條的來源，我就把這字條交給露蓮，我希望露蓮閱後的表情會給我一點點暗示。露蓮看完字條，交還了我，面上是非常大方愉悅。我也沒有再提這件事。忽然音樂響了，我邀露蓮跳舞，她忽然說：

「你怎麼不去邀她跳舞？」

「你以為需要麼？」

「當然，」她說：「你怎麼可以使人家以為我是牽累你的人。」

「那麼下一次我去。」我說著心裡有說不出的害怕。

在與露蓮共舞的時候，我曾經細細的體驗露蓮完全同平常一樣，沒有一點點不自然或不安的感覺，因此我有比較放心的情緒於下一個音樂去請斐都共舞。

斐都的風姿與打扮，早已使整個廳內的人注目，而我則僅在這時候方才注意。她穿一件白色麻質的綴著銀花的長旗袍，腳上穿一雙白帆布無花的半高跟鞋，沒有穿襪子，健康的棕色的小腿微露，右腿的下面有一個蛇形的銀鐲。她站了起來，我馬上注意到她搖擺著的珠色的露形的耳環，她的長髮後垂，倒捲在裡面，罩在她髮上的是一個串滿碎珠的髮網。她棕色的蛇形一樣的手臂，使我的眼睛顫暈，手臂上也戴著一隻蛇形的銀鐲。

在音樂中，我可深陷在她原始森林的氣息裡面，我沒有說一句話，她也沒有說一句話，一直到一曲終了，她說：

「明晨四時半，到樓上陽臺上來會我。」

「好的。」我說。我雖然馬上知道這是不該有的，但我再沒有勇氣去取消了。

第二曲音樂第三曲音樂裡我們都沒有說話，我很用心的同她跳舞，曲終的時候，我說：

「你允許我介紹我的妻子麼？」

她點點頭，我帶她到我們的桌上，我為斐都與露蓮介紹。我馬上發覺可愛的露蓮已經愛上斐都，她非常熱情的稱讚我們共舞的諧和。斐都非常有禮的同露蓮招呼，她坐了不到三分鐘，就同我們告辭。我送她回座。

一切都是如常的過去，露蓮始終有自然活潑大方愉快的表情，她的像蓮花帶露的笑容，雖不是發自內心，然仍保持她慈愛自然與欣喜。

舞散後，我們回到房內，我馬上為這個明晨四時半的約會所困擾。我後悔，我自疚。我有幾千次想跪在露蓮的面前傾訴我的懦弱與過錯，我也想對露蓮說明了叫她明早晨同去赴約。但是露蓮很快的入睡了，她臉上浮著漪漣的微笑，呼吸得像一個嬰孩。但是我竟想到了斐都。我忽而有說不出的妒嫉。一切的妒嫉是原始的野蠻的情感。我想知道斐都在哪一個房間，我想知道她同哪一個男人在一起。忽而我又為這卑污的情感懺悔。如此輾轉反側，我到三點多才朦朧睡去，四點鐘我已經醒來。這時候我所想的，是叫醒露蓮，以看晨景為名邀她一同到陽臺上去呢？還是一個人偷偷地去會了斐都，偷偷地回來不讓露蓮知道呢？

親愛的，一切不能瞭解我的，請你寬恕。一切人付的意義原是虛妄，一切人付的解釋原是謊語，而人人竟都會安置意義與解釋。我當時覺得，於露蓮，與其驚醒她叫她去看斐都，不如讓她甜睡為好。於斐都，與其讓她看到露蓮，而覺得我故意窘她，不如讓她說出她想對我表示的話為好。至於我，不用說帶著露蓮會見斐都是一個多麼局促的情境。我沒有想到這是一種自欺自騙的解釋。人為的佈局都是機詐，但一切機詐都有非常不自私的理由，我為的是她們兩個人的平靜與安詳。

我起來，輕輕的起來，我穿上衣裳，走出門外，踱出陽臺。

天色還是陰暗，星已稀疏，月頗朦朧，海面霧氣彌漫，東方的白色在雲中跳躍，一聲聲海水的聲音像是大地的嘆息。陰暗中，那個矗立的島岩有無限的神祕。我心中忽然又燃起妒嫉的火焰。是不是她在她的伴侶懷中，忘了這個約會？要不，她也像露蓮一樣熟睡著？

斐都終於來了，她披著一件深色的晨衣，沒有一點點化裝，沒有耳墜，沒有髮網，長長的頭髮披及兩肩。她像女神一般的背著天色，站在石欄前面，兩手支著欄杆。半晌沒有說話，我只好先開口了。

「昨天睡得好？」

「謝謝你。」

「你的同伴們呢？」

「他們都回去了，昨夜。」

「你？」

「我一個人，我說太疲倦了，所以就住在這裡。」

這是一件奇怪的感覺。在我的妒嫉疑雲掃除以後，我對她竟有說不出的感激。但我不知道我臉上是否有不信的表情，要使她來對我證實，她說：

「你願意到我房內坐一回麼？」

在斐都的面前，我是無法考慮我對她的答案的，她沒有等我回答就向裡走，我只能跟著她。一走進她房間，我就像看到了濃鬱的森林，那原始的芬芳馬上使我陶醉，我像被催眠一般的順著小徑進去。籠罩我的是兩旁巍峨的樹木與花瓣似的天空以及滲透我心肺的原始的芬芳。

親愛的，一切不能瞭解的，請你寬恕！一切人付的意義是虛妄，一切人付的解釋是謊語，而人人竟都會安置意義與解釋。當我在透明的水晶岩壁面前，我也曾糊塗地看到漪漣的微笑，但我有簡單的解釋使我滿足，露蓮要到八九點鐘時候才醒，我在八點鐘以前用不著想她。

但是八點鐘並非是一個永久的寬限，人類永遠是時間的動物。當我看到窗外的陽光，看到戴著晨曦而飛翔的海鷗，我的精神突然起了神祕的警覺！

我趕到我房間門前是八點二十分。我輕輕地推門進去；一看到房內的電燈亮著，我已經吃驚。床上已沒有露蓮。

我一面叫露蓮，一面奔向浴室。浴室的門開著，陽光正照在鏡上，沒有一個人影。

我馬上出來，奔向陽臺，陽臺上空無一人。而我的視線可馬上看到海灘，露蓮已裝起帆桅，正推著帆艇下海。

我叫兩聲露蓮，就飛奔下樓，直赴海灘。

等我跑到海灘，露蓮已駕帆飛揚。附近沒有一隻船一個人，遠處點點的漁船無法聽到我的呼聲，我涉水下去，望著飛逝的帆艇大叫露蓮。但不知她是沒有聽見，還是不想理我，她像天使駕翼般的飛向島岩。

一切都在我的眼前。她沒有一點慌張，也沒有一點猶豫，她的船有目的地撞向島岩。像一朵花融在雪中，像一隻海鷗沒於雲中。

我暈倒在沙灘上，聽憑海水跟我無限的創傷。

二十

人永遠是時間的動物！

假如我早二十分鐘到我房間的門前呢？

一切命運都在時間之中！

只要我謹守八點鐘的時限。

上帝曾留給我最大的寬限與諒恕！

一切我所準備自殺的，我殺了一個天使，我已失去了自殺的資格。

如今天已暗，地已空，人間再不是人間，我有什麼面目正眼去面對星，面對月；面對一隻鳥，一個人。我無目的地走進一個山林，我摸索到一個小庵，我尋了一個像棺材一樣的狹弄般房間，沒有窗只有一個天井，我斷絕一切人間的往還，我不同任何人說一句話，我除了每天早晨與黃昏作兩次散步以外，從不出門。

我懺悔，虔誠地懺悔，我作一切痛苦的補贖。我從忘去自己，來忘去我的罪孽，我把我生命赤裸地獻予我的懺悔與補贖，整日整夜我在自責自罰。但是親愛的，人始終是時間的動物。懺悔不能使我過去的生命讓我重新活過，補贖無法挽回我所害的天使重生，一切逝去都已逝去！而我在自責自罰之中，開始瞭解一切苦修僧的境界。苦修似乎是一種靈魂的限度較狹的人，想使靈魂的真如與宇宙終極的諧和貫通，融化的一種修煉。至高的境界當是由於靈魂的真如與宇宙終極的諧和，自然而然的貫通合一融化。一切肉體的情意的戀執自然而然毫無痛苦蛻脫。而苦修則是自制地克服一切肉體的情意的戀執，而逐漸使靈魂的真如與宇宙終極的諧和，貫通合一融化。

我開始節食，而試作絕食。學習著使自己的精神不與外物發生聯繫，我克制睡眠，因為睡眠常產生夢境而與外物發生了聯繫。

我的成就，在三年中是無限的，然而在克服一切的障礙以後，我無法驅除的是露蓮漪漣的微笑。它在我尚未擺脫一切塵世聯繫時，似尚在我的心靈的底層；而我在掃除了一切心靈的障礙以後，它反清澈地浮了起來。這好像我澄清了一潭濁水中的汙草雜物，而天上星月的影子就清澈地反映在水上一樣。後來我竟無法入睡，無法靜坐，更無法散步。無論月色風聲花開葉落，似乎都成了露蓮漪漣的微笑。無論我內臟有什麼動作，心跳肺躍以及一點點神經的波動，我就意識到露蓮漪漣的笑容。

這漪漣的笑容就變成一個幽靈。它使我已經安詳的心靈都震盪起來。這影響越來越擴大，現在我的不安遠超於我在塵世的時間，我又瀕於瘋狂的境界。

最後，在一個暮春的夜裡，你來敲我的房門。

「啊，我幾乎無法認識你了。」你說。

「怎麼？」

「你已經沒有人形！」

「我久久沒有看見自己，也久久沒有看到世界。」

「那麼你看到什麼了呢？」

「漪漣的微笑！」

「那麼你看我，你還認識我麼？」

我闖到你一身迷人的香味，看到你一身深黑的裝束。我說：

「那麼我還活著？」

「活著。」

我看看自己。你又說：

「鬼一般的活著。」

我點點頭。

「可憐的孩子。」你說：「那麼你怕鬼麼？」。

「我怕人，但是怕人的人，是不會怕鬼的。」

「那麼我想你可以有一個不碰見人，只碰見鬼的職業。」

「你是叫我看守墓地？」我說：「我願意的。」

「不。」你說：「看守燈塔。」

於是你告訴我那個燈塔在離海岸六哩的地方，由一個七十八歲的老頭兒在掌守，他在那裡已經有四十年了。起初他是幫助別人的，但三年以後，他的同事死了，他就主管那個燈塔，另外請了一個人來幫助他。而那幫助他的人，又先他死了，於是又請了一個助手，如是前後換了十來個同事，如今他的助手死了，而他還是非常健旺。那面清靜虛寂，明月清風，海浪雲天外一無他物。飯菜你們自己燒，每星期就有人會把糧食送來。那個七十八歲的老頭兒，一頭白髮，滿臉白鬚，但腰挺背直，精神矍鑠。而面目清癯，從無笑容。平常吹一管細長逾恆的洞簫，吸一支更細更長的旱煙管。你說我一定可以不會討厭他，不會覺得他是我一種威脅。但是你的話馬上使我發抖了，因為我想到了海！我如何還有面目去見海呢？

「你怎麼啦？」你問我。

「沒有怎麼。」

「你不像人了，」你說：「你多久不睡眠了？」

「我不敢睡，睡眠使我看到漪漣的微笑。」

「可憐的孩子，」你說：「那麼你不想見到她。」

「見到她？」我說：「可是我所見的，不是她的存在。」

「但是她應當存在的。」

「在哪裡？」

「在天國裡，在大自然中，在一切有愛的地方。」

你是在安慰我，親愛的，謝謝你；但是我有什麼可說呢？

於是你說：

「那麼你打算永遠在這裡，不想去看守燈塔？」

「我怕。」

「怕死？」

我搖搖頭。

「怕那神祕的老頭子？」

我搖搖頭說：

「我怕海，你知道，海會給我什麼樣的聯想？」

「但是露蓮，她在海裡。你應當有勇氣去找她，用你至誠的懺悔與祈禱，用你靈魂的光芒。在那面，你會知道燈塔會給你什麼樣的啟示。」

謝謝你，親愛的，你給我的啟示已經夠了。為什麼我要躲避我所愛的而不能正面去找她呢？她當然是永遠存在的，存在在宇宙終極的諧和之中，存在在我愛裡，假如經過了虔誠的懺悔與沉痛的自責，我的愛能夠有資格去接受她的降臨。

我有無限的信心來接受你的話。你說：

「你先刮去鬍髭，剪去頭髮，你應當重新振作像一個人，同你第一次認識露蓮一樣。」

我一切都聽你的，於是你帶我進了燈塔。

二十一

那個神祕的老頭子叫我叫他鋤老。第一天，他很和氣的接納我，招呼我，分配我一些勞作。他告訴我他會燒菜，所以燒飯的事情我不用管。但除此以外，他無心再說什麼。

以後我發現他似乎經常都有心事。他不愛說話，他非常孤獨。他無心接近我，也無心要我去接近他。他不但不想同我談天，甚至也不看我，他似乎從不注意人。

我很想知道他一點過去，知道他已死的十來個同事，但是我無法問他。有時，在吃飯的當兒，我想使他說些什麼，可是一句兩句，他就不再說了。除了吃飯的時間，他幾乎避開我一般的不容我對他發言。

起初，這空氣於我不合適，我隨時都在不安之中。我是最怕人的。我怕我會使他厭憎，我怕他在怪我不夠勤快，我怕他對我猜疑，我怕他覺得我是一個不合式的伴侶。但四五天以後，我開始聽其自然。

慢慢的，我知道他關心的是海，注意的是海。

他是海的解釋。

他的表情是海的表情。

我曾經在許多書中讀到海的描寫與研究，也曾經在海上旅行，但都不是他所瞭解的海。他做過漁夫，他做過舵手，以後他看守燈塔。他最愛的是海，最恨的是海；他一無戀執，戀執的是海；他想征服的是海，想擁抱的是海，他嫉妒海，他羨慕海，他把海想像成一個狂暴有權的大神，想像成溫柔體貼的女神，他有時對海讚美，有時對海咒詛，他有時想吞噬海，有時想被海吞噬。

現在我知道一切他對我的冷漠，都因為他對人根本沒有興趣。他心中只有一個海，海似乎是他的愛人，是他永不能占有的愛人；海又似乎是他所愛的兒子，是遠離他的兒子；海又似乎是他所創造的藝術品，是他現在無法再創造的藝術品。他模仿海，認識海，時時感覺著海，意識著海，他可以預見海的怒，預見海的溫情。

他吹簫，永遠只有幾個古怪的調子。他似乎在以他幾種不同的調子在配合海的幾種不同的脾氣。他的簫聲不能支配海的脾氣，也不能安撫海的脾氣，但他通過這些調子，似乎可以使他自己的精神同海融合。

我在對鋤老有這些瞭解以後，我的精神開始容易集中於我對海的摸索。我時時貫注我整個的注意力在風浪的海中。在平靜的海中，在細雨綿綿煙雨濛濛的海中，我有無限的信心，覺得總有一天露蓮會輕盈地像天使一般的在海上出現。她會看我，她會對我顯示帶露蓮花一般的笑容，她會吩咐我，我應該跟她去還是活在燈塔裡，每天同她見面。

我沒有焦急，沒有憂慮。我有愛，有信，有望。一天一天，我讓我的精神與心靈在光亮的大海中或在黑暗的大海中神遊，我確信露蓮總有一天會應我的祈禱而來。

如今我發現，鋤老與我是和諧的。他也是關念著海，我也是關念著海。我們關念海的目的不同，但關念海則是一樣，我們都是非常警敏地留心著海的變動。他幾乎用不著寬衣睡眠。有時候好幾天不脫衣裳，僅僅在軟椅上假睡，似乎他的睡眠非常容易，隨時可以入睡，也隨時可以醒來。而我本來是怕於入睡的人，如今我也向他學習，這樣我開始消除了失眠與入睡的痛苦。我也不再受漪漣的笑容的威脅，一切的幻覺似已在我意識中消失，因為我相信在海上將有實在的存在來對我喚呼。

這是奇跡，一切的奇跡都建築在信心之上，經典的紀錄同我的經驗都沒有兩樣。這奇跡終於在一個人間的日子上到來。

二十二

那是一個炎夏的早晨，在一陣大雷雨以後天忽然晴了。在這樣的變動中，我與鋤老是從來不放鬆海的。

我望著東方的海天，天上的黑雲一層一層的融化在藍天裡面，沒有多少功夫，藍天上就浮起了月痕，海上的風那時還不寧靜。在我視線所及不遠的右面，有一個灰石的小嶼，我可以聽到海浪在那面的激撞，我看著每一次激撞所濺起的浪花，心裡就想到露蓮把帆艇撞到石岩的情景。我們燈塔的光芒每隔三分鐘就射到這個小嶼，這浪花在燈光照耀時就變成金色。

那時東方的天際已經有點發白，我不喜歡這種白色，這白色是一種無光的淒白，而由島嶼在海浪中激起的浪花，在沒有燈光照著的時候，也正是這個顏色。

就在那時，有一次是當燈光掠過了島岩，忽然有一個很高的浪打到了這個小島，而濺起來的浪花竟不是淒白而是閃光的銀白，這銀白在海浪退了以後不但沒有散去，反而集中了成為一個模糊的人影，它是在第二次燈光射到島嶼的時候，變成非常清楚。

我跪倒在我面前的一個椅子上。

她是露蓮，她穿的衣服是潔白的，但這不是世間的白色。我相信這是《新約》裡所記，當耶穌與彼得、約翰、雅各登上高山，看到以利亞與摩西前，耶穌的衣服所顯的一種潔白。這白色閃耀我的眼，使我無法看到它的式樣。我看到她的臉，自然天真如同初嫁我時一樣。臉上帶露蓮花般的笑容一點沒有改變。她舉起右手對我招呼，我不知道她有否發聲，但是我沒有聽見。要說是距離的話，那麼我所站的同那個島嶼的距離，也是無法允許我可以看得她如此清楚。

我一直跪著，沒有瞬動我的眼睛。而每次燈光照到了她的身上，她的衣服的白色依舊，而我可更加看得清楚，她完全同她生前一樣。但有一樣不同，就是她垂了很長的頭髮，這頭髮竟掩了她的腰背。她的腳是赤著的，在她長長的白衣下，我只看到一點腳趾。這時候，我不知怎麼，忽然有假如我可以跪在她的面前俯吻她的腳趾的念頭。我的眼睛一瞬，我聽見一個海浪的聲音，她已隨著這浪花而飛散。

任何奇跡都可在它消失時想成幻覺，然而露蓮的奇跡決不是，因為一切我所見的竟是鋤老所見的。

這開始了我與鋤老有深長與密切的談話，從此他開始可憐我，如同你對我憫憐一樣。

奇跡還不止此，因為從那天以後，我就天天早晨在同一時間與她有這樣的會晤，我的生命開始充實，我的健康開始恢復。

每天在我與她會晤以後，我就有了很好的睡眠。但等天色一亮，我就開始期待。

這生活是美麗的，是光明的。但是我竟是一個凡人，一個俗人，我並不滿足。我要求可以在天暗的時候，也可以讓我見她一次。於是我天天晨間向她苦求，而在黃昏時就開始注意著那個島嶼，等待。

有一天，當斜陽已下，星點初露，暮色蒼茫，碧海如鏡的時候，我看到一瓣白色的雲霓停在那個島嶼上面的天空，忽然降下來，變成銀霧。銀霧聚成了一個人形。它非常遲緩的從模糊而明晰，我像聽到露蓮的笑聲一樣的看到她天使的笑容。於是我看到她全身由模糊的銀霧清晰起來，我看到她濃鬱而秀長的頭髮，潔白閃光的衣裳與衣下裸露的腳趾。那時天還沒有完全暗下來，她的現示等於是她並沒有死過。一時我竟想叫了出來。我希望她可以等我，我要划著小船到那個島上。我所想的是假如我可以跪在她的腳下，俯吻她的腳趾。就在我有這個企圖的一瞬間，我看見又是一瓣白雲從天上降下，把她籠罩起來，可是我只看到一朵銀霧，銀霧冉冉地上升，又回變成白雲。白雲就一層一層的在青天中融化了。

我抱住了鋤老流著淚問：

「你看見了嗎？」

他點點頭，拍著我說：

「珍貴這個，對誰也不要說，對誰也不要提。」

這時候，我忽然想到，假如這時候有第三個人來呢？我說：

「假如偶而有人在這時候來呢？」

「沒有人可以看到。」

「那麼你呢？怎麼……」

「我是屬於海的，而海是屬於我的。」

「你說我明天還可以見到她麼？」

「你永遠可以有這幸福了，但是記住，她決不是你一樣的世俗裡的人了。」

鋤老的話是對的，我第二天早晨與晚間都有同樣的幸福。此後，無論風雨陰晴，露蓮都沒有失信。她有時由海浪帶來，有時由雲霧降下，她永遠沒有改變，她是天使！

我的生命重新充實，我的健康重新恢復，我的精神永遠新鮮，我的舉止日見輕盈，我已有了人間最美最高貴的幸福。我的睡眠現在非常充足，我已把它改到夜間，我在晚上會見露蓮後吃飯，飯後就可以睡得非常甜蜜，一直到早晨醒來。醒來就可以再會見露蓮。在差不多一年的時間，我享受這樣的恩寵。

但是我竟是一個凡人，一個庸俗無比的蠢漢。

親愛的，一切不能瞭解我的請你給我原諒與寬恕。

人是時間的動物，一切懺悔不能挽回過去，一切補贖與祈求所可以得到的，假如是由於造物的憫憐，他要給你的將是另一種幸福與諧和。

但是我是人，是一個凡人，一個庸俗無比的蠢漢！

我想，假如我可以跪在露蓮的腳下，俯吻她的腳趾。

有一天，在我晚間見過露蓮以後，我心裡一直有這樣的念頭。鋤老似乎看出了我的不同，他在吃飯的時候問我：

「怎麼啦？」

我沒有說什麼，不響。

「告訴我，孩子，假如你還不滿足你現狀的話，你會失去你現有的幸福的。」

我突然喉頭一咽，流下淚來。我說出了我的欲望。

「可憐的孩子。」他說：「她決不是你一樣的世俗裡的人了。」

我一直在哭。

那一夜我沒有睡好。第二天早晨，我照常的看到露蓮，但是我發現她的笑容消失了，她莊嚴的望著我。我把我的欲望在心裡祈求。許久，許久，她忽然搖搖頭。我還在哀求，我的淚流下來，我的心跳盪著。我說：

「露蓮，我只想跪在你的腳下，俯吻你的腳趾。」

突然，她轉過頭去，這時候就有一個海浪上來，她就在浪花中消失了。

二十三

假如你可以原諒吃禁果的故事裡的亞當與夏娃，那麼請你原諒這個故事裡的我。假如你對那個故事有憫憐與同情，那麼對我的故事，也請給我憫憐與同情。

我的靈魂不是高僧的靈魂，也不是隱士的靈魂。我的生命沒有受過一個傳統的薰陶，也不是從一種軌道中生長發展。我的靈魂是凡俗的靈魂，我的生命是零亂的湊合。

一切不能瞭解的，請你原諒與寬恕。

我沒有同鋤老預先商量，也沒有和鋤老預先談起。我就在那天下午，對鋤老撒謊說是去睡覺去。屬於我們燈塔的有三四隻小船，我竟一個人偷偷地划了一隻，駛向露蓮所降臨的島嶼。

天氣很好，太陽高懸在天際，碧藍的上空很快地駛動著淡淡的微雲。我逆著輕微的海風，把我的船繞著鋤老所不注意的方向，划向那個島嶼。

一切都很順利，我把船舶在島嶼的背側，爬著灰白的石岩，登上了露蓮每天降臨的地點。那時候我的錶是四點半。坐在焦熱的石岩上，等待太陽斜下去沉下去。我的心境馬上是一個犯罪的心境。我不安，我害怕，我憂慮，我還在焦急。

四周是海，北望是我們的燈塔，附近有些帶帆的漁船，東面西面都有白色的海鷗，安詳地在空際盪揚。什麼都很寧靜，只有我的心是紊亂的。

我想在白石岩上睡著一回，但是一點沒有睡意。於是我凝視著太陽與地平線的距離，看它一分一分的縮短。我跳著心，流著汗，我顫抖著像臨刑的囚犯。於是我看到太陽的光芒逐漸減弱，慢慢地變成一個鮮紅的火球，在海面上浮動。而它耀目的影子，像金黃的錦緞，一直鋪到我的島腳。每一個海浪上來，似乎都可以把這光亮帶給我。我期待著太陽的消失。

於是太陽跳躍著跳躍著，天色驟然紅成一條。上面是金橙的大環，再上面是黃色的斑斕。它慢慢的像水滲透一般的淡成白色。於是變成青色，青色濃上，濃成了大半天空的藍色。

似乎不是那顏色的變動，而是整個蒼穹慢慢地向西推移。太陽沉下去了，紅的變成金橙，金橙的變成黃色，黃的變成白色，藍的越來越多，於是有萬種光芒的變幻，無數的色澤像是不定的彼此融化，一層一層的紫與一層一層的青都化作了深藍。

天已經暗下來了，點點的星斗隱隱約約的在藍色中浮露，我的心劇烈地跳躍著。海浪不變地打著島岩，我所坐的地方較高，僅有偶而的浪花濺到我身上。我現在必須尋一個較近浪花的地方，使我可以更與露蓮所降的地點接近。我站起，走了下去。我選定了一個地點，伏在石上，如今我決心聚精會神，誠心誠意的等候。

但是等天完全黑下，星星已閃出光亮，月亮自東方升起，而露蓮竟沒有降臨。一次一次燈塔的光亮照在島上，照在我的身上，我靜靜地伏在石上，於是風大了起來，有很大的海浪打到島岩，我全身都沒在水裡。我期待著，我不願有一點移動。接著有更大的海浪打來，這次它已經打到我的身上。一陣跟著一陣，像是鞭子在抽擊我一樣的。我感受無法忍受的創痛，我不能爬動，爬動就可能捲入浪中。我把我全身貼在石岩，聽憑自然對我的責罰，而不斷的海波竟一次凶過一次，一鞭猛於一鞭。

一切支持我的是我心頭的希望，但這時候已經過了九時，離露蓮平常降臨的時間已經很遠。我在海的鞭打下已無法支持，我大概又受了幾次過分兇猛的鞭打，我暈了過去。

醒來則已是在木船上。木船在海浪上顛簸。我一睜眼，看到了天，星在抖索，月已消失，無數的烏雲一層一層堆起。我稍稍振作，略一凝神，我看到了鋤老。他周身已溼，白鬚白髮在風中飄動。兩臂握著槳，駕馭著船，在無限的洶浪中掙扎。

「何必還要救我這個可憐的人呢？」

鋤老不響，他沒有理我，臉上莊嚴肅穆；他全心全力都在駕船。

這時候，天邊忽然掀起電閃，隆隆的雷聲自遠處滾近來，又自鄰近向遠處滾去，把整個的自然震撼得像我們的小舟。於是一陣狂風，雨點就倒一般的下來了。

一瞬間我知道我應該振作起來幫助鋤老，我在船底坐起，我說：

「可以讓我做點什麼事麼？」

他不響，凝視著前面。這時候我才知道燈塔離我們已經不遠，我拿一隻槳，趕快幫他駕船前進。

我們大概掙扎了半個鐘點的工夫，才跳上了我們的小島。

到了裡面，鋤老叫我去換衣裳。我換了衣裳，躺在床上。現在我開始害怕，害怕我從此再無法看到露蓮了。我哭我的過錯，我責罰自己。一直到鋤老叫我，我才走出外面。我看鋤老早已換了衣服，並且燒了熱茶。他倒了一杯給我，他說：

「這是藥茶，你好好趁熱喝兩杯。」

我喝，他也伴著我喝。兩杯藥茶以後，他燃起他長長的旱煙管。我望著他說：

「謝謝你。」我的淚忽然使我眼睛模糊起來。他忽然說：

「可憐的孩子，希望你不會因此失去你現有的幸福。」

「我想我是無望了。」我說著禁不住哭了出來，一時我心中已毫無信心。我說：「為什麼不讓我就在那島上死去了呢？」

如今我感到鋤老的溫情，他像對自己兒子一般的安慰我，鼓勵我。最後他帶我走進房內，把我安頓在床上，他說：

「明天早一點，你要好好的懺悔並祈禱。」接著他就出走了。

我在床上迷迷忽忽。忽而好像睡去，忽而驚醒。天還沒有一點點光亮，我就起來，走出外面，對著東方，望著陰暗的天，與陰暗的島岩，我開始祈禱與懺悔。

雨已經停了，天還是陰的，風似乎稍微小點，而一聲一聲的海浪聲使我感到說不出的害怕。我雙目注視著浪花中的島岩。

一直到天亮起來，亮起來，天已經完全亮了，而我沒有看見露蓮。

從此，我再沒有看到露蓮，我再也看不到露蓮。

人是時間的動物。一切懺悔都不能挽回過去。過去的過去了，失去的美麗永不再美。我雖然還是天天在期待，祈求，補贖，而失去的幸福再不能復回。我在無底無底的懺悔中，再也得不到安靜與睡眠。烈火般的痛哭煎熬著我，我想是一個已被打落了地獄的幽魂。

二十四

那時候我還有什麼路可走呢？我想毀滅自己！這因為我權力所及的僅止於此。

但是鋤老似乎已經看出了我的念頭；他告訴我自殺只能解決肉體的痛苦，並不能解決靈魂的飢渴。自殺與露蓮只是永別，苦生中的懺悔與祈求，則永遠還有希望。他可以為我保證的是如果我從此都在懺悔與祈求，那麼，在我自然的死亡時，露蓮一定會來迎我。

自殺也許不是懦弱的行為，但是一種醜陋惡的行為。一個人無法瞭解自己，就應當憐憫自己，自殺就是一種不憫憐自己的行為。自殺不過是一個想毀滅世界惡念的實踐，對自己無憫憐，也就是對宇宙一切都沒有憫憐。自殺是一種最殘忍可恥的表現。

他的這種說法打破了我的惡念，如今我自覺地要恢復我在小庵裡的心情，我要重新用忍耐刻苦的精神來解除我生命中的戀執。

現在我知道想毀滅肉體生命，並非是放棄對世界的戀執，而正是對某種對象過分的戀執。一切的失敗與灰心，都是由於對肉體生命的戀執而無法控制；無法控制自己肉體生命的戀執，就是無法控制自己肉體的生命。假如我的戀執只是靈的要求，那麼，又為什麼要求視覺或者觸覺的滿足呢？

對於肉體生命作刻苦與禁欲，則就應當放棄我現在的期望與祈求，因為一切的所望與所求都是一種奢侈。

我可以努力的只是虔誠的懺悔。

然而，命運帶我的路徑竟還要崎嶇。

我不知道那是對我試探的誘惑，還是對我懺悔的報償。

我竟又看到奇跡。

是一個初秋的午後。天氣還是很熱，但空氣朗爽，海風輕柔，天空碧藍如海，海水平靜如天，我的心境也很寧靜安詳。偶而我在沙地上走了一回，稍稍感到焦熱，於是我就坐在燈塔陰影所覆蓋的一塊白石上面，正在我坐下遠望的一瞬，我看見一隻汽艇自海面駛來，裡面竟站著露蓮！

一瞬間我驚惶得不知所措。

汽艇竟越駛越近，露蓮也越來越清楚。

她還披著長長的頭髮。我想到這頭髮所象徵的正是我同她別離的時日。

但是服裝，她已經換了：她穿一件雪白的襯衫，一條同海水一樣藍色的褲子。她兩袖高捲，露著兩臂。一隻手好像插在褲袋裡，一隻手扶在前面的銅欄上。銅欄在太陽中閃著金光。腳上她穿的是白帆布鞋。

我開始看到她戴一副很大的太陽眼鏡。她的頭髮在風中飄揚。她的衣袂褲緣都在風中震盪。我見出她襯衫是綢質的，她褲子則是藍布的。她還捲起褲腳，露出她白色的短襪。

我已經不敢再看，因為船已經快到我們的燈塔。

我寧靜的心像海遇見風一般的突然急烈地震盪起來。我想逃，但是我沒有走；我想叫，但是我不敢；我想去信，但我無從去信；我想懷疑，但事實已放在我的面前。我閉了眼睛。

於是我聽到她叫我了，我的眼睛雖是閉著，但是我看到了她漪漣的微笑。我已經快暈倒，我沒有答應。

於是我聽見步聲，步聲從石階上來。我想逃，我不敢看，但是我張開了眼睛，站了起來。她已經看見我了，舉起了手對我招呼。

這時候，親愛的，我才知道她不是露蓮，她是你。

我們已經一別兩年，你什麼都變了，你變得年輕，變得活潑，你的頭髮長了許多。

你後面是與你同來的人，他拿了許多食物，還有小件的行李。你叫他拿到裡面去。於是你看到我愣在那裡，就說：

「我們先在這裡坐一回好麼？」

我點點頭，我坐倒在我原來的坐處。你坐在我旁邊稍稍前面的一塊石頭上。風把你的頭髮吹在我的面頰上，一瞬間我從你馥郁的髮絲上竟相信你就是露蓮。

於是你告訴我兩年來你是怎麼過的。你結了婚，到過紐約、倫敦、巴黎、維也納、羅馬、柏林、莫斯科……，於是回到中國，沒有碰到幸福，只是伴著痛苦。如今你已經離婚，覺得男人決不是可以做女人丈夫的動物，但除此以外竟一無是處。於是你誇讚我，我的用處還可以做一個非常好的朋友。

你的一切都變了——風姿，態度，氣氛，甚至談吐與動作，不變的是你無比美麗的靈魂。

但是為什麼你的頭髮竟變成了露蓮的頭髮呢？我一直望著你的頭髮，我說：「我可以吻你的頭髮麼？」

你回過頭來，笑了。你說：

「為什麼我說了這許多話你都不答不理，而忽然說這句話呢？」

「不要問我理由，親愛的。」

「那麼隨便你。」

我吻了你的頭髮。我的臉埋在你的髮內，於是我突然笑了。

你一定以為我的精神還是不正常的，你站起來，勸我進去。

親愛的，這是一個奇跡，一切的奇跡永遠在信仰中出現。如今，你的頭髮支配了我的生命，我在你修長馥郁的髮叢中，找尋到睡眠與夢，我呼吸在露蓮的愛中。

你成了露蓮的復活，但你始終不是露蓮。

而我竟失了一個非常好的朋友的用處，也成為一個無用的男人。

再沒有用無上的高貴的友誼，去換愛情為愚蠢了，而我竟是這樣的愚蠢。

你說我不該吻你。

我說我的吻只是表示我的尊敬與企仰。

你說所有的吻都是冒險的，因為沒有人會在吻前知道一吻的後果。

我說，我看到雲吻著山，月吻著海，星光吻著大地，陽光吻著原野；我還看到露吻著葉，蝶吻著花，宇宙裡充滿了甜吻。我瞭解吻代表生，沒有代表死亡。

你說人間的吻是複雜的，不是如此天真與如此簡單。人間的吻代表生也代表死亡，代表純潔也代表淫蕩，代表高貴也代表卑下。吻曾經殺人，吻曾經害己；一吻可以使你向上，一吻可以使你墮落。你說你要為我唱吻之歌。

〈吻之歌〉

有些吻兒甜如蜜，
有些吻兒苦如茶，
有些吻兒冷若冰，
有些吻兒熱如爐。

還有些吻兒堅如鐵，
還有些吻兒柔如水，
香艷中附著銳刺，
有些吻兒像玫瑰。

還有些使靈魂輕盈，
有些使肉體沉重。
有些使你一時陶醉，

有些使你終身做夢。

有些吻兒如葡萄，
有些吻兒如草莓；
還有些吻兒帶辛辣，
還有些淡而無味。

有些吻兒如狂雷，
有些吻兒如甘霖，
還有些吻兒如毒菌，
多少貪嘴的傷了性命。

有些吻是愛，
有些吻是恨；
有些吻是愉快，
有些吻是傷心。

有些吻叫人睡。

有些吻催人醒；
有些吻使人笨，
有些吻使人聰敏。

多少的吻兒代表驕傲，
多少的吻兒代表好勝，
還有多少的吻兒，
鼓勵你輕視名譽生命。

此外有生離死別的擁吻，
一次吻就各奔前程，
而久別重逢的甜吻，
甜苦的回憶都在嘴唇。

世間還有賣友的吻，
猶大出賣過耶穌的生命。
而無數的街頭巷角，
多少的吻兒是商品。

舞臺銀幕都有長吻，
沒有一個吻兒曾經認真；
而世上多情的兒女，
為一次輕吻常決定命運。

莫吻你不愛的嘴唇，
莫吻你不信的嘴唇，
一時的遊戲可悔恨無已，
一次的失足可貽誤終身。

世上還有帶毒的甜吻，
它叫你唇兒從此憔悴，
也永遠有信仰的吻，
叫你為它死而無悔。

母親第一次同我吻別，
那個吻始終留在我的肺腑。

還有那初戀時的情吻，
甜蜜中永含著悽苦。

誰有過少女純潔的吻，
嘴唇上長留著嬌美，
多少荒蕪的心靈，
為此生長了美麗的花卉。

有人給過我帶淚的吻，
有人贈過我永別的吻，
還有人贈過我感激的，
嚴肅的誠實的誘惑的吻。

但我還遭遇過驚心的吻，
吻梢上帶著深沉的微喟，
冒著最大的危難，
叫我為它永常流淚。

可是我寶貴的是聖潔的吻，
唇角裡深藏著低迷，
它打開我深鎖的靈魂，
提取我心中隱藏的神祕。

它洗淨我過去的罪，
把我驕傲點化成高貴，
把我平庸的聰敏
一瞬間點化成智慧。

於是我會有勇氣，
臨死時接受如來的長吻，
它使我肉體在吻中消散，
長伴我上升的靈魂。

二十五

而我們一吻就決定了愛，一吻就摧毀了我們高貴的友情。

一切友誼所存留的都被愛情占據，一切愛情所教的都不是友誼所能解釋。

然而我們的愛情是多麼奇怪呢？

你說：「你永遠是一個任性的可憐的好玩的孩子。」

你又說：「能夠去用母愛去愛自己丈夫的女人，是最聰敏的女人。」

你的愛情不是露蓮的愛情。

你的感情征服了我。你的意志支配著我，你帶我走出燈塔，你帶我走進你的世界。帶我看你所愛看的，說你所愛說的，聽你所愛聽的。親愛的，你創造空氣，創造健康，創造快樂。你支配你生命，像木匠支配木料。你可以隨便遣走你偶而的煩惱，你可以隨便招來你所要的快樂。

親愛的，你說你什麼都給我了。什麼都可以讓我支配，但是你沒有把你的自由給我。你看顧我，優待我，嬌養我，但是你剝奪了我的尊嚴與自由。

你要求和諧，你要求美。你要我打各色的領帶，配各色的衣裳。你要我穿各色的衣裳，配你所著各色的衣裳。你要我衣服挺直，教我如何使衣服休息。你說一套的衣裳不能穿兩天，但是兩套的衣裳則可以穿一季。你不但要我的衣服勤於熨洗，還為我按時沐浴。你教我如何把頭髮分成左偏，把鬍髭刮得乾淨。於是叫我坐不要彎，站不要屈，走路不要跳躍，笑不要太響，話不要太重，吃不要發聲。你不斷的關心我的健康，菜合胃口時不許我多吃，情緒不佳時也不許我少吃。我笑容太多，你說我有失尊嚴，我一天不笑時，你要不斷問我為何生氣。你要我一天吃定量的卡路里，魚肉與青菜都有定量的比例，隨時還迫我吃維他命A，B、C、D。你叫我多睡，叫我早起，餐桌上不許打呵欠。我傷風你叫我吃亞斯匹靈，頭痛你叫我搽薄荷錠。腸胃一點點變化，你一定要我吞撒而發加尼定……你還叫我房間弄得乾淨，桌子上不許有灰塵。書籍不能放東放西，枕頭旁不許放墨水瓶。窗簾不許半垂半起，鋼琴上不許有樂譜以外的聲音。花瓶裡都要鮮花，地氈上不許留一個足印。你叫我工作時不要想玩，娛樂時不要動腦筋。

親愛的，你是一個英雄。你要世界的一切都做你諧和的補充，你要征服世界。你的生命是一個意志，你永遠用你豪爽的個性，明朗的笑聲伸展你的意志，使一切的外物屈居在你狹窄的體系裡面。你不知不覺的到處在破壞別人的諧和，而你以為你在創造諧和。

世界只有一個諧和，那是宇宙終極的諧和。世間也有無數無數的諧和，它存在於任何個體之中；但是沒有一個個體的諧和是完美無缺的諧和。它必須有無比無比的忍耐，寬容與謙遜以求取對外界的諧和。人類是理性的動物，通過理性，人類應瞭解外界有別個個體。無論是社會，傳統或體系，要用無限的謙遜與寬容來彼此謀取諧和。

人類的進化就是擴充容忍諧和的範圍。我們想像得到野蠻時代，兩個人為一件小事的爭鬥。我們也想像得到兩個團體為一個目的而爭鬥。我們也想像得到兩個部落為一塊土地而爭鬥。我們還在歷史上看到兩個傳統，兩個體系，兩個國家……為理想的不同，為信仰的異殊，為利益的衝突，而爭鬥流血。但是人類在痛苦的激撞，摩擦的經驗中所學得的是什麼？那還是我們的理性，通過無比的忍耐，寬容與謙遜，以求取彼此的諧和，來擴充我們容忍諧和的範圍。愛情的結合是我們生命中第一個諧和的擴充，它需要我們的忍耐，謙遜與寬容，遠超於我們生命中其他諧和的擴展。

能夠直接憑靈魂的真如，逕與宇宙終極的諧和貫通，融化與合一，是高僧的境界。這在我們平凡的人們已無法獲得。

我們所能努力的是用我們有限的理性通過無限的謙遜，在不同的個體間傳統間體系間世界間謀取諧和，因為除了宇宙終極的諧和，一切屬於人類自以為完全的諧和的都不是無缺的諧和。

在愛情裡我沒有傳統的謙遜與容忍的德性，沒有一個固定可循的軌道；而你是一個英雄，你沒有尊敬我個體的諧和而謙遜地與我謀取諧和，你只是要我融化在你自以為完善諧和的體系裡面。

於是有一天晚上，月光照在我們的房內，也照在我們的床上。我失眠了，而你睡得很好。我把臉埋在你修長馥郁的頭髮中，突然我流淚了。我的淚流入了你鬢髮間，沾溼了你的面頰。你忽然醒來，你說：

「你又失眠？」

我拍拍你手。

「你不快活？」

我又拍拍你的手。

你嘆了氣，你吻我。

我們就此緘默。看月光爬上牆頭，爬出窗外，陰暗的天色漸漸透露了破曉的光亮。

從此日子就在陰暗的光亮裡度去。我們生活在不同的世界裡。你不再帶我領我，我也不再近你。我們間沒有話說，在陰暗寂寞的人間，我返回了我的孤獨，而你也突然改變，你性情低沉如魚，你開始低唱淚之歌。

二十六

〈淚之歌〉

晶瑩的淚，
苦澀的淚，
如珠的淚，
似泉的淚。

它代表愛，
代表真，
代表覺悟，
也代表懺悔。

嬰孩的淚，
少女的淚，
壯士的淚，

老婦的淚。

它表示失望，
表示期待，
表示冤苦，
還表示傷悲。

生離的淚，
死別的淚，
久別的歡會，
也流相思淚。

它象徵苦，
象徵美，
象徵信，
也象徵罪。

淚是誓諾，

淚是決心，
淚是厭憎，
淚也是反悔。

有人愛孤身暗泣，
有人愛對客揮淚，
還有人因長年哀怨，
才流一滴憤怒淚。

世間還有人學流淚，
用假淚騙人真淚，
還有淚專叫人憐惜，
也有淚為添增嬌美。

有帶笑的淚，
有帶顰的淚，
還有黯淡的淚，
帶著長吁低喟。

有辛酸的淚，
有甜蜜的淚，
還有各種的淚，
混合著各種滋味。

歷史上的英雄，
在得失成敗中，
對大好河山，
曾流過熱淚。

人間多情的兒女，
在歡敘悵別中，
輕帳重幕裡，
都流過癡淚。

莫說可泣可歌的
命運與故事，

曾使千萬的路人
都灑同情淚。

就是在花開花落，
霜露的變幻，
善感的人們，
也流傷情淚。

如今是殘缺的心，
在悽悽的月光下，
對古往今來，
流那沉默的淚。

它是人類自由，
最低的要求，
憑弔已失的理想，
真善與美。

你唱著淚之歌。在燦爛的陽光中你唱，在悽涼的月光下你也唱。你整天的唱，你深夜又唱。你永遠這樣低唱，孤獨的，蕭瑟的，沉悶的。隨著風聲，隨著雨聲；攏著蕭蕭的落葉，紛紛的霜雪。你的歌聲是悽惻的，是嗚咽的，是低沉的。

而我呢，我只會沉默地流淚。

我們間沒有一句惡言，沒有爭執，沒有怨語，但這註定了我們的分離。

我求你賜我你修長馥郁的頭髮，你剪下贈我，從此我們就再不見面。

而你的頭髮是露蓮的消息，是你的紀念，也是我夢。

沒有人知道我永遠在想你。

一切你所不能瞭解的，都請你寬恕我吧！

我所付的代價是我畢生唯一的高貴的友情。

如今我知道我們的愛不是我虔誠懺悔的報償，這是對於我苦修的一種試探的誘惑。

我失去了愛，如今又失去友情；茫茫大地，再無我的去路。

這時候，我可引作依賴的，是救過我的生命，憐憫過我的情感，相信我靈魂的鋤老。

我投奔到燈塔。

「可憐的孩子，我知道你會回來的，因為一切屬於肉體的想像，都不是靈魂的解釋。生命的完美不在獲得，而在奉獻。」

「那麼我以後應當怎麼樣呢？」

「時間已告訴你過去，時間還會告訴你未來。一切的企圖都是虛妄，一切的計畫都是自愚，成就你的決不是你的企圖與計畫。一切的摸索都是無謂，一切的期待都無收穫，你所得的永不是你所要的。」

「那麼你呢？你可以告訴我你對於海的感覺麼？」

「我在侍奉海。」

我沉默了，如今我知道對於生命還有一種解釋是侍奉。英雄侍奉他的野心，教主侍奉他的教義，哲學家侍奉他的體系，科學家侍奉他的學說，藝術家侍奉他的藝術；而一切芸芸眾生都在侍奉他們所信，所望或所愛。

而我的生命是一部叛逆的歷史。

這因為我無信，無愛，無望。

而我有高僧的徹悟，獨沒有高僧的靈魂。

「那麼，讓我侍奉我們的友情吧，鋤老。」

然而友情是普遍的永久的，親愛的，那裡沒有變化，沒有占有，也沒有妒嫉。一切友情的距離都是欣賞的距離。

保持了這個距離，一切書籍的記載都是我最好的朋友。一切大自然的變幻也都是我最好的朋友。天空的色澤與光亮是我的朋友。海的動靜，星月的隱顯，大地的脈搏，氣節中風霜雨雪，植物的生長與死亡，飛鳥的翱翔與歌唱，都是我應當欣賞的朋友的消息。

我沒有戀執，無用歌頌生長，也無需哀悼死亡。一切的欣賞應當是整個的，片斷的追尋摸索就打破了欣賞的距離。我不再愛我所好，也不再憎我所惡，我不想創造，我不想改變。一切的個體都有美與醜陋，真與偽，善與惡；都有它的盛衰，都有它的生長與死亡。保持我欣賞的距離，我永遠能在個體中看到它一個整體。

如今我知道一切的存在都是我的朋友，一切的朋友與我都有友愛。

我知道一切個體的存在都有它空間的與時間的背景。時間的背景是傳統與歷史，空間的背景是它與其他個體的關係。離開了它時間的與空間的背景，就不成其為個體。地球離開了太陽系就不是地球——就不是有這樣氣候，有這樣生命的地球。放在透明無物的玻璃板上的一粒沙，決不是沙灘上面的沙粒。在濃密樹林上的花朵，決不是插在胸襟上的花朵。改變了背景與情境，也就改變了個體。藝術的創作，就是將自然的個體改變了背景與情境，使他有重新的獨立的存在，畫框與雕刻的座臺就是要藝術品與現實的背景有點隔絕。

藝術的態度是冷觀的態度。英雄的事業是熱衷的，慢慢地自己就造成了藝術品一般的與世界的背景隔絕。他用自固的理想或事業做他的畫框；宗教也創造自己成為藝術品，他自囿於教義與儀式的畫框裡；哲學家學說的體系也就是他的畫框；這些畫框使他個別的與世界隔絕，自信自己的諧和，而不再求與外界諧和。但是宇宙是一個無限龐大的畫廊，儘管每幅畫有他自己的諧和，他還要求整個畫廊的諧和。它不能使一幅畫疊在另一幅畫上，它不能使一個畫框壓在另一個畫框上，它必須使畫廊的左右上下整個有一個諧和的空氣。也許每幅畫都想統治而獨占這個畫廊，使一切的觀眾都信仰它、崇拜它、隨從它，而畫廊的本質則決不是如此。因為如果畫廊裡只有這一幅畫，這個畫廊就不是畫廊。

在整個的時間與整個的空間中，一切偉大的都是渺小，一切完整的都是殘缺，而一切諧和的都不是終極的諧和。能把心靈擴大到無邊無涯的境界，才能與宇宙融化貫通合一。而這種高僧的境界既不是我們所能到達，那麼我們除了用謙遜與容納，尊敬別人的諧和與自己諧和相處，再無別的態度。

人離開了人的關係就不是人。只有存在於人的關係之中，才有「我」的存在，人人都有「我」的存在，人人都有「非我」的關係，只有從「非我」的關係，才能認出「我」的存在。

但是這「非我」的關係有大小寬窄高低之分，有自然與勉強之別，有天成與人為的不同。名將建立於兵士中，國王建立在人民之上；有人生活在狹小的柴米家庭裡，有人生活於酒肉的朋友中。英雄用征服的方法，同廣大的群眾建立關係；教主用宣傳的方法，同廣大的信徒建立關係；哲學家則愛用說服的方法，同廣大的從者建立關係；而情人則只叫我們在兩個人彼此關係上建立生活。社會上有團體，有黨派，有會集；有天成的與人為的不同。我知道這都是在建立人的關係，造成了大大小小的圈子。而人們就在這大小不一的圈子裡生活著「自我」。

心神能夠與宇宙融化合一的高僧是沒有圈子的。他不用人造的建立非我的關係，因為他已沒有「非我」的存在，一切的「非我」就是「我」。

想把「小我」擴充為「大我」是英雄的說法。大我的限度就是自足自私的圈子。因為最大的大我應當是「無我」，那是高僧的境界。如果是不到「無我」的「大我」，那不過是或大或小的圈子，這些圈子永遠是自足的，排外的，而與其他的圈子不相容的。

我既然不能達到高僧境界，我也不能忘卻我是存在於「非我」之中。但是我知道，我必須使我可以諧和地存在於非我之中。我要謙遜地容忍世界一切的「非我」，與它諧和地平等相處，因此我要求瞭解與友情。

我侍奉的就是這個友情，它不屬於任何個體，而屬於一切的個體與我的心靈。

親愛的，所以如今我希望你來。

讓我們重新恢復友情。

友情的距離才能瞭解。

彼岸後記

朋友，請你不要以為這裡有創作的故事，就當它是小說；不要以為這裡有哲理，就當它是哲學講義；也不要以為這裡敘述著一個生命的歷程，就當它是傳記。這祇是一個迷途的靈魂抒寫它的體念與摸索——它的冒險，它的掙扎，它的感受，它的追求與幻滅。

它訪真求美，它求信求愛；它在流浪中自省自責，在靜居中自悔自贖；它求解脫而戀執，求夢而失眠，求安詳而惶恐，求理由而迷亂；它感於外界與內在的衝突，心靈與肉體的激盪，信仰與良心的矛盾，現實與理想的異趨；於是它歌頌宇宙的諧和，低訴人間的殘缺，哀求生命的容納。自然，這裡所說的故事祇是一種借喻，這裡所及的人物祇是一種象徵。在我複雜的生活中，我的生命永遠在為我所感受的一切人間故事，與一切我所接觸的人物，所點化創造；而這裡，則是我在點化創造我所感受的人間故事，與我所接觸的實有的人物。

做為藝術的話，孕育生產的過程都有它的痛苦的經歷。這經歷，我應當紀念的是E. T.，一個在我生命體念的境界變動中出現的朋友。

如果這本書是成功的，它應當被你認為是詩；如果這本書是失敗的，它當被你看作告地狀者的乞丐的地狀。這二者在我有同樣的安慰。

這篇東西脫稿於一九五〇年七月十五日，在一個朋友家裡。無論我寫出的是詩還是「地狀」，我都感謝主人隆厚的友情，使我在流浪生活中得仍就有一個安詳的環境可以動筆。這也是這本書所以能早日問世的因素。

一九五一年三月十七日，夜。九龍。

徐訏文集・小說卷10　PG1733

彼岸

作　　者　徐　訏
責任編輯　洪仕翰
圖文排版　周政緯
封面設計　王嵩賀

出版策劃　釀出版
製作發行　秀威資訊科技股份有限公司
114 台北市內湖區瑞光路76巷65號1樓
電話：+886-2-2796-3638　傳真：+886-2-2796-1377
服務信箱：service@showwe.com.tw
http://www.showwe.com.tw
郵政劃撥　19563868　戶名：秀威資訊科技股份有限公司
展售門市　國家書店【松江門市】
104 台北市中山區松江路209號1樓
電話：+886-2-2518-0207　傳真：+886-2-2518-0778
網路訂購　秀威網路書店：http://www.bodbooks.com.tw
國家網路書店：http://www.govbooks.com.tw
法律顧問　毛國樑　律師
總 經 銷　聯合發行股份有限公司
231新北市新店區寶橋路235巷6弄6號4F
電話：+886-2-2917-8022　傳真：+886-2-2915-6275

出版日期　2017年2月　BOD一版
定　　價　400元

Printed in Taiwan

國家圖書館出版品預行編目

彼岸 / 徐訏著. -- 一版. -- 臺北市 : 釀出版,
2017.02
面；　公分. -- (徐訏文集. 小說卷 ; 10)
BOD版
ISBN 978-986-445-175-3(平裝)

857.63　　　　105024171

讀者回函卡

感謝您購買本書，為提升服務品質，請填妥以下資料，將讀者回函卡直接寄回或傳真本公司，收到您的寶貴意見後，我們會收藏記錄及檢討，謝謝！如您需要了解本公司最新出版書目、購書優惠或企劃活動，歡迎您上網查詢或下載相關資料：http:// www.showwe.com.tw

您購買的書名：________________________________

出生日期：________年________月________日

學歷：□高中（含）以下　□大專　□研究所（含）以上

職業：□製造業　□金融業　□資訊業　□軍警　□傳播業　□自由業

□服務業　□公務員　□教職　□學生　□家管　□其它______

購書地點：□網路書店　□實體書店　□書展　□郵購　□贈閱　□其他

您從何得知本書的消息？

□網路書店　□實體書店　□網路搜尋　□電子報　□書訊　□雜誌

□傳播媒體　□親友推薦　□網站推薦　□部落格　□其他__________

您對本書的評價：（請填代號　1.非常滿意　2.滿意　3.尚可　4.再改進）

封面設計____　版面編排____　內容____　文／譯筆____　價格____

讀完書後您覺得：

□很有收穫　□有收穫　□收穫不多　□沒收穫

對我們的建議：________________________________

____

____

____

請貼
郵票

11466
台北市內湖區瑞光路 76 巷 65 號 1 樓
秀威資訊科技股份有限公司 收
BOD 數位出版事業部

(請沿線對折寄回，謝謝！)

姓　　名：________________　年齡：________　性別：□女　□男

郵遞區號：□□□□□

地　　址：________________________________

聯絡電話：(日)________________　(夜)________________

E-mail：________________________________